大唐秘梟
卷·3
洛陽商事
方白羽著

大唐秘梟

卷·3 洛陽商事

目錄

追殺

第一章

任天翔沿著湖邊縱馬急逃。李嗣業無心與褚剛糾纏，立刻率手下向任天翔追去，雙方一追一逃跑出數里，突見前方黎明的薄霧中，隱約出現了林立的旌旗，任天翔一見之下暗暗叫苦，看來這次是難以逃出生天了。

西域大漠，天高地闊，一隻孤鷹在藍天之下、白雲之上悠然盤旋。在它下方，一小隊旅人渺小如蟻，在漫漫黃沙中蜿蜒而行。天地蒼茫，亙古未變。

「公子，這鷹……似乎有些古怪。」褚剛不住眺望天空，終於忍不住說出了心中的疑惑。

「有啥古怪？」小澤少年老成地抬頭看了看天上的飛鷹，卻看不出個所以然。

「牠已經跟了我們很久，從昨天就一直在跟著我們。」褚剛若有所思地自語。

「不會吧？這麼遠你也看得清？」小澤有些不信。天上的飛鷹看起來比蒼蠅大不了多少，要分辨出牠們的不同，恐怕比分辨蒼蠅的公母還困難。

「自從我得蓮花生大師指點，修習玄奘大師傳下的功法之後，目力比原來增強了不止一倍。」褚剛解釋道，「牠就是昨天跟著我們的那隻鷹，我不會認錯。」

任天翔勒住馬，有些驚訝於褚剛粗中有細，他問：「你意思是說，有人在利用飛鷹追蹤我們？可是飛鷹不是獵犬，如何聽人指揮？又如何與人交流？」

褚剛沉吟道：「突厥人最善訓練獵鷹，並利用獵鷹追蹤獵物或敵人。他們用旗子指揮天空中的獵鷹，而獵鷹則用飛行軌跡與主人進行簡單的交流。當年太宗皇帝與突厥作戰，就曾吃過獵鷹的大虧。」

任天翔恍然醒悟：「一定是高仙芝！他在西域經略多年，手下不乏突厥將領。看來他並不打算輕易就放過我，而是派出輕騎一路追擊。幸虧可兒將最好的吐蕃馬給了我們，而我們一路上又馬不停蹄，不然早讓他們給追上了。」

「那咱們趕緊快躲起來啊！」小澤面色大變，他知道安西騎兵的厲害，就連大漠悍匪也是避之唯恐不及。據說安西騎兵可以在馬背上睡覺，因此幾乎可以不眠不休地追擊敵人。

「這西域大漠一望無際，咱們往哪裡去躲？」任天翔不禁搖頭苦笑，轉問褚剛，「不知當年太宗皇帝，是如何對付突厥人的獵鷹？」

「揚起煙塵遮蔽天空，或以更凶猛的蒼鷹驅逐獵鷹。」褚剛有些遺憾地搖搖頭，「可惜這些辦法我們都用不上。為今之計，只有儘快逃到人群稠密的地方，獵鷹畢竟不是獵狗，分辨不出人與人之間的差別。」

任天翔苦笑：「就怕追兵還有獵狗，畢竟狗比鷹容易指揮。」

「公子不用氣餒，咱們可以往東南方向走。」褚剛往東南方一指，「咱們可以借道吐蕃進入祁連山，順祁連山脈繞過玉門關去往關內。只要咱們進入山區，安西騎兵就沒有任何優勢，有林木掩護，獵鷹也派不上任何用場。」

任天翔拿出地圖看了看，不禁微微頷首：「兄長很熟悉這一帶的地形啊！」

褚剛也不否認：「我隨族兄往來西域與中原，這條道沒有少走。以往我們借道吐蕃繞過玉門關，原本只是為了省幾個關稅，沒想到現在卻可以救命。不過，途中就怕遇上吐蕃兵馬，運氣不好會被當成奸細處死。」

任天翔笑了起來：「不過這回咱們不用怕，雖然赤松德贊送我的那柄匕首留給了褚然，但我還有他賜我的王族飾品和禮器，就算遇到吐蕃兵也有護身符。咱們就借道吐蕃，看看安西騎兵可敢孤軍深入吐蕃疆域。」

五人五騎掉頭轉向東南方，疾馳兩天後便進入了吐蕃疆域，然後借祁連山脈的掩護，躲過了天空中的獵鷹，繞過玉門進入內地，七天後便接近了青海湖。過了青海湖，就應該是大唐的疆域了。

眼看青海湖在望，幾個人緊繃的神經終於鬆弛下來。已經借道吐蕃數天，相信安西騎兵絕不敢追蹤而來。而且天空中也沒有再看到那隻獵鷹，應該是安全了。

但是就在當夜，正當任天翔睡得正香，卻突然被崑崙奴兄弟搖醒。兩人連比帶劃，一臉的焦急。迷糊之中，他聽到了隱隱傳來的狗吠和馬蹄聲。

俘虜。

「不好！有人追來了！」任天翔匆忙出帳一看，但見黑暗之中，十幾個黑影正向自己的營地包圍過來。他們離營地已經很近，若非崑崙奴兄弟警覺過人，只怕幾個人已經被人俘虜。

「公子快走！」褚剛急忙揮刀開路，借夜色掩護衝破包圍，護著任天翔和小澤往東疾馳。崑崙奴兄弟則在後方斷後，五人邊打邊逃，黎明時分便逃到了一望無際的青海湖邊。

天色已明，任天翔已能看清追兵的模樣，就見領頭的，赫然是高仙芝帳下第一猛將李嗣業，手執陌刀率十八名安西驃騎追來。他們身著普通的牧人皮袍，想來是為了不引起吐蕃人注意。

「大食走狗，我不殺你，誓不為人！」李嗣業在身後手舞陌刀大呼小叫，嚇得任天翔心驚肉跳。雖然已經過去了十多天，對方的仇恨和殺意依舊分毫未減。

「公子快走，我去擋住他！」褚剛見崑崙奴兄弟無法擋住追兵，急忙調轉馬頭向李嗣業迎上去。

二人戰馬交錯而過，就聽「噹」一聲巨響，雙刀相擊濺出的火星，猶如煙火照亮了黎明的朦朧。

褚剛不擅馬戰，第一個照面就差點被李嗣業一刀震下馬來，急得大叫：「公子快走，不要管我！」

任天翔心知自己幫不上忙，只得沿著湖邊縱馬急逃。李嗣業無心與褚剛糾纏，立刻率手下向任天翔追去，十八騎呈扇形，向任天翔快速包圍過去。

雙方一追一逃跑出數里，突見前方黎明的薄霧中，隱約出現了林立的旌旗，任天翔一見之下暗暗叫苦。他認出那是大唐軍隊的旗幟。前有阻攔後有追兵，看來這次是難以逃出生天了。

「是隴右的神威軍！」褚剛從旗子上認出了前方的部隊，「是哥舒翰的人馬！」

任天翔凝目望去，果見最前方的兩面大旗上，一面繡著「神威」，一面繡著「哥舒」二字。大旗之下，一魁梧老將鬚髮花白，卻依舊威風凜凜，雙目如炬，尤其頷下那部長及胸際的濃密髯鬚，煞是威武。

從其服飾上，任天翔認出對方便是官居二品的鎮邊節度使，那一定就是名震隴右的突厥名將哥舒翰了！他不禁心中一動：以前在龜茲就聽說，高仙芝與哥舒翰雖同為鎮邊節度使，卻素來不睦。這次是死是活，只能賭上一把了。

想到這，任天翔縱馬向前方的唐軍衝去，嘴裏大叫：「將軍救我！」

領頭的老將勒馬停了下來，銳利的目光冷冷落在任天翔身上：「你是何人？」

「我乃大唐百姓，被幾個身分不明的強人一路追殺，聽人說哥舒將軍鎮邊衛國，威名鎮邊陲，所以特趕來求救。」任天翔慌忙道。

哥舒翰展顏微笑，示意任天翔一行退到自己軍中。就見李嗣業率安西十八騎已衝到眾人面前，乍見哥舒翰等人，李嗣業急忙勒馬，不等人立而起的烈馬前蹄落地，便在半空中拱手一拜：

「安西節度使高仙芝將軍帳下陌刀將李嗣業，拜見哥舒將軍！」

在烈馬前蹄騰空之際放開韁繩拱手行禮，這不是一般人能做到。李嗣業秀了這手騎術，立刻引得哥舒翰身後識貨的將領忍不住喝彩。哥舒翰卻不悅地皺起眉頭：

「聽聞高仙芝帳下有一文一武兩員大將，文為封常青，武為李嗣業，那就是你了？」

李嗣業連忙收起幾分狂傲：「不敢，正是末將。」

「你不在安西鎮守，為何突然率兵來到我的防區？而且還打扮成吐蕃牧人模樣？」哥舒翰冷冷問。

李嗣業忙道：「末將追擊幾名大食奸細，一路追蹤至此。如今奸細已為將軍所獲，還請將軍將他們賜還給我。」

「大食奸細？何以為證？」哥舒翰手捋頜下濃密髯鬚，不緊不慢地問。

李嗣業一怔，一時無言以對。

安西軍這次遠征大食大敗而回，高將軍尚未想好要如何向朝廷彙報，所以暫時還不能向哥舒翰提起。而且這也不是件光彩的事，李嗣業也不想被哥舒翰恥笑。他想了想，只得道：「他們曾向大食人出賣我軍情報，被高將軍發覺，令末將務必將他們擒回。望將軍看在高將軍面上，將他們交還給我。」

李嗣業不提高仙芝還好，這一提，就見哥舒翰面色越發難看。原來哥舒翰在軍中的資歷遠勝高仙芝，如今卻只是鎮守隴右的節度使，名義上與高仙芝平起平坐，實際管轄的地盤和兵馬卻遠不及高仙芝。

他一向不甘人後，聽李嗣業這樣說，不由微微一哂：「高仙芝的面子在安西或許可通行無阻，但在隴右卻是一錢不值！」

李嗣業有些茫然：「哥舒將軍這是什麼意思？」

哥舒翰淡淡道：「莫說這些人你並無真憑實據，就算他們真是大食奸細，現在落到我手裏，也該由我來處置，何時輪到你來說話？安西軍手腳再長，也不能到我的地盤來抓人吧？」

李嗣業愣在當場。如果是別人，遇到這種情況，肯定會低下姿態軟語相求，可惜他是李嗣業，除了高仙芝，誰都沒放在眼裏。見哥舒翰不願交人，他不禁瞠目厲喝：「哥舒將軍，末將臨行前高將軍交代，務必要將幾名奸細抓回。末將若空手而回，沒法向高將軍交代。」

「你這是拿高仙芝來壓我？」哥舒翰冷冷問。

「末將不敢！」李嗣業不亢不卑地拱拱手，「只是高將軍有令，末將不敢不遵。這幾個奸細我一定要帶走，若遇阻攔，末將只好拼死一搏！」

李嗣業身後僅有十八騎，面對神威軍上萬人馬，卻是凜然不懼，令哥舒翰也不禁微微頷首：「高仙芝手下果然有人才，一個陌刀將竟也敢挑戰我千軍萬馬。好！就憑你這份勇氣，我就給你一個機會。」說著往自己身後一指，「我身邊的將領你可任挑一人，只要你能勝出，我就將這幾個人交還給你。」

李嗣業看了看哥舒翰身邊的將領，雖然個個彪悍勇武，但沉穩凝定卻略有不及，唯有哥舒翰才稱得上淵渟嶽立，難測深淺。

猶如酒鬼見不得美酒，李嗣業豈能放過與真正的高手過招的機會，他的目光最後落到哥舒翰身上，拱手一拜：「如果哥舒將軍不嫌冒犯，末將想向你挑戰。」

哥舒翰一怔，不怒反笑：「好！果然是強將手下無弱兵，老夫若不應戰，倒顯得小氣了。」

神威軍眾將紛紛勸阻：「將軍不可！這等小事自該由咱們來應付。」

哥舒翰擺擺手：「本將軍一言既出，豈可再更改？取我槍來！」

一名身高體壯的親兵立刻將一柄白蠟杆的長槍扛了過來，哥舒翰沒有伸手去接，只道：「我與李將軍只是比武較技，並非生死相搏，換槍頭。」

原來哥舒翰平日與自己部下切磋，都是使用沒有開鋒的鈍頭槍，只有上陣殺敵才換上鋒利的槍頭。那名親兵連忙將鋒利的槍頭取下，換成沒有開鋒的鈍槍。哥舒翰這才提槍在手，信手抖了個槍花：

「雖是鈍槍，被我刺中也必受傷，李將軍當心了！」

李嗣業點點頭，將手中陌刀轉了半圈，傲然道：「既然哥舒將軍以鈍槍對敵，末將也當以刀背相迎。」

哥舒翰將長槍一橫：「你遠來是客，請！」

李嗣業也不客氣，鞋跟在戰馬腹部一磕，立刻橫刀向哥舒翰衝去，在二人身體交錯而過的瞬間，他猛然揮刀一斬，直劈哥舒翰咽喉。

雖然他用的是刀背，但真要劈中，估計也是一招斃命。

「好！」哥舒翰一聲輕呼，長槍斜封，剛好擋住了襲來的刀背。就聽「噹」一聲輕響，在刀槍相碰的同時，二人已交錯而過，第一個照面似乎是個平手。

不過李嗣業卻是萬分震驚，以他出刀之迅速和力道之剛猛，很少有人能硬擋他一刀。沒想到哥舒翰年過花甲，無論反應速度還是兩臂的力量，竟一點不輸自己。

兩匹戰馬在神威軍將士的吶喊助威聲中，很快又兜了回來，白蠟槍與陌刀再次糾纏在一起。但見李嗣業陌刀大開大合，每一刀皆帶起呼呼風聲，隱然有猛虎下山之勢；哥舒翰的長槍卻是神出鬼沒，猶如毒蛇出洞般悄無聲息，不斷地將李嗣業陌刀的攻勢化解，並乘隙反擊。

二人皆是以快打快，轉眼便鬥了上百招，依舊難分勝負。

哥舒翰突然倒拖長槍繞場而走，李嗣業一看心中暗喜：看來老傢伙槍法雖高，可畢竟年老力衰，一百回合之後就露出疲態。他不願放過這一戰成名的機會，立刻縱馬追去，兩人兩騎越跑越快，眼看就要追上，陡聽哥舒翰一聲大吼：

「著！」

但見哥舒翰的戰馬突然停步，雙蹄騰空人立而起。哥舒翰於半空中反手出槍，以槍柄從腋下反刺而出，悄沒聲息猶如毒蛇出洞。

李嗣業戰馬正高速奔馳，不由自主往哥舒翰的槍柄上撞了過去，李嗣業反應不及，只得側身讓過胸膛要害，卻還是被槍柄刺中肩胛，頓時手臂失力，陌刀「匡噹」落地，他在馬鞍上晃了兩晃，總算還是穩住身形，沒有狼狽落馬。

「好！」在神威軍眾將的歡呼聲中，哥舒翰收槍而立，傲然讚道，「你是唯一沒有在我回馬槍下落馬的對手，果然不愧是安西軍第一虎將。」

這話本是讚揚，不過聽在李嗣業耳中，卻是莫大的諷刺，他悻悻地對哥舒翰拱拱手：「將軍果然高明，末將甘拜下風。他日再有機緣，末將當再向將軍討教。」說完，向幾個隨從一揮手，「我們走！」

待李嗣業率眾走遠，哥舒翰這才扔下長槍，心中暗叫僥倖。若非李嗣業太過自負，居然以不稱手的刀背對敵，而且稍占上風就緊追不捨，這一戰最終的勝負還真是不好說。

看看朝陽已在東方升起，他舉手一揮，令官立刻將他的號令傳遍全軍：「原地紮營！」

不過盞茶功夫，中軍大帳就在青海湖邊立了起來。

在全軍安營造飯的同時，任天翔也被帶到了中軍大帳。見哥舒翰高踞案後，他不禁心下惴惴，即便暫時逃過了李嗣業的追殺，但在哥舒翰面前，恐怕未必能輕易蒙混過關。畢竟大食是大唐敵國，出賣唐軍情報勾結大食的罪名，無論落在高仙芝還是哥舒翰手裏，恐怕最終結果都差不了多少。

「說！你為何會被高仙芝指為大食奸細？」

哥舒翰盯著任天翔，眼中隱有一種洞悉人心的睿智。

任天翔正不知如何狡辯，突然在哥舒翰身後看到了一張熟悉的面容，他心中先是一喜，跟著恍然醒悟，瞬間即摸清了其中的利害關係，立刻朗聲道：

「將軍，高仙芝說我是大食奸細，是因為另有原因。」

「是何原因？」哥舒翰淡淡問。

「因為我從高仙芝手中救出了石國太子，並助他逃回故國。」任天翔坦然明言，「薩克太子回國後，即倒向了大食帝國，因此我也就成了大食奸細。」

「你為何要救石國太子？」哥舒翰眼中閃過一絲好奇。

「高仙芝征伐石國和突騎施，實乃覬覦兩國財富，對大唐盟國妄動刀兵。」任天翔旁若無人地侃侃而談，「在下雖是大唐子民，但也萬分同情石國和突騎施的遭遇。即便國家利益，也大不過一個理，所以草民才甘冒漢奸的罪名，幫助石國太子逃回故國。如果這也算是大食奸細，那麼草民甘願引頸就戮，死而無悔！」

哥舒翰沉默了數息，突然拍案讚嘆：「好！公子真義士也！設宴！我要好好款待公子！」

任天翔心中一鬆，知道這一回終於是賭對了。他在哥舒翰隨從中間看到了一個熟悉的人影，如狼一般彪悍。那是石國的武士首領突力，當初他為掩護太子一路往東而逃，沒想到竟投到了哥舒翰帳下，看哥舒翰對他的器重，任天翔就知道應該怎麼說話了。

原來哥舒翰父親就是突騎施人，母親則是于闐王族，所以他對高仙芝以私利征討石國和突騎施十分不滿。而突力也是突騎施人，當初逃亡來到隴右，即為哥舒翰收留。從突力口中，他已知道高仙芝征伐石國和突騎施的來龍去脈，所以對冒死營救石國太子的任天翔，自然就另眼相看，這也是西域少數民族的天性使然。

西域民族的酒宴沒有長安那麼多講究，很快就有將佐在帳下燃起篝火烤羊烹肉，各種美酒被抬入帳中，這便是哥舒翰款待貴客的酒宴了。

聽說任天翔是長安人，哥舒翰急忙吩咐隨從：「速去請司馬公子，他也來自長安，想必會很高興認識任公子。」

火上烤肉飄香，鍋裏肉湯沸騰。任天翔這一路逃亡，從未吃過一頓好飯，不禁饞涎欲滴，食指大動。誰知哥舒翰卻遲遲不叫開席，顯然是在等那個什麼司馬公子。任天翔心中有些好奇，忍不住問道：

「不知這司馬公子是何許人物，竟要哥舒將軍親自等候？」

哥舒翰正色道：「司馬公子名瑜，出身世代書香望族，從小習天文地理，熟讀兵書韜略。所以年方弱冠，卻已有經天緯地之才，神鬼莫辨之機，實乃本將軍最為敬佩之人。」

任天翔心中暗忖：想一個二十剛出頭的書呆子，能有多大能耐？不過是讀過幾本兵書，知道一些古代戰例，再加三寸不爛之舌，便將哥舒翰這個沒讀過多少書的老粗唬得一愣一愣的，不知深淺。

這樣一想，心中就有不以為然之色，笑道：「既然將軍帳下有如此能人，在下倒是有心結識，向他學點本領也是好的。」心中卻是打定主意，待會兒定要好好戲耍一下這個江湖騙子。

就在這時，突聽帳外衛兵高呼：「司馬公子到！」

帳中眾將自哥舒翰以下，盡皆起身相迎。

任天翔側目望去，就見一年輕男子白衣如雪，面帶謙和微笑信步而入。但見他衣著樸素而不失雅致，面色溫潤勝似美玉，眉宇間有著一種奪人心魄的俊美。朗朗星目中，更有一種看破紅塵的淡泊恬靜，雖置身於眾星拱月的中央，依舊是謙謹如常、寵辱不驚。

任天翔生長於長安繁華之都，見過太多家世顯赫的世家公子和學識淵博的青年才俊，但論氣質和風度，卻也無人可與這位司馬公子相提並論。不過，他早已先入為主將其當成了騙吃騙喝的江湖騙子，所以在哥舒翰率眾將相迎之時，他卻只是冷眼旁觀，並不上前湊趣。

「哦，對了，我來給你們介紹。」哥舒翰總算想起了任天翔，忙向司馬公子示意，「這位是來自長安的任天翔任公子，任公子雖是一普通人，卻於高仙芝手中救出被俘的石國太子，俠肝義膽不輸古人。」

司馬瑜望向任天翔，眼中隱然閃過一絲異樣的神采，不過，他很快就神情如常地對任天翔拱手一笑：「原來是任公子，久仰！」

任天翔大大咧咧地笑問：「咱們初次見面，不知司馬公子久仰我什麼？」

司馬瑜微微笑道：「長安七公子，在下素來仰慕已久，只是無緣結識。」

任天翔有點意外，沒想到自己離開長安兩年有餘，還有人記得自己的名號。想起自己在長安還背著命案，他趕忙岔開話題：

「司馬公子來自長安，為何當年我卻從未聽說過？」

司馬瑜淡淡笑道：「在下祖籍是江南，因外出遊學才旅居長安。我在長安求學之時，任公子已飄然遠遊，所以未曾謀面，今日總算可以當面候教，也算不負在下往日景仰之情。」

任天翔皺起眉頭：「任某沒讀過幾天書，哪有什麼東西可以教司馬兄？我聽懂你的語言都有些吃力，真後悔當初沒跟老師好好學說話，不然，今天我也可以像公子這樣文縐縐的說話，顯得很有層次很有水準。」

一旁的哥舒翰呵呵笑道：「司馬公子哪裡都好，就是不像咱們行武出身的漢子直來直去，一句話要人想上半天。現在美酒已熱，烤羊已熟，大家邊喝邊聊。」

眾人紛紛落座，任天翔見司馬瑜被哥舒翰讓在了僅次於他的次席，越發不甘心讓這個裝腔作勢的江湖騙子大出風頭。

酒過三巡，他突然問：「美酒當前，怎少得了猜拳行令？不知道司馬公子都擅長什麼樣的酒令？」

司馬瑜有些羞赧地擺擺手：「我一向少有參與酒會，對酒令幾乎一竅不通。」

任天翔一聽這話，心下大樂，打定主意要讓這騙子在酒宴上大大地出一回醜。他眼珠一轉，計上心頭，笑道：「咱們就來個簡單的，就擲骰子喝酒。」

眾將紛紛叫好，軍旅生活枯燥，擲骰子賭錢是軍營中的常見娛樂。賭錢還有些顧忌軍紀，若只是喝酒便沒那麼多忌諱，何況哥舒翰也沒有反對，便有將領將大碗公和骰子拿了出來，興沖沖地問：「怎麼個喝法？」

任天翔要過骰子信手擲了幾把，在長安，他就吃喝嫖賭樣樣精通，這骰子在他手裏只要摸上幾把，就能很快摸清它的稟性，雖不敢說要幾擲幾，但也能做到八九不離十。見它只是普通的牛骨骰子，特性甚好掌握，心中越發歡喜，便對眾人笑道：「咱們就以這骰子來行酒令，請哥舒將軍為大夥兒開令，將軍擲到幾點，就從誰開始行令。到誰面前就擲一把，逢大免喝，逢小就喝酒，擲到幾點就喝幾杯。」

眾將都是好酒之人，自然紛紛叫好。哥舒翰便為眾人開令，將骰子擲入大碗公，兩個骰子叮咚片刻落定，便從點數指定之人開始，以擲骰子點數決定是否喝酒。

在眾將呼大要小聲中，大碗公很快就傳到任天翔面前。他拿起骰子信手一擲，便是個四六大，免喝。

大碗公轉到司馬瑜面前，他有些不好意思地推託：「我從來沒玩過骰子，是不是……」

「司馬公子不要掃興。」哥舒翰將骰子強塞入他手中，「很簡單的，只要拿起骰子往碗裏一扔就行了。」

司馬瑜無奈，只得笨手笨腳地將骰子扔入大碗公。

一看他拿骰子的姿勢，任天翔就心中暗樂，好個傢伙，今天不讓你喝到醜態百出，我就不信任。敢在本公子面前裝牛皮的傢伙，現在還沒生出來！

骰子叮咚落定，卻是個五六點大，免喝。任天翔心中雖有點遺憾，卻也並不在意，暗忖：這把算你小子走運，我不信你能永遠這麼好運。

骰子很快就在眾人手中轉了三圈，任天翔憑著對賭技的精通，一連三把都擲出大，沒有喝一杯酒，不過司馬瑜運氣也非常不錯，三次都逃過喝酒的懲罰。任天翔一看，這樣下去，那江湖騙子沒醉，其他人恐怕都醉成一團了，他連忙又提議：

「老這樣自己擲骰子自己喝酒，實在無趣，不如咱們換一種玩法。依舊輪著擲骰子，擲出幾點就順右手往下數幾點，數到誰就由誰喝！如果出現兩顆骰子點數相同的情況，就要喝個雙杯。」

眾將自然沒有異議，司馬瑜卻笑道：「帳中人數超過了兩顆骰子的最大數，為了公平，是不是再增加兩顆骰子？」

眾人紛紛叫好，很快又拿來兩枚骰子。

酒令繼續開始，骰子很快轉到任天翔面前，他早已算好那騙子與自己隔著幾個人，便屏息凝神將骰子擲入大碗公，骰子落定，卻與想要的點差了兩個數，他心中暗叫可惜。若只是兩枚骰子，他還有七八成的把握，但增加到四枚，以他的水準就很難控制四顆骰子的點數了。

骰子繼續往下傳，很快就到了司馬瑜手中，就見他笨拙地拿起篩子信手一扔。骰子落定，立刻有將領順著點數往下數，最後指著任天翔高叫：

「恭喜任公子喝個雙杯！」

任天翔定睛一看，果然有兩顆骰子點數相同，而且總點數剛好數到自己。他心中一凜：莫非是我看走了眼？這小子是在扮豬吃虎，實際上卻是個深藏不露的賭壇高手？

再看對方的神情舉止，卻又一點不像，任天翔有些疑惑起來，第一次感覺完全看不透一個人。

酒令再繼續，任天翔依舊沒能擲出想要的點數，不過司馬瑜也沒有再擲出令他喝酒的點子，任天翔又疑惑起來，莫非方才只是巧合，是我自己多心了？

由於新的玩法喝不喝酒不再受自己控制，所以幾圈下來，任天翔也喝了不少，司馬瑜雖然也喝了幾杯，卻遠遠不及任天翔。看這樣下去，沒將那騙子灌醉，自己搞不好會先醉了，任天翔眼珠一轉又生一計，笑問：

「這猜拳行令的勾當，都是咱們這些粗鄙之人的遊戲。我看司馬公子溫文儒雅，一定不習慣這些市井之徒的玩意兒，不知司馬公子都擅長什麼高雅的遊戲？」

司馬瑜尚未作答，一旁的哥舒翰已笑道：「司馬公子最善棋道，在我神威軍中，竟找不到一個對手。即使是我帳下棋力最高的肖師爺和張校尉，也需司馬公子讓兩子才有一絲勝算。」

「哦？司馬公子棋力如此之高？」任天翔故意問，「如果是我跟司馬公子對弈，不知公子打算讓幾子？」

司馬瑜淡淡笑道：「在下三歲習棋，至今不綴，對自己的棋力倒也有幾分自信。任公子出身江湖豪門，對圍棋想必只是興趣，並無專攻。如果我倆對弈，我估計可讓四子。」

任天翔哈哈大笑：「讓四子跟你對弈，就算贏了也臉上無光。如果我要跟你公平對弈，不知司馬公子可否賞臉？」

司馬瑜微微一哂：「那你只是自取其辱。」

「是嗎？我卻不這麼認為。」任天翔話音剛落，哥舒翰就擺手笑道：「任公子喝多了，司馬公子的棋力有目共睹，你若跟他比別的興許還有一線生機，你要跟他下棋，我看還不如找老夫比武勝算大。」

眾將也是哈哈大笑，就像聽到天底下最可笑的笑話，就連突力也對任天翔微微搖頭，小聲提醒：「司馬公子曾同時與神威軍十個棋道高手同時對弈，以一敵十輪番落子，結果十盤全勝，無一失手，即便是國手恐怕也不過如此。」

任天翔待眾人笑完，這才悠然道：「司馬公子從三歲就學棋，而在下十三歲還不會下棋。用腳趾頭想想也知道，我肯定不是司馬公子對手。不過如果司馬公子同意改變一下規則，在下便有信心向司馬公子挑戰。」

司馬瑜皺眉問：「怎麼改規則？」

任天翔故意問：「我有很多年沒下過圍棋了，忘了棋枰上那些線共有幾道？」

司馬瑜道：「是縱橫十九道。」

「為何是十九道？」任天翔望向司馬瑜。

就見司馬瑜一愣：「這個，我倒沒有想過。」

任天翔遙指四方：「天地之大，千變萬化，若以僵化的規則將棋枰限定為縱橫十九道，何以模擬這千變萬化的世界？所以第一要改的，便是棋枰上的經緯之數。」

司馬瑜想了想，微微頷首：「有道理，不知任公子想怎麼改？」

任天翔笑道：「本來這世界無邊無際，棋枰也就該沒有邊界。但是為了節省時間分出勝負，我打算將棋枰的經緯之數改為縱橫三十六道，不知司馬公子有沒有異議？」

司馬瑜想了想，這相當於將棋枰擴大了近四倍，不過棋理還是大同小異，應該對自己沒有多大影響。所以他毫不猶豫地點頭：「沒問題！」

任天翔又問：「棋枰呈四方，為何卻只分黑白二色，由兩人對弈？」

司馬瑜又是一怔，遲疑道：「這是前人定下的規矩，方便兩人於方寸之枰上鬥智鬥謀。」

任天翔不以為然地笑問：「前人定下的規矩就一定合理？想天地之間，哪有容兩人不受干擾鬥智鬥謀的舞臺？就比如現今這世界，中有大唐，北有突厥，西有大食，南有吐蕃，各種勢力縱橫交錯。簡單的黑白二色，何以模擬各方勢力的合縱連橫？」

司馬瑜若有所思地點點頭：「那依任公子之見呢？」

任天翔笑道：「再增加紅黃兩色，添兩個高明棋手，咱們四人各據一方，依舊以圍棋規則爭地奪勢。看最後誰能占到最多的地盤，就是最後的勝利者。」

司馬瑜沉吟不語，心知如此一來，自己在棋力上的優勢，會被新規則抵消大半，而且四人輪流落子，行棋的思路就跟兩人對弈全然不同。要是對方三人聯合起來，自己每落一子，都會遭到三枚棋子的追殺，任你棋力再高也必輸無疑。不過，他又對這種聞所未聞的對弈有所心動，很想試試。

一旁那些懂棋的將領已鼓噪起來，紛紛叫好，他們也想看看是否有人能在公平的條件下戰勝無所匹敵的司馬瑜。

哥舒翰見司馬瑜沒有反對，便吩咐親兵：

「快讓幕僚畫張縱橫三十六道的大棋盤，再做幾百枚紅黃兩色的棋子，讓大家一睹如此別開生面的棋局。」

手握重權，辦事方便，哥舒翰一聲令下，很快就有幕僚畫好了一張縱橫三十六道的大棋盤，又有兵卒將四套棋子集中到一起，並將其中一半的棋子染成紅黃兩色，這樣一來，一副新的圍棋便準備妥當，另外兩個棋手也被眾人推選出來，是軍中棋力最高的肖師爺和張校尉。

為了給棋局助興，哥舒翰高聲宣布：

「誰能從這一局中勝出，賞白銀千兩，並授我佩刀為榮！」

眾將紛紛叫好，眼中流露出莫名的羨慕和渴望。一千兩銀子已經是一筆鉅款，更何況哥舒翰的佩刀在隴右有著極高的聲譽，曾有人撰詩贊曰：

「北斗七星高，哥舒夜帶刀；至今窺牧馬，不敢過臨洮。」

這首詩原本是盛讚哥舒翰保護隴右百姓的功績，不過百姓對詩文並不理解，以訛傳訛，說哥舒翰有一把天下無雙的寶刀，殺得吐蕃人不敢越國境一步，他們將那把傳說中的刀，稱為哥舒刀。

眾將雖然知道這只是民間謠傳，但如果能獲哥舒翰親賞佩刀，這無論在軍中還是在百姓中，都將獲得前所未有的聲望，受萬眾敬仰。

博弈

第二章

任天翔立刻一步吃掉與自己接壤的黑棋，如此一來形勢陡變，他的地盤已隱然超越紅棋，成為最大的勢力。

觀戰的眾將鼓噪起來，紛紛為司馬瑜抱不平。

司馬瑜對眾人鼓噪充耳不聞，卻手拈棋子，陷入了長考。

巨大的棋盤鋪在大帳中央的地毯上，肖師爺、張校尉先後落座，他們相對而坐，分執黑白兩色棋子。這是任天翔特意的安排，故意讓司馬瑜執從未下過的紅色棋子，他就是要讓司馬瑜感到不習慣，進一步削弱對方在棋力上的優勢。

四人各據棋枰一邊，分執紅黃黑白四子，並猜先而行。

在落子之前，任天翔對肖師爺和張校尉笑道：「兩位想不想贏？」

肖師爺是個年逾花甲的老學究，對任天翔的問題笑而不答。張校尉則是個長相普通的中年軍官，對任天翔的提問毫不客氣的答道：「廢話，誰不想贏？」

任天翔意味深長地笑了笑：「咱們四人中間，誰的棋力最高，想必兩位心知肚明。要想最後勝出，必須先幹倒最強者，我想這道理你們都懂吧？」

肖師爺與張校尉對望一眼，皆閉口不答。

司馬瑜心知棋局尚未開始，任天翔就在拉攏盟友，合縱連橫，這種手段他不是不懂，只是他自恃棋力，不願為也不屑為。微微一聲冷哼，他在棋枰正中的位置，穩穩地落下了第一子。他已經算出這三十六路的大棋盤，與自己熟悉的十九路棋盤有著天大的不同，巨大的中央腹地，才是所有人必爭的要點，也是決定勝負之關鍵。

看到另外三人都在邊角經營自己的小根據地，司馬瑜越發在中央大飛小跳，穩穩佔據了有利地形。剛開始，四人都小心翼翼，並不貿然與他人展開爭奪，他們都知道，四個人對弈與兩人對弈完全不同，貿然開戰只會讓漁翁獲利。

十餘子後，司馬瑜的大局觀和棋力便顯現出來，別人十餘子最多守住一條邊和一個角，他十餘子已經將巨大的中央腹地包羅進去，效力比旁人高出不止一籌，任天翔心知這樣下去很難贏得了司馬瑜，便對肖師爺和張校尉笑道：「再不動手咱們都得輸，我先打頭陣，你們跟上。」說著，一子飛入巨大的中央腹地，開始搶奪司馬瑜的地盤。

肖師爺與張校尉對望一眼，立刻跟著任天翔往中央打入。

四人中，以司馬瑜棋力最高，如今又占了最大的地盤，自然就成為三人公敵。如此一來，就成了司馬瑜以一敵三，就像自己走一步，別人卻連走三步，就算是神仙也抵禦不了這種無賴的下法，轉眼之間紅棋就被吃掉大半，中央腹地更被黃、黑、白三子分割佔領，紅棋反而成了地盤最少的一方。

司馬瑜也是聰穎過人，很快就明白這四人博弈與兩人對弈完全不同，誰若先露鋒芒，定會遭到另外三家的圍攻，任你棋力再高也無法同時與三方作戰。現在已不單單是在下棋，而是考驗自己對他人心理的分析和洞察，並根據別人的策略來調整自己的計畫。

他不再去中央爭勝，只往任天翔尚未圍實的邊角落子，由於這裏是任天翔的地盤，而且紅棋現在最弱，所以肖師爺與張校尉不再窮追猛打，皆忙著搶佔自己的地盤，任天翔一人之力無法剿滅打入的紅棋，只能眼睜睜看著它在自己的地盤紮下根來。

「還真有點意思！」一旁觀戰的哥舒翰若有所思地自語，「四色棋子博弈，還真像是四個國家爭地奪利，即使你兵力最強，也未必能將別人消滅。弱者會團結起來，共同抵抗強者，當強者變弱，弱者之間又開始新的爭鬥，強強弱弱皆無固定之勢，正合兵無常勢，水無常形之理。這其中的合縱連橫，勾心鬥角，遠勝過兩人對弈，好！」

既然哥舒翰都說好，眾將也都紛紛叫好，至於是不是所有人都明白好在哪裡，那又是另當別論了。

棋勢漸漸進入中盤，但見肖師爺與張校尉的黑白棋子佔據了最多的地盤，任天翔因被紅棋掏空侵蝕，反而成了占地最少的一方。紅棋雖然還無法與黑白兩棋相比，但也頑強地追了上來，並隱隱有後來居上之勢。

「喂喂喂，咱們這樣下去可都得輸。」任天翔急忙提醒肖師爺和張校尉，「別看你們現在佔優勢，但只要紅棋發動攻勢，你們就危險了。」

肖師爺與張校尉不是不明白這個道理，但是對眼前利益的追求，超過了長遠的考量。何況自己單獨與紅棋相鬥，別人卻未必會跟上，說不定還會乘機在背後捅自己一刀，所以二人都避開紅棋鋒芒，拼命鞏固自己的地盤。

如此一來，紅棋漸漸就追了上來，其算計之精妙和行棋之詭異，終於得到了淋漓盡致地發揮。

任天翔一看這樣下去，三人肯定是輸，只得對肖師爺和張校尉道：

「這樣下去肯定是紅棋勝出，現在我給你們提個建議。你們只要助我拿到最後勝利，銀子和寶刀我都不要，銀子歸肖師爺，寶刀歸張校尉。」

肖、張二人對望一眼，顯然有所心動。

一旁的哥舒翰急忙喝止：「在棋盤上勾心鬥角是博弈，在場外交易就是作弊！從現在起，誰也不能再說一句話，寫一個字，或以手勢與他人交流，誰若違反便直接判輸，立刻離開棋枰。」

任天翔吐吐舌頭，只得乖乖閉上了嘴。不過，他的許諾顯然起到了拉攏人心的作用，肖、張二人在被紅棋追上、勝出無望之際，便開始有意無意地幫助黃棋，讓任天翔漸漸追上來，與紅棋正面爭鋒。

如此一來，紅棋立刻陷入苦戰，但見司馬瑜眉頭緊鎖，神情凝重，往往要經歷長久考慮，才會落下一子。此時他的目標已不是在搶地盤，而是鞏固自己已經做活的棋子。那些在兩人對弈中萬無一失的定式，在四人對弈時卻是漏洞百出，必須將全部中斷點一一連接起來，才能保證真正活淨。

還好盤面已進入尾聲，紅棋隱然佔據了最大的地盤，任天翔眼看勝利無望，突然將一子投向了肖師爺的地盤。

這在兩人對弈的圍棋中，這種下法根本就是送死，但是此時肖師爺拈鬚長考之後，卻對任天翔這一步不管不顧。竟是故意要讓任天翔吃掉自己的棋子，助他最後勝出。

周圍觀戰的眾將紛紛起鬨，這已不是棋力的較量，而是近乎耍賴了。哥舒翰一看，忙對司馬瑜道：「這一局再走下去，已經失去了博弈的樂趣，公子對這種下法若有異議，可立刻中止棋局。」

司馬瑜抬起頭來：「這種下法雖然無賴，卻並沒有違反當初定下的規則，當然要繼續走下去。」說著，他在黃棋邊上穩穩落下一子，竟幫肖師爺的黑棋防守起來。

但是接下來一步，更加出乎所有人預料，就見肖師爺居然自填一眼，竟將自己一大片棋子送到任天翔口邊。任天翔當然不客氣，立刻一步吃掉與自己接壤的黑棋，如此一來形勢陡變，他的地盤已隱然超越紅棋，成為最大的勢力。

觀戰的眾將鼓噪起來，紛紛為司馬瑜抱不平。司馬瑜對眾人鼓噪充耳不聞，卻手拈棋子，陷入了長考。

同僚的指責讓張校尉坐臥不安，不好意思再以無賴手法幫助任天翔。眼看自己勝出無望，他棄子嘆道：「我認輸，你們繼續。」

白棋停止走下去，對局就只剩下三人，但見司馬瑜每一步都似重逾千斤，額上甚至隱現汗珠，臉上露出了前所未有的凝重之色。

在眾目睽睽之下，肖師爺不好意思再公然送地盤給任天翔，卻不忘幫著他對付紅棋，但是紅棋的算計確實精妙，幾乎滴水不漏，對局漸漸進入了尾聲，這一局幾乎從早晨走到了夜晚。

當縱橫三十六道的棋枰差不多全部填滿，對局也終於結束。但見紅黃兩色棋子地盤最為接近，看不出誰勝誰負。

哥舒翰正要讓幕僚數子，司馬瑜已從棋枰上抬起頭來，傲然一笑：「我贏了，勝黃棋一子。」話音剛落，一口鮮血突然奪口而出，染紅了棋枰。

「來人！快來人！」哥舒翰急忙將他扶住，心急如焚地高喊，「快叫大夫！」

少時大夫趕到，摸了摸司馬瑜脈搏，又看了看舌苔和眼瞼，忙對哥舒翰稟報：「公子這是用腦過度，心力交瘁，休息兩天即可復原。」

哥舒翰恨恨地瞪了任天翔一眼：「下棋本是遊戲，自該光明磊落，你卻不惜使出各種卑劣手段，以求一勝。司馬公子若有三長兩短，我定要拿你是問！」

司馬瑜虛弱地擺擺手：「將軍莫怪任公子，為求勝利，不擇手段，這正是一個棋手應有的態度，我很高興能與這樣的對手鬥智鬥勇，於方寸之間一較高低。」

任天翔見這一局自己不僅輸棋，而且還輸人，心中難免有些失落。沒想到司馬瑜對自己反而讚譽有加，他只得悻悻道：

「司馬公子不僅棋力高深，心胸更是豁達，令小弟佩服得五體投地。」

哥舒翰與眾將關切地將司馬瑜送下去休息，無人搭理任天翔。只有突力來到任天翔面前，小聲問起太子的情況，聽說太子和太子妃已經平安歸國，突力異常高興，對任天翔不住道謝。

趁此機會，任天翔忍不住悄聲問突力：「這司馬瑜究竟什麼來頭，竟讓哥舒將軍和神威軍眾將如此看重？」

突力小聲道：「公子有所不知，哥舒將軍曾多次攻打吐蕃石堡城不下，是司馬公子遊學來到隴右，密授將軍破敵之法，哥舒將軍這才率軍拔掉吐蕃插在青海湖的釘子。不僅如此，司馬公子還指點將軍於青海湖龍駒島上修築應龍城，與岸邊大寨呈犄角之勢，令吐蕃不得不退兵數百里。所以哥舒將軍將司馬公子視為天人，敬若神明。」

任天翔有些驚訝，沒想到這看起來有些文弱的世家公子，竟有如此輝煌的戰績，難怪神威軍自哥舒翰以下，無不對他尊敬有加。自己不小心冒犯了他，只怕在這裏再沒有好日子過，這樣一想，心中便萌生去意。

心下忐忑地過了一晚，任天翔第二天一早便去向哥舒翰辭行。哥舒翰沒有挽留，只道：「你來得正好，既然你要回內地，必定會經過長安。昨日司馬公子身體不適，堅持要回長安休養。我正要派人一路護送，你們正好同行，一路上也好有個照應。」

任天翔有點意外，不過還是滿口應承：「司馬公子是因我才嘔血，在下自該親自護送，聊表歉疚之意。請將軍放心，我定將司馬公子安全送回長安。」

哥舒翰拍拍手，就見一個身材魁偉的衛兵應聲而入，哥舒翰指著他道：「這是我最為寵愛的護衛親兵。沒別的本事，就是功夫高強，力大無窮。我讓他與突力護送司馬公子回長安，你們一路上要多多親近。」

那健卒對任天翔拱拱手：「小人左車，見過任公子。」

任天翔仔細一看，就見對方生得膀闊腰圓，身高體壯，臉上卻還稚氣未脫，似乎只有十七八歲模樣。他連忙扶起這魁梧少年，笑道：

「原來是左兄弟，看兄弟這身材相貌，他日定非凡品。左兄弟若不嫌棄，以後咱們就以兄弟相稱，別再公子長公子短，顯得生分。」

左車憨憨一笑：「公子既然不嫌棄左車愚魯，我以後就叫你一聲任大哥。」

哥舒翰敲敲書案：「你們以後有的是時間認識，現在去將突力給我叫來。」

左車應聲而去，少時便將突力帶了進來。

哥舒翰將一封書信遞到突力手中：

「我這裏有封信，你可以持之去見兵部尚書，若有不方便之處，左車會幫助你。讓兵部尚書帶你去見皇上，將高仙芝的所作所為告到御前，相信皇上定會給你一個公道。」

突力接過書信，突然拜倒在地，哽咽道：「多謝將軍主持公道，突力今生今世，沒齒難忘。」

哥舒翰上前扶起突力，喟然嘆息：「天下之大，抬不過一個理字。更何況你我原是同族，皆為突厥後裔。我若不幫你主持公道，豈不愧對祖先？正好現在我也需要人護送司馬公子回長安，就有勞將軍一趟。」

突力拱手一拜：「多謝將軍信任，突力當竭盡所能，將司馬公子平安送回長安。」

哥舒翰對突力和任天翔拱手道：「那就有勞兩位了。」

正午剛過，突力便與左車一道，護送司馬瑜上路。幾個人正好與任天翔一行結伴而行。

但見哥舒翰親自送出十餘里，分手時諄諄叮囑：「司馬公子身體好轉，務必再回隴右，我當親自向朝廷舉薦，定不埋沒公子這等人才。」

司馬瑜在馬車中拱手道：「將軍好意在下心領，只是我無心功名，還請將軍恕罪。若他日有緣，我會再回隴右，為將軍效力。」

哥舒翰揮手與司馬瑜拜別，眼中依依不捨。直到馬車去得遠了，他猶在立馬張望。任天翔見狀，不禁讚嘆道：「哥舒將軍真是愛才如命，司馬公子得他賞識，自該忠心效命才是，為何僅僅因為身體有點不適，便要告辭離去？」

司馬瑜淡淡一笑尚未回答，跟在他車旁那個家人模樣的粗魯漢子，已衝任天翔喝道：「是你害我家公子嘔血受傷，我家公子要有個好歹，我絕不會放過你！」

「燕書，不得無禮！」司馬瑜連忙喝止，跟著對任天翔抱歉一笑，「這是我一個家奴，從小伴我一同長大，一向忠心耿耿，見不得我受半點傷害，讓公子見笑了。」

任天翔仔細打量那家奴，但見對方比自己大不了幾歲，卻雙目炯炯，精氣內斂，顯然身負不弱的武功。任天翔雖然武功稀鬆，但從小在義安堂長大，見過不少高手，見識並不比尋常高手淺薄。他驚訝道：

「司馬公子一個家奴，竟也是精通武功的高手，公子之家世，只怕真是不同凡響啊。」

司馬瑜淡笑：「那也及不上義安堂的顯赫名聲。以任公子義安堂少堂主的身分，在下能與公子相交，實在是三生之幸。」

任天翔連忙擺手：「我這少堂主早已名不副實，況且享前人的福蔭，也沒什麼好炫耀。不像公子年紀輕輕，就有經天緯地之才，神鬼莫測之機，即便在棋枰方寸之間，也能以一敵三，讓我輸得心服口服。」

任天翔這話倒也不全是恭維，棋枰上的小聰明也還罷了，能讓威名顯赫的哥舒翰敬佩有加，更助神威軍大破吐蕃堡壘，這才是真正的大智慧。以前任天翔從不服人，現在卻是對司馬瑜由衷佩服。

突力見二人說得投緣，便玩笑道：

「你們既然相互仰慕，何不乾脆結為異姓兄弟？你二人皆是才智出眾的青年才俊，更難得長得也有幾分神似，簡直就如失散多年的兄弟一般。」

一向不善言辭的褚剛，也連連點頭贊同：「沒錯！沒錯！你們雖不同姓，卻有著相似的俊美面容，要說是兄弟，恐怕也沒人會懷疑。」

經二人這一提醒，任天翔也發覺司馬瑜與自己還真有幾分相像，心中頓時生出一種莫名的親切，哈哈笑道：「既然如此，咱們乾脆結為兄弟，就不知司馬公子是否賞臉？」

司馬瑜大喜過望，不顧身體的虛弱翻身下車，拉著任天翔的手道：「我早有此意，只是怕公子笑話，所以不敢開口。既蒙任兄不嫌，小弟求之不得！」

二人便在道旁撮土為香，望空而拜。一敘年齒，卻是司馬瑜大出三歲有餘。任天翔連忙改口稱司馬瑜為兄，二人從此便以兄弟相稱。

一行人由青海湖出發，經鄯州一路往東，三天後，蘭州城便遙遙在望。

蘭州城在旅人眼裏，是內地與邊疆的分界，過了蘭州，便算是進入人煙稠密的繁華世界，再不用擔心刀客馬匪了。

誰知就在離蘭州城不遠的最後一個小山頭，突然從道旁的樹林中閃出幾條大漢，領頭的漢子手執鬼頭刀高喊：

「此山是我栽，此樹是我開，要想從此過，留下買路財！」

話剛喊完，他身邊的小弟就小聲提醒：「大哥，錯了。是此山是我開，此樹是我栽。」

「我知道！」那人抬手就給了賣弄水準的小弟一巴掌，「每次都喊一樣的詞，老子這次想換個花樣，要你他媽掃興！」

見有強人攔路，褚剛急忙將任天翔護在身後，突力則攔在司馬瑜的馬車前，警惕地打量著四周的環境，左車提起熟銅棍就要往前衝，只有任天翔與司馬瑜在車中悠然對酌。

聽到外面強人的切口，任天翔撩起車簾往外看了看，回頭對司馬瑜笑道：

「這兩天聽兄長講述兵法謀略，小弟心中雖然欽佩，卻未必就服。現在前方有強人攔路，我想知道兄長如何不靠他人幫助，僅憑自己的謀略，就從這些強人面前平安過去？」

司馬瑜笑道：「強人不過是求財，而我最不在乎的就是錢財。」

任天翔笑著搖搖頭：「如果是用錢財買路，那跟尋常商販又有什麼區別？不用錢財不靠他人幫忙，不知兄長可有良策平安過去？」

司馬瑜沉吟起來：「我沒把握，莫非兄弟有辦法？」

任天翔悠然一笑：「我能憑自己三寸不爛之舌，說服這些強人放咱們過去，不知兄長信不信？」

司馬瑜當然不信，雖然他也是能言善辯之士，但要他說服這些強人，自忖也只有三成的把握。他不信任天翔能超過自己，所以毫不猶豫地搖頭：「不信！」

任天翔笑得越發狡詐：「那兄長可敢跟我打個賭？」

「怎麼賭？」司馬瑜問。

「我喜歡兄長贏得的那柄哥舒刀，我想跟你賭那把刀。」任天翔笑道。

司馬瑜啞然失笑：「你若喜歡，為兄送你便是，何必打賭？」

任天翔連忙搖頭：「不不不！這柄刀是兄長在棋枰上堂堂正正從小弟手中贏去，我若想要，也必須憑本事去贏。你送我那是人情，我自己贏回才是本事！」

司馬瑜眉梢一跳，朗聲笑道：「好！只要兄弟能憑一己之力智退強人，讓咱們不費一刀一劍平安過去，這柄哥舒刀就歸你了。」

「一言為定！不過我也不占你便宜。」任天翔笑著指指自己渾身上下，「如果我輸了，我所有的東西，只要兄長看得上，我都雙手奉上！」

司馬瑜半真半假地笑問：「此話當真？」

任天翔笑道：「絕對當針不當線。就不知兄長看得起我哪樣東西？」

司馬瑜把玩著酒杯沉吟片刻，突然望著任天翔的眼睛徐徐道：

「聽說義安堂有一件代代相傳的聖物，是一面玉璧的殘片，為兄對它很感興趣。如果你有，輸了就歸我；如果你沒有，就當我沒說。」

任天翔心中「咯登」一跳，第一次發現竟有人對那片不起眼的碎片感興趣。若是普通人也還罷了，司馬瑜人中龍鳳，竟也對它感興趣，任天翔突然意識到了那塊碎片的價值。他心中驚訝，面上卻不動聲色，笑道：

「我也聽說過那塊碎片，如果我輸了，無論如何我也要將那塊碎片，親手送到兄長手中。」

任天翔這話一語雙關，並沒有否認碎片就在他身上，但在別人聽來，卻會想當然以為碎片並不在他手中，他只是答應想辦法搞到後送上。他並沒有說謊，而且也沒有打算賴賬，如果輸了，他會立刻將那塊碎片拿出來，但是他知道他絕不會輸。

司馬瑜似乎沒有聽出其中破綻，伸手與任天翔一擊掌：

「好！一言為定！」

任天翔下得馬車，示意褚剛和崑崙奴兄弟不要跟來，然後發足向那幾個攔路的強人奔去，老遠就張開雙臂高喊：「猛哥！我想死你了！」

領頭那絡腮鬍的強人愣了一愣，突然扔掉鬼頭刀迎了上來，張開雙臂哈哈大笑：「是任兄弟回來了？我說今天樹上的喜鵲叫個不停，原來是任兄弟回來了！」

原來這攔路的強人不是別人，正是任天翔兩年前離開長安時結識的祁山五虎，領頭的是「霸王虎」焦猛，以下依次是「金剛虎」崔戰、「笑面虎」吳剛、「瘦虎」李大膽和「矮腳虎」朱寶。兩年多不見，他們還是那麼落拓潦倒，看來攔路搶劫也沒那麼容易發財。

任天翔與焦猛抱在一起，焦猛在任天翔肩上重重一拍：「好小子，幾年不見，發達了？」

任天翔嘿嘿一笑：「托猛哥的福，總算沒餓死。自從兩年前猛哥賞我那兩個饅頭之後，小弟就再沒餓過肚子，我得好好謝謝猛哥那兩個饅頭。」

「光謝饅頭怎麼行？」一旁的「矮腳虎」朱寶湊過來，「還有酒菜，大哥還請你喝酒吃肉呢。對了，還送了你一匹馬。」

「瞧你那點出息！」焦猛抬手給了朱寶一巴掌，「幸好任兄弟不是外人，不然咱們祁山五虎仗義疏財的名聲，都讓你小子給毀了。」

幾個人哈哈一笑，任天翔回頭對司馬瑜得意地眨眨眼，大笑：「都是我兄弟，不是外人！」

司馬瑜臉色鐵青，他怎麼也想不通，任天翔這個在長安長大的紈褲公子，怎麼會跟一幫攔路搶劫的強盜是朋友？而且還交情非淺。他並不在乎那把哥舒刀的得失，他只是討厭輸的感覺，而且是輸在一個一向被自己輕視的紈褲子弟手裏。

岐山五虎是遊盜，沒有山寨或匪巢，因此只能在附近一家落腳的路邊酒店款待眾人。看五人打扮比乞丐好不了多少，再看看他們待客的環境，任天翔嘆道：「看來猛哥這兩年，事業不是很順利啊。」

焦猛嘆了口氣：「不瞞兄弟說，老哥這兩年的日子確實不好過。」

任天翔隨口問：「為啥會這樣？是西北道上的貨物和商隊少了？」

「貨物商隊倒是沒少，就是東西越來越不好搶。」焦猛恨恨地灌了口酒，「現在的行商都入了商門，凡是看到掛著通寶旗的商隊，咱們就只有繞著走。沒旗子的商販通常又沒什麼油水，生活艱難啊！」

任天翔一愣：「啥叫通寶旗？」

「就是繡著開元通寶的旗子。」「笑面虎」吳剛苦笑著接過話頭，「兩年前，商門四大家族結盟，繡了個開元通寶的旗子作為四大家族共同的旗號，給道上傳了個話，說誰敢動掛著通寶旗的商隊，四大家族將聯手剷除。清風寨和黑風嶺的兄弟不信邪，結果被商門四大家族聯手拔起，聽說沒留一個活口。從此江湖震動，沒人再敢動掛著通寶旗的商隊。後來凡有點財力的行商都陸續加入了商門，托庇於通寶旗下，商門的威望一時無二。如今在外行走的商賈都知道，加入商門就不用再怕強盜。戲稱鑽入錢眼，盜匪不懼。」

把加入商門稱為鑽入錢眼，這比喻倒也形象有趣。任天翔啞然失笑，以前他在長安時就聽說過這樣一句話——揚州許，洛陽鄭，益州老潘廣州岑，天下財物出其門——講的就是有著百年以上歷史的四個商門世家。

雖然他們都尊殷商時期的王亥為始祖，但卻各自為商，平日多有利益之爭，少有相互合作。沒想到現在竟然聯合成真正一個商門，而且還吸引了天下行商紛紛加入。這做法與自己在龜茲造飛駝旗有異曲同工之妙，當然規模和實力卻不是小小飛駝旗可以比擬。

「這個促成商門四大家族結盟的傢伙，肯定不簡單吧？」任天翔若有所思地問。

「豈止不簡單，那是相當的不簡單！」「矮腳虎」朱寶最愛賣弄他的淵博，「洛陽鄭家的大公子鄭淵，正是促成四大家族結盟的主要人物。人稱『一旗走天下，一劍定中原！』」

「一旗走天下」好理解，大概是指他發明的通寶旗能平安走遍天下，但是對「一劍定中原」，任天翔就有些不理解了。就聽朱寶繼續賣弄道：

「兩年前，商門四大家首腦人物齊聚東都洛陽，商談結盟事宜，決定門主輪流做，每三年一換。但是四家都想爭當首任門主，相持不下。最後決定以武定門主，結果鄭大公子一劍懾服許、潘、岑三家，助其父成為商門首任門主。」

「原來是個打手啊！」任天翔啞然失笑，心中頓時有些輕看。在他看來，堂堂豪門公子，居然像粗鄙武夫那樣拿劍跟人對砍，就算贏了也有失身分。幾百年前的古人都知道，勞心者治人，勞力者治於人，鄭大公子怎麼連這個道理都不懂呢？

焦猛將酒碗一頓：「自從這通寶旗出來後，一下子就斷了咱們的財路。有旗子的咱們不敢碰，沒旗子的又都是窮光蛋，這強盜是越來越不好幹了。」

任天翔心中一動，笑問：「就不知幾位哥哥在衙門有沒有案底？」

焦猛有些茫然：「啥叫案底？」

「案底就是……你們有沒有在衙門留有記錄？或者被官府通緝？」

焦猛不好意思地撓撓頭：「說來慚愧，這個好像還沒有。不過這也簡單，咱們下次作案留下個名號就可以了。」

任天翔笑著擺擺手：「我不是這意思，我是說，你們要沒有案底，何不跟我去洛陽闖闖？」

「去搶洛陽？」朱寶立馬興奮莫名，「聽說那兒是個花花世界，女人漂亮，男人有錢，無論劫財還是劫色都很方便！」

話音剛落，焦猛抬手就給了他一巴掌：「你他媽不看看自己斤兩，居然想去搶洛陽？不說剛才提到的商門鄭家，還有釋門兩大聖地之一的白馬寺，就單單一個洪勝幫，已足夠將你這矮腳虎弄成斷腳貓！」

祁山五虎中間，只有老三「笑面虎」吳剛見過些世面，忙對兩個兄弟擺擺手：「任公子不是這個意思，先聽聽他有什麼好建議。」

五人目光這才集中到任天翔臉上。任天翔笑道：「既然強盜現在這麼不好做，何不跟我去做個商人？大家都鑽錢眼裏去，沒準比做強盜容易發財一些。」

五個人面面相覷，這建議超出了他們的常識，他們一時還難以理解。

任天翔見狀，笑問：「小弟在西域做的就是商業，也算有點收穫。現在打算去中原發展，正缺人手，不知五位哥哥願不願幫忙？」

五人見任天翔衣衫光鮮，隨從甚眾，想必混得不錯，也都有些心動。不過由於打小就做強盜，所以天生對城市和官府有一種本能的恐懼，一時間拿不定主意。

任天翔見狀，示意小澤拿了一百兩銀子出來，遞到五人面前：

「這一百兩銀子算小弟請五位哥哥喝酒零花，等你們想通了，可隨時來洛陽找我。只要我碗裏有乾的，就絕不讓幾位哥哥喝粥。」

白花花的銀子讓五人兩眼放光，焦猛咽了口唾沫，示意老三收起銀子，然後對任天翔拱拱手：「哥就不客氣了，銀子我收下。以後兄弟有用得著的地方，就派人來給這兒的老闆送個信，他是我本家兄弟，沒別的本事，就一個──可靠。」

「那好！就謝謝猛哥的款待了！」任天翔說著端起酒碗，「我們還要趕路，喝了這碗酒，咱們後會有期！」

任天翔一行去得遠了，祁山五虎還在遙遙相望。朱寶有些遺憾地嘆了口氣：「好不容易遇到個沒掛通寶旗的旅人，可惜偏偏是任兄弟，不然咱們可就發大了！」

焦猛一聲冷哼：「你得慶幸這次遇上的是任兄弟，你沒看出跟他一路的那個突厥人，眼裏殺氣凜然，還有那兩個吐蕃人和那姓褚的漢子，哪個都不好惹！要真動起手來，只怕我們幾個還真不夠他們砍。」

在遠去的馬車內，司馬瑜若無其事地將哥舒刀遞到任天翔面前：

「你贏了，我輸得心服口服。」

任天翔嘻嘻笑著接過短刀：「多謝兄長賜刀，小弟謝了。」說著拔出刀舞了兩舞，連連讚嘆，「好刀，真是好刀！可惜要在我手裏就埋沒了。俗話說，紅粉贈佳人，寶刀贈勇士，這把寶刀，也只有突力將軍才配得上。」

突力正騎馬與車並行，聞言一愣：「給我？」

任天翔笑著將刀遞過去：「將軍忠勇令天翔敬佩，這把刀與將軍也最為相配。」

突力略一遲疑，伸手接過佩刀，抱拳一拜：「多謝公子贈刀！」

待突力走開一些，司馬瑜不由連連點頭讚嘆：「兄弟果非常人，為兄佩服。」

有突力等人護送，眾人一路無驚無險地，不久即到達長安郊外。望著熟悉的城郭，任天翔心中百感交集，在心中暗暗道：

長安，我一定要回來！

「為兄到了，兄弟不送為兄進去？」司馬瑜問。

「不了，有機會我再去拜望兄長。」任天翔連忙推脫。他還背著命案，更不知義安堂對他的態度，雖然心中掛念留在長安的妹妹任天琪，但還是不敢冒險。

二人在城外分手，任天翔繼續往東去往洛陽，司馬瑜主僕則在突力和左車護送下進了城門。

片刻後，馬車來到一座古舊的府邸前，這府邸在以奢華著稱的長安城，一點也不起眼。

在門外與突力二人拜別後，司馬瑜顧不得梳洗，匆匆來到後院的書房。

就見爺爺正捧卷沉思。他急忙上前一拜：「孫兒幸不辱命，已將任天翔平安送回，現在他去了洛陽。」

「洛陽？果然抱負非淺！」白衣老者瞇起本就細長的眼簾，拈鬚頷首，「你見過他了，對他怎麼看？」

司馬瑜沉吟：「他不是無足輕重的灰塵，甚至不是棋子，而是棋手。」

老者饒有興致地望著孫子：「你對他的評價為何突然變得如此之高？」

「因為，他贏了我一陣！」

司馬瑜將見到任天翔後的種種細節俱對老者做了詳細彙報，最後道：

「他的小聰明也還罷了，令人讚嘆的是他籠絡人心的手段，既不露痕跡又恰到好處，這一點，我不如他。不過，他也有弱點，就是好勝心太強，在我手中輸了兩次後，拼命想扳回。不惜用任重遠給他的那塊玉璧殘片跟我打賭，他雖然沒有承認那塊殘片就在他手中，但他的表情騙不過我。」

老者面色微變：「你向他問起那塊玉璧殘片了？」

司馬瑜眼中閃爍著一絲銳芒：「不錯！我知道那塊殘片的價值，所以試試他。沒想到他立刻就露了底，畢竟還是嫩了點。」

老者突然把書一扔，冷著臉淡淡道：「去先祖靈前閉門思過，想不通為什麼，就不要來見我。」

司馬瑜一怔，如同被兜頭潑了一瓢涼水，滿腔興奮頓時化作滿腹的疑惑。不過他沒有爭辯，立刻拱手拜退，去先祖靈前跪地思過。

陶玉

第三章

他的目光落到那些碗碟之上，目光越來越驚訝，不禁將手中的瓷碗湊到燈下打量，但見這些瓷器潔白溫潤，隱帶玉的光澤，更難得的是碗壁薄如蟬翼，在燈下一照，竟像白玉一般呈半透明的乳白色。

「爺爺，哥哥剛回來，你怎麼就讓他去鬼屋思過？飯也不吃？」一個十七、八歲的少女風風火火地闖了進來，帶起的微風讓書房中的燭火一陣搖曳。夜色已經降臨，離司馬瑜歸來已經有三、四個時辰，他卻還在祖先的靈前反思。

老者從一本舊卷中抬起頭，心中也微感詫異。

他這個孫兒從小聰穎過人，即使偶有過失也很快就能自省，像這樣幾個時辰過去還在反思，卻是從未有過。不過，他對面前的孫女卻若無其事地道：「一個人若連自己錯在哪裡都不知道，確實沒有資格吃飯。」

少女柳眉一挑，杏目中滿是挑釁：「哥哥反思了幾個時辰，卻不來爺爺面前認錯，那就是認為自己沒錯。爺爺若連這個道理都不懂，就是沒明白你孫子的心思。」

經孫女這一提醒，老者恍然醒悟。在心中暗嘆，看來孫子是長大了，已經有了自己的主見，不再惟命是從。他扔下書本：「我去看看。」

剛出書房，見孫女要跟來，老者面色一沉：「男人的事，以後你少管。女孩子最重要的是要知書識禮，行止有矩。像你這樣走路帶風，說話冒失，竟將供奉祖先的祠堂叫鬼屋的女孩子，哪裡有半點大家閨秀的模樣？」

少女不好意思地吐吐舌頭，只得停步。不過待爺爺一走，她眼珠骨碌一轉，回頭對隨行的丫鬟吩咐：「小梅，去將燕書給我叫來，我得問問他，這次哥哥究竟犯了什麼錯，竟然一回來就要關鬼屋。」

「是，小姐！」小梅答應而去，少時便將燕書帶到了小姐的面前。

見小姐問起，燕書憤憤道：「小姐有所不知，公子都是讓一個混賬小子給害的。那小子不僅害得公子棋枰嘔血，還耍賴贏去了公子的寶刀，老爺大概是因為這個，才讓公子反思吧。」

少女心中十分驚訝，她知道哥哥從小學棋，如今除了爺爺，已經很難再找到一個對手，誰能令他棋枰嘔血？而且以哥哥的聰明多智，誰能從他手中贏走什麼東西？她忙問：

「這究竟是怎麼回事？你仔細道來。」

燕書便繪聲繪色地講起神威軍大營中，司馬瑜與任天翔的四方博弈之棋，以及蘭州城外，任天翔使詭計從司馬瑜手中贏走哥舒刀的經過。

少女聽完心中暗恨：這個無賴小子，居然害我哥哥栽了這麼大個跟斗，以後你千萬別撞在本小姐手裏，不然定要你好看！

陰冷寂靜的家祠，坐落在府邸幽暗的後院，除了負責清潔的下人和司馬家直系男性，任何外人不得進入，這讓它罩上了一層神秘色彩。所以司馬小姐私下裏竟將它稱為鬼屋。

老者來到祠堂，輕輕推門進去，就見孫子依舊筆直地跪在祖先的靈位前。寬闊的神龕上空蕩蕩只供著一個牌位，上面的名字是「司馬徽」。

老者在靈位前上了三炷香，淡淡問：「還不知錯在哪裡？」

司馬瑜挺起腰肢：「我知道爺爺認為我錯在哪裡，不過，我卻認為自己並沒有錯。」

老者回過頭，驚訝於孫子居然敢挑戰自己的權威，這一瞬間他感覺孩子已經長大，有了自己的主見和看法。他心中不知該是失落還是該欣喜，徐徐頷首：

「好，你就說說，爺爺認為你錯在哪裡？」

司馬瑜沉聲道：「爺爺認為我幫助哥舒翰拔除吐蕃人的石堡城，是鋒芒太露；在他人面前過多暴露自己實力，是年輕氣盛。尤其在任天翔面前提起那塊玉璧殘片，是在打草驚蛇。」

「你好像並不認為自己有錯？」老者拱手對靈牌一拜，「你知道司馬家曾經的輝煌，是靠哪兩個字打下的基礎？」

司馬瑜朗聲答道：

「先祖司馬徽胸有經天緯地之才，安邦定國之智，只因生不逢時，所以一生隱忍不發，只安心栽培後人和弟子，並將他們安插到各派勢力之中，先後將臥龍、鳳雛舉薦給劉備，卻將族中弟子薦入曹營。高祖司馬懿在一代梟雄曹孟德身邊一忍數十年，韜光養晦不露鋒芒，直等到曹賊過世才漸露崢嶸，借諸葛之威脅悄然崛起，為後人滅魏奪國，蕩平吳、蜀打下基礎。世人嘲笑高祖一生也奈何不了諸葛亮，小小空城計竟將高祖十萬大軍嚇退三百里，卻不知諸葛亮不過是先祖司馬徽精心布下的棋子，借自己和弟子徐庶之手薦與劉備，諸葛亮能一鳴驚人，實是得我司馬世家情報之助。沒有我司馬世家，就沒有什麼臥龍鳳雛；同樣，沒有諸葛亮，也就沒有高祖嶄露頭角、擁兵自重的機會，所以高祖怎會輕易放棄這枚重要至極的棋子？縱觀司馬家曾經的輝煌，是從先祖司馬徽開始便精心佈局，高祖司馬懿晚年才著手實踐，到世宗司馬師、太祖司馬昭和世祖司馬炎，歷時四代才最後大成。所有這一切的基礎，俱是從先祖和高祖的隱忍開始。」

老者一聲冷哼：「既知隱忍之重要，你為何要大出風頭？」

司馬瑜昂然抬起頭：「司馬世家已經隱忍了數百年，爺爺也隱忍了一生，至今卻一事無成。如今四海靖平，天下歸心，若再不使出非常手段，我輩要隱忍到何時？」

老者冷笑：「所以你就打草驚蛇，讓任天翔意識到那塊玉璧殘片的重要？」

司馬瑜朗聲道：「那面玉璧，只有全部找齊才有價值，即便從任天翔手中贏下一塊，也不過是塊廢物。我跟他打那個賭，就是要他意識到它的重要，激起他的好奇，用心去找其他的碎片，實現它既可安邦也可覆國的效用。任天翔是個沒多大追求的紈褲子弟，如果不激起他的好奇心，他根本不會用心去找另外的殘片。」

老者輕輕一哼：「原來你是不想再忍，可知如此一來，你已將司馬一族置於危險之中？」

司馬瑜沉聲道：「爺爺從小就教育孫兒，人生就是賭博，天下就是棋枰。要想得到更多，就不要怕冒險。我司馬一族既為千門世家，謀的是天下，跟天下比起來，即便合族性命，也是微不足道！」

「啪！」老者一巴掌扇在了司馬瑜臉上，白皙如玉的臉頰頓時浮現出五個紅紅的指印。老者直視著心有不甘的孫子，一字一頓：「有命，才有天下。你啥時候想明白這個道理，啥時候再出這道門！」

小心關上祠堂大門，老者緩步來到外面，但見天色已經完全黑盡，天地一片混沌。老者遙望虛空，回想自己隱忍的一生，雖然在不斷謀劃，卻從未真正冒過大險，他不禁在心中暗嘆：難道隱忍二字，並不適合如今這太平盛世？現在司馬家終於出了個為達目的，不惜一切代價的子弟，難道就是要徹底顛覆先祖的理念？

天上開始飄起濛濛小雨，繼而又變成淅淅瀝瀝的連綿秋雨。已經回房休息的老者，想起在祠堂中思過的孫兒，急忙高叫：「來人，快給公子送兩件棉袍過去。」

下人應聲而去，片刻後，卻慌慌張張地回來稟報：「公子……公子不在祠堂。」

不在祠堂？那就是已經想通了，看夜已經很深才沒有來打攪爺爺休息。老者這樣一想，也沒有在意，隨口說：「公子還沒吃晚飯，讓廚下做點宵夜送到公子房中。」

「公子也不在他房中。」門外的下人結結巴巴地稟報，「公子……公子在祠堂的牆上留了幾個字，是血字！他……他已經走了。」

老者一驚，急忙披衣而起，匆忙趕到祠堂。但見祠堂大門虛掩，裏面空無一人。隨行的家人舉起燈籠往牆上一照，就見牆上是幾個血跡未乾的大字——隱忍一世，不如奮起一時，不能追隨先祖之榮耀，孫兒羞姓司馬！

老者一怔，急忙高喊：「快叫琴、棋、書、畫四將，速將這個孽障給我追回來！」

洛陽為大唐的東都，繁華氣象與長安不相上下。當任天翔帶著褚剛、崑崙奴兄弟和小澤進得城門，俱為其寬闊的道路、巍峨的建築和絡繹的人流讚嘆不已。

任天翔以前只是聽說過洛陽的繁華，卻從未真正領略過，崑崙奴兄弟和小澤更不用說，從未到過中原的他們，自然是驚嘆連連，興奮不已。

一行人找了間客棧暫時住下，然後四處遊玩，先去釋門聖地白馬寺瞻仰了那匹有名的白馬，後又去關林拜祭武聖關羽……一連數天，眾人只是四處遊玩，並不考慮將來。

不過，作為眾人之首的任天翔卻不得不考慮，在西域賺得的錢大多留給了褚然，自己帶著的盤纏本就不多，又分了一百兩給祁山五虎，如今已是所剩無幾。自己一個人還好辦，隨便去哪個賭場妓院幫閒拉客也能混吃混喝，但是現在還帶著褚剛等人，總不能又讓褚剛上街賣藝吧？

這幾天隨褚剛等人四處遊玩的時候，任天翔一直在留心商機。誰知洛陽城雖然繁華，各種商業十分發達，卻已經形成了各自的地盤和勢力範圍，正當的生意大多為商門把持，賭場青樓當鋪這些賺錢快的行當，又幾乎為洪勝幫壟斷，外人很難插足。要想在這個繁華的都市找到尚未被人發覺的商機，還真不是件容易的事。

這一夜，小澤等人都已安然入睡，只有任天翔還在床上輾轉反側，難以入眠。聽著譙樓更鼓打過初更，他才朦朧欲睡，誰知卻被隔壁碗盞摔碎的聲音驚醒，心中疑惑，不知這半夜三更，隔壁的房客莫非還在吃飯？

聽聽隔壁再無動靜，他閉眼欲睡，卻又被隔壁瓷碗落地的聲音驚醒，一連數次之後，任天翔無名火起，想叫小澤過去看看，誰知小澤卻睡得像個死豬。為了節省房費，他只包了兩個房間，他跟小澤一間，褚剛和崑崙奴兄弟在另一邊隔壁。

不忍打攪小澤好夢，任天翔氣沖沖披衣而起，開門來到隔壁。

就見隔壁房燈火通明，房門虛掩，裏面不時傳出摔碗的聲音，卻又聽不到任何吵架鬥毆聲。

任天翔上前敲了敲房門，見房裏沒有反應，便輕輕推開房門，就見一個四十多歲的漢子正獨自在喝悶酒，漢子看起來落拓潦倒，滿臉皺紋縱橫交錯，年紀不算太大，兩鬢已現花白，一看就是個鬱鬱不得志的勞苦人。

他面前的桌上除了幾個空了的酒壺，並沒有任何下酒菜，只堆著許多盤碟碗盞，那漢子喝一口酒便摔一個碗，像是聽那摔碗的清脆聲下酒一般。

「這位大哥，為何要在深更半夜摔碗玩？」任天翔笑問，他已看出這漢子定是遇到不順心的事，而且酒已半醉，跟一個醉鬼實在沒什麼好計較，所以他的火氣已消了大半。

「我自摔我的東西，干你何事？」那漢子斜著一雙醉眼望向任天翔，眼裏滿是挑釁，紅紅的眼珠就像是瘋狗，很有種逮誰咬誰的衝動。

任天翔和解地舉起手：「大哥別誤會，我是聽你摔得有趣，想來幫你摔。」

那漢子一聽這話頓時轉怒為喜，急忙起身相迎：「好好好！咱們一起摔，聽聲下酒，豈不快哉！」

任天翔也不客氣，過去抓起碗盞就要摔落，他打定主意，三兩把將所有碗盞都給摔了，好回去睡覺。

誰知他在抓起碗盞正欲下摔之際，手卻突然停在了半空。他的目光落到那些碗碟之上，目光越來越驚訝，不禁將手中的瓷碗湊到燈下打量，但見這些瓷器潔白溫潤，隱帶玉的光澤，更難得的是碗壁薄如蟬翼，在燈下一照，竟像白玉一般呈半透明的乳白色。

任天翔出身豪門，見到過不少來自邢窯、越窯等專供宮廷御用的瓷器，似乎也無法與手中這些瓷器相比。他十分驚訝，急忙攔住那摔碗的漢子：

「這……這是難得的名瓷啊！你竟當成普通之物糟踐！」

「名瓷個屁！」那漢子醉醺醺地瞪著任天翔，噴著酒氣質問，「你知道它叫什麼？」

任天翔仔細看了看，似乎與以前見過那些出產自邢窯和越窯的瓷器有所不同，具體不同在哪裡，卻又說不出來，畢竟對陶器並無專門的研究。就聽那漢子醉醺醺地道：「它叫陶玉，乃陶中之玉！」

任天翔見這瓷器確有玉的潔白溫潤，敲之響聲如磬，實乃不可多得的珍品。雖不敢說可以假亂真，卻也能蒙蔽凡人眼目。他不禁微微頷首：「果然不愧是陶中之玉。如此珍品，不知大哥為何毫不珍惜？」

那漢子愣了愣，突然淚如泉湧，嚎啕大哭：

「我陶家三代辛苦，百年琢磨才燒成此玉，難道我會不珍惜？我為自己改名陶玉，二十年埋頭苦研才終有此玉，難道我會不心痛。可現在這些瓷器根本不能換成錢財，豈不是廢物一般。」說著抓起碗碟拼命摔落，全然不顧任天翔的勸阻。

吵鬧聲驚動了更多的房客，店小二終於過來干涉，褚剛和崑崙奴兄弟也被驚起，就連小澤都被吵醒，紛紛趕了過來。任天翔忙塞了幾個銅錢將小二打發走，然後對褚剛等人擺擺手：「我沒事，你們不用緊張。」

褚剛看了看房裏，小聲問：「一個醉鬼，公子何必跟他囉嗦，直接讓店家趕出去不就完了？」

任天翔笑著將他推出房門：「你們回去睡覺，我要陪這醉鬼喝幾杯。」

褚剛心中詫異，卻也不好多問，只得與崑崙奴兄弟回房。任天翔將眾人打發走後，這才關上房門。就見那個叫陶玉的漢子，經方才那一陣鬧騰，終於精疲力竭，倒在地上呼呼大睡。

任天翔連拖帶拽將他弄到床上，為他仔細蓋好被褥，然後又將凌亂不堪的房間簡單收拾了一下，這才坐在桌前，對著那些從未見過的精美瓷器難以入眠。

天明時分，陶玉被尿憋醒，迷迷糊糊地起床撒尿，陡見自己房中多了一人，嚇得渾身一個激靈，驚問：「你……你是何人？」

任天翔並未睡實，應聲醒轉，忙道：「在下任天翔，昨夜陶大哥喝多了，我怕你半夜要人伺候，所以冒昧留了下來。」

陶玉晃晃腦袋，終於想起昨晚發生的情況，見房中已收拾乾淨，他有些疑惑：「昨晚喝酒失態，讓小哥見笑。咱們萍水相逢，你為何如此待我？」

任天翔笑道：「實不相瞞，我是看上了陶大哥燒製的這些瓷器。不過昨晚聽大哥說，這些瓷器換不成錢，形如廢物，這究竟是怎麼回事？」

陶玉嘆了口氣，在任天翔對面坐了下來，端起茶壺灌了口隔夜茶，這才問：「你是生意人？」

任天翔苦笑著點點頭：「還沒入行，正為如何賺錢頭痛。」

陶玉仔細打量了任天翔兩眼，頷首道：

「公子待人以誠，我也就直言相告。我乃景德鎮人士，祖上世代燒窯。我家陶窯在當地也還有點名氣，不過，卻無法與號稱『北邢南越』的兩大名窯相提並論。所以從我爺爺開始，就發誓要燒製出超越邢窯和越窯的名瓷。經我家三代人努力，到我手上終於燒出了這種形如美玉的瓷器，所以我以自己的名字來命名它，是為陶玉。」

任天翔點頭讚嘆：「名符其實，不愧是被稱為陶中之玉。如此精美瓷器，陶大哥怎麼說它是無用廢物？摔之毫不心痛？」

陶玉一聲長嘆：「看來小哥還真沒入生意之門。陶玉的燒製工序複雜，價格不菲，不是一般人用得起，所以只能賣到長安、洛陽這等繁華都市。而這些繁華城市的各種商行，現在俱為商門控制，我要想將陶玉賣到這些地方，必先向商門繳納一筆高昂的費用，本地坐商才會收購我的陶玉。」

「那也應該沒問題啊。」任天翔奇道，「陶玉的精美有目共睹，即使是商門，也肯定是以賺錢為目的。如此好的東西，他們沒理由拒絕，最多向大哥壓壓價，最終還是會保證雙方都有錢賺。」

陶玉苦笑著搖搖頭：「公子只知其一，不知其二。陶玉就是因為太精美，超過了號稱

『北邢南越』的兩大名窯。而邢窯與越窯，一個是洛陽鄭家的姻親，一個是廣州岑家的合夥人，他們怎麼能容忍陶窯超越他們？甚至取代他們成為宮廷貢瓷？所以鄭家給我開出了個高價，要買燒製陶玉的工序和配方，想將我陶家三代的心血，變成他邢窯的墊腳石。」

任天翔笑道：「如果價錢合適，倒也不妨。」

陶玉拍案怒道：「我陶家三代琢磨陶藝，難道是一心為錢嗎？誰不想憑自己的技藝，在史上留下自己的名字？我要是賣掉陶玉的工藝和配方，就是陶家的不孝子孫，將無顏面對列祖列宗！」

見陶玉發怒，任天翔趕緊道歉：「我只是隨口玩笑，陶大哥千萬別當真。要是你不賣陶玉的工藝和配方，會怎樣？」

陶玉苦笑：「商門就給我開出極高的入城價，讓我無錢可賺。如今各大繁華城市的坐商，大多加入了商門，他們聯手將我的陶玉壓到無利可圖的地步。為了燒製陶玉，我已經背負了沉重的債務，這批陶玉要換不成錢，陶窯將無以為繼。若是如此，我只好毀掉配方，自絕於陶家祠堂，向先輩請罪！」

陶玉雖然落拓潦倒，但眼中那份絕決和剛烈，卻讓人不敢懷疑他的決心。

任天翔略一沉吟，正色道：「陶兄，你是否願與我合作？」

「如何合作？」陶玉將信將疑地問。

「實話實說，我經驗不多，本錢有限，唯有一顆赤誠之心。」任天翔坦然相告，「我想做陶窯的專營商，將陶玉賣到每一個繁華都市。」

陶玉有些驚訝：「你想怎麼做？如何破解商門的刁難？」

任天翔坦然笑道：「如何將陶玉賣出去，這由我來考慮，陶兄只管生產。我現在無法告訴你如何破解商門的阻撓，因為我自己也還沒有想好。不過我相信，好東西不會被埋沒，不正常的事一定不可能長久。」

陶玉臉上陰晴不定，猶豫良久，終於拍案而起：

「好！死馬當作活馬醫！只要你能讓陶玉打入這個城市的商行，從今往後，陶窯所有瓷器均由公子來銷售，獲利你我對分！」

「一言為定！」任天翔伸手與陶玉一擊，立下了君子之約。

任天翔回到自己房中，就見褚剛等人早已起床。見他一夜未歸，褚剛關切地問：「跟那個醉鬼有啥好談的？公子竟在他房中待了一夜？」

任天翔悠然一笑：「那是上天給咱們送來的財神爺，只是現在財神爺落難，咱們得幫幫他。如果幫他度過眼前難關，我們以後都不會再為錢發愁了。」

「那醉鬼是財神爺？」小澤哈哈大笑，「我看是比較像瘟神一點。」

任天翔抬手給了他一巴掌：「少給我貧嘴，從現在開始，咱們得幹活了。」

「幹什麼活兒？」小澤忙問。

任天翔便將陶玉的遭遇簡短說了一遍，最後對小澤和褚剛道：

「現在你們分頭去市面上打聽有關商門還有本地江湖勢力的情況，我們要想法給陶玉找到買主，而且是出得起價錢的大買主！」

小澤與褚剛齊聲答應，二人閒了這麼久，總算有事可幹了，都十分興奮，興沖沖告辭而去。

在他們離去後，任天翔也帶著崑崙奴兄弟出門，開始真正去瞭解這個城市的商業情況。

經過數天的明察暗訪，小澤褚剛二人的興奮勁很快就消失殆盡。商門在洛陽即便不是一手遮天，也差不多達到了無所不在的地步。任何商品如果沒有向商門繳納入城費，本地坐商沒一家敢要。

二人不甘心，拉上陶玉親自上街叫賣。誰知街上看熱鬧的人雖多，但捨得掏錢買的人少之又少。畢竟這種精美至極的陶器，不是一般人買得起。幾天下來賣不起價不說，還常常遭到地痞流氓的騷擾，沿街叫賣那幾個錢，供幾個人日常開銷都不夠。

「看來財神爺的錢也不是那麼好賺。」褚剛開始抱怨起來，小澤也有點心灰意冷。不過任天翔卻並不沮喪，他對此早有預料，如果輕易就能在商門的地盤打開局面，那這錢也輪不到他來掙了。

「這種陶器是奢侈品，不是一般人用得起。」任天翔把玩著精美如玉的陶玉，若有所思地回想，「洛陽王公貴族不少，我記得當年玉真公主在洛陽就建有一處道觀。你們去那裏打聽，看看公主什麼時候在道觀？誰最得公主賞識，可自由出入道觀？」

玉真公主是聖上的嫡親妹妹，由於兄妹倆從小俱是在祖母武則天的陰影下長大，堪稱相依為命，所以兄妹倆感情最好。玉真公主虔心向道，所以聖上就在長安、洛陽、王屋山等地為其建造道觀和別院，規模之恢弘、建築之精美並不亞於皇宮內院，供公主隨時巡幸，也成為公主結交各界名流的私人會館。

小澤有些奇怪：「堂堂公主為何要出家？豈不可惜了天生的富貴？」

任天翔啞然失笑：「你以為公主出家能像常人那樣，青燈古佛、寂寞終老？玉真公主就算出家，富貴依舊一分不少，衣食用度依舊是公主的標準，而且還比嫁人多了一份難得的自由。想當年長安城多少公子王孫、文人墨客，莫不以結交玉真公主為榮，若能得公主舉薦謀個前程，那就更是天大的幸運了。可惜本公子晚生了幾年，不然也定要去會會這位名動一時的風流公主。」

小澤笑嘻嘻地調侃：「公子現在也不算晚啊，想來以公子的倜儻風流，定能得公主的賞識。」

任天翔抬手給了小澤一巴掌：「你他媽不問問公主多大年紀，竟跟本公子開這種玩笑。小心我將你綁了給公主送去，淨了身做個小太監。」

小澤吐吐舌頭，趕緊與褚剛出門打探。

當晚二人便回來稟報：「公子所言不差，玉真公主在洛陽果然有一處行宮，叫安國觀。不過現在公主不在觀中，具體什麼時候回來，暫時還不得而知。」

「觀中現在是何人在主事？」任天翔忙問。

「聽說是道門名宿元丹丘。」褚剛沉吟道，「真不明白，公主修行的道觀，怎麼會讓一個道士而不是道姑主事。」

「元丹丘？」任天翔一驚，「是不是又叫丹丘子？」

褚剛點頭：「丹丘子是他的道名，他本名卻是叫元丹丘。」

任天翔鼓掌大笑：「這可不是外人！當年他尚未發跡時，任重遠曾請他來教過我幾天劍法。雖然那時我還不到十歲，可也算是我一個師傅啊！」

「那再好不過！」小澤呵呵笑道，「明天公子便備點禮物去看望這個師傅，順便打聽玉真公主的消息。如果能跟公主拉上關係，商門算個鳥！」

任天翔很高興小澤這麼快就學會了鑽營的技巧，猜到自己是想走公主這條路。不過他卻搖頭嘆道：「別說我跟他只有幾天的師徒名分，就算我真是他的徒弟，現在也不敢跟他提起。我要敢跟人說自己是任天翔，沒準立馬就有人將本公子綁了送官。」

小澤奇道：「高仙芝的通緝令，也到不了這麼遠吧？」

任天翔搖搖頭沒有回答。高仙芝的通緝令雖然到不了洛陽，但長安的通緝令卻一定沒問題。要是有人知道自己就是當年失手殺死貴妃娘娘家侄兒的兇手，那自己還有命在？不過為了不讓小澤等人擔心，任天翔只是敷衍道：

「我離開長安時背著命案，現在不知是否還在被官府通緝，所以我現在暫改名任天，你們以後就叫我這個名字。」

褚剛與小澤連忙點頭。小澤為難問：「如果公子不能暴露身分，如何接近元丹丘？」

任天翔沉吟道：「你們再去打探，看看誰能自由出入安國觀。」

「這個不用打探，我就知道一人。」褚剛笑了起來，「他叫李白，自號青蓮居士，不知公子可知道這個人？」

「太知道了！」任天翔鼓掌大笑，「這傢伙是個酒鬼，幾年前曾得玉真公主推薦，在聖上跟前做了個散官，誰知這傢伙嗜酒如命，一旦喝起酒來，連天子傳詔也不理會。狷狂傲物，不可一世，所以最後被聖上打發走。不過這老小子寫得一手好詩，頗得青樓那些裝高雅的女子青睞。也許當年就是那些詩打動了玉真公主，才得公主舉薦吧。」

褚剛連連點頭笑道：「正是此人！我也是聽說過他的大名，所以留了點心，發現他在洛陽最有名的夢香樓流連，三天兩頭與一幫文人墨客相約去安國觀聚會。玉真公主雖然沒在觀中，不過安國觀依舊是這幫文人常聚的去處。」

任天翔若有所思地摸摸還沒長出鬍鬚的下頷：

「聽說當年這傢伙為了玉真公主，曾跟另一個叫王維的詩人爭風吃醋，差點拔劍相向，這事幾年前在京城傳為佳話，這麼些年過去，莫非他與玉真公主依然餘情未了？」

褚剛不好意思地撓撓頭：「這個我就不得而知了，不過，他絕對是可以自由進出安國觀的人，或許公子可以結交一下。」

「好！咱們也去裝一回高雅，結交一下這位曾經名動長安的大詩人。」任天翔說著正欲起身，小澤卻好奇地問：「公子，啥叫高雅啊？」

任天翔想了想，笑道：「看到漂亮女人，如果用暴力將她摁倒，那叫強盜；用銀子將她放倒，那叫俗氣；如果寫兩首情詩或摘兩朵玫瑰就將她勾搭上床，這就叫高雅。」

小澤似懂非懂地大笑：「那我一定要做個高雅的人，省錢省力！」

任天翔笑著給了小澤一巴掌：「你小子等毛長齊了再說吧。這次咱們是要去夢香樓，小孩禁止入內，你就乖乖留下來看屋吧。」

換了身光鮮的衣物，任天翔揣上十多兩銀子的鉅款，帶著褚剛和崑崙奴兄弟出門而去。

四人在街頭叫上一輛馬車，一路直奔洛陽最有名的夢香樓。

路上，褚剛不忘提醒：「李白那傢伙一向恃才傲物，狂放不羈，就連王侯將相也不放在眼裏，公子對他可得恭敬些。」

任天翔不以為意地笑道：「這種人是驢脾氣，你對他越是恭敬，他越不將你放在眼裏。如果你比他更狂，他才會對你刮目相看。」

說話間，疾馳的馬車已減速停了下來，任天翔下車一看，但見面前是座青色圍牆的小樓，矗立在鬧市中央，因樂戶居所皆以青色為主，青樓之名大約由此而來。但見門楣上三個大字金光閃閃，正是「夢香樓」。

「就是這裏了。」褚剛往樓上一指，「如無意外，這傢伙肯定又在邊喝酒邊聽雲姑娘彈琴。最近這傢伙對雲姑娘最是上心，差不多將這夢香樓當自己家了。」

「雲姑娘是誰？」任天翔一怔。

就聽褚剛笑道：「就是夢香樓的頭牌雲依人，聽說是當年公孫大娘的弟子，不僅舞得一手好劍器，更彈得一手好琵琶，最是賞識才情高絕的文人雅士，對尋常王孫公子卻不怎麼放在眼裏。」

任天翔聞言苦笑：「如此說來我是沒機會了，我既沒有才情又不是雅士，大概難以入雲姑娘法眼。」

褚剛寬慰道：「公子也別妄自菲薄，你雖無文人的才情、墨客的風雅，但你的頭腦卻是無人能及，定有辦法通過雲姑娘，結識那個大詩人。」

說話間，四人已來到門前，立刻有老鴇迎了上來，高聲招呼姑娘們迎客。任天翔忙將眾女打發走，只對老鴇道：「咱們今天來只是要見雲姑娘，請媽媽牽線。」

「好說好說！」老鴇連忙將四人讓進門，「雲姑娘待會兒就會在大堂彈琴舞劍，公子自然能見到她。」

「我可不只是要見見她。」任天翔笑著塞了一錠銀子過去，「我想成為雲姑娘入幕之賓，望媽媽成全。」

老鴇兩眼放光，急忙收起銀子，卻面帶難色地攤開手：

「這個……恐怕不易，有多少公子王孫、文人墨客想一親我家姑娘芳澤而不得，公子要想得雲姑娘青睞，可得有點才情才行。」

「就不知雲姑娘欣賞什麼樣的才情？」任天翔笑問。

「公子會寫詩嗎？」老鴇笑道，「姑娘最是欣賞有才有貌的風流詩人，像那個姓李的傢伙，雖然已不年輕，但就因為寫得幾首歪詩，頗得姑娘賞識，留在我這裏白吃白喝。公子若能將他比下去，我便好找藉口將他趕走，你也才有機會接近我家姑娘。」

任天翔在長安時，吃喝嫖賭樣樣皆精，卻偏偏沒學過寫詩，不過他毫無愧色地自詡：

「小生三歲習文，七歲寫詩，十二歲在長安就小有名氣，只是後來潛心學道，寫詩之心就淡了。不過若要寫幾首風花雪月、踏雪尋梅的句子附庸風雅，應該還不成問題。」

「那好！那好！我這就安排你坐最前面的位子！」老鴇滿心歡喜，連忙親自將任天翔領上樓，「希望公子真有才情，能將那姓李的老傢伙給比下去！」

跟著老鴇上得二樓，褚剛悄悄拉著任天翔落後兩步：「公子你真會寫詩？」

任天翔嘻嘻一笑：「三字經我會背幾句，那個算不算？」

褚剛目瞪口呆，瞠目問：「公子你瘋了？僅記得幾句三字經，就敢跟李白比寫詩，那不是跟女人比生孩子一樣，從你出生那天就輸定了？」

鬥詩

第四章

雲依人屈身對李白和任天翔款款一拜：

「多謝兩位捧場，無論你們誰鬥詩勝出，依人都將迎勝者入閨，並親自奉上這罈好酒。趁二位醞釀詩文的功夫，依人將為大家獻上一舞，為二位助興。」

眾人紛紛叫好，一時熱鬧非凡。

四人上得二樓，隨著老鴇來到一間寬闊的大廳。

但見廳中擺下了數十張酒桌，已有不少客人在喝酒行令。大廳前方設了一個半人高的木台，像是樂師和舞姬表演的舞臺，不過卻比尋常的舞臺顯得小了一些，僅夠幾個樂師演奏琴樂之用。

「公子這邊請！」老鴇將任天翔領到舞臺近前的一張酒桌，看來那錠銀子發揮了效用，加上任天翔天生的豪門氣質，讓老鴇誤以為他是個年少多金、出手豪闊的貴客，所以沒有半點怠慢。不等四人坐穩，又趕緊推薦，「我們夢香樓的姑娘個個相貌出眾，氣質高雅，老身這就讓她們過來陪酒？」

任天翔趕緊擺擺手：「我們今日只為雲姑娘而來，其他人就算了。」

老鴇只得揮退眾姑娘，招呼丫鬟上酒上菜。任天翔面對舞臺落座，褚剛右手作陪，崑崙奴兄弟經過任天翔調教，與主人同桌已不那麼拘謹，在左手和下首坐下。趁丫鬟傳菜上酒的功夫，褚剛用嘴指了指正對舞臺那一桌：「吶，那就是李白。」

任天翔側目望去，就見一青衫文士獨據一桌，正在自斟自飲。但見他年已過不惑，眉宇間卻依舊不失俊朗清秀。衣衫雖然落拓，神情也頗為滄桑，似醉非醉的眼眸中，卻依舊有種睥睨天下的傲氣和狷狂，令人不敢小視。

「雲姑娘每隔三天就會在夢香樓演琴，這老兄幾乎一場不落趕來捧場。」褚剛小聲向任天翔彙報，「雲姑娘敬他是聞名天下的詩仙，又與她的師傅公孫大娘有舊，所以囑咐老鴇免他的酒錢。他卻像不通人情世故，依舊來白吃白喝，早已害得老鴇生厭。」

任天翔心下釋然，難怪沒一個姑娘願陪他，大多數青樓女子還是先要認錢。只有像雲依人這樣的頭牌紅姑娘，已經不為錢財發愁後，才會對沒什麼錢的詩人另眼相看。

二人正在小聲嘀咕，突聽老鴇像打了雞血，尖著嗓子興奮地高呼：

「元道長與岑老爺樓上請，姑娘們快來陪客了。」

老鴇話音剛落，就聽有個滄桑沙啞的聲音在呵斥：

「道長方外之人，老夫花甲老朽，豈敢要小姑娘作陪。咱們今日只是應朋友之邀喝酒賞樂，其他諸般應酬一併儉省。」

老鴇連忙答應著將二人領上樓來，卻是一個花甲老儒和中年道士。

就見眾酒客紛紛起身相迎，爭相招呼，二人卻只是淡淡頷首，徑直走向李白獨坐的那一桌。領頭那白衣老儒隔著老遠就在招呼：「太白兄怎麼想起請咱們到這裏喝酒？」

李白回頭笑道：「岑老夫子，丹丘生，我想喝酒賞樂，卻找不到趣人相陪，只好請你二人來湊數。在整個洛陽城，俺老李想來想去，也只有你二人勉強算得上是個雅客了。」

這話明是在誇二人，不過卻公然透露出極端的自負和自傲。二人不以為忤，寒暄兩句後便分左右落座。

但見樓上眾酒客在二人上樓後，猜拳行令、喝酒聊天、調情笑鬧的聲音不知不覺就小了許多，似乎對二人頗為恭敬，就連褚剛臉上也有幾分驚訝，任天翔見狀小聲問：

「這是何人？」

褚剛壓著嗓子道：「那個青衫道士，正是安國觀的住持元丹丘！這岑老夫子若我猜得不錯，該是商門四大家族中廣州岑家的當家人岑勳。沒想到他們竟然是李白的座上客！」

任天翔偷眼打量二人，但見那元丹丘看起來已是不惑年紀，卻生得面白如玉，髮黑如漆，舉止飄逸灑脫，頗有幾分仙風道骨，而且還是個罕見的美男子。任天翔年幼時雖然跟他學過幾天劍法，不過，記憶中對這個師傅早已沒有多少印象，十年後再見，也只是覺著有幾分面善而已；而那岑老夫子則是儒生打扮，鬚髮花白，看起來就像個不起眼的暮年老儒，不過一雙微瞇的狹長眼眸，卻偶有精光射出，令人不敢直視。

任天翔心中暗忖：一個道門名宿，一個商門核心人物，竟來這煙花之地赴李白之約，還被這老小子呼來喝去，這老小子看來確實有些不簡單。

「這李白自稱是太白金星下凡，騙騙愚夫愚婦也就罷了，沒想到連元丹丘也尊他為太白兄，真不知道他是真傻還是裝傻。」褚剛很是感嘆地小聲嘀咕。

說話間，就見臺上鼓樂齊鳴，演樂已經開始。

幾個琴師剛奏得兩曲，台下就有人起鬨：「我們只想聽雲姑娘奏曲，不相干的傢伙快滾下去吧！」

幾個琴師只得匆匆下場，一個身高不及四尺、小丑模樣的龜奴跳上高臺，在眾人的哄笑聲中顧自高唱：「俗話說得好，夢香樓有三寶，排在第一的便是俺玉樹臨風、風流倜儻、品貌無雙的婁三笑。感謝大家來捧場，婁三笑這廂有禮了！」說著猴學人樣、一本正經地給大家行了個大禮，惹得眾人哄堂大笑。

有好事的客人高聲問：「婁哥兒，老是聽你說夢香樓有三寶，第一是你這的活寶，第二是雲姑娘這色藝雙絕的珍寶，不知那第三寶是什麼？」

「是啊！」有客人高聲接道，「以前問你，你總是賣關子，這回你要再不說，咱們便將你這玉樹臨風的小矮子，拉著手腳扯成個英俊小生。」

婁哥兒連連作揖賠罪：「不是小人賣關子，實在是雲姑娘有交代，這第三寶必定要等到今日她生日之時，才向大家公開。」

眾人的好奇心被勾起，紛紛追問：「這第三寶究竟是什麼東西？竟弄得如此神秘？」

婁哥兒往舞臺上方一指：「想知道這第三寶究竟是什麼，請大家以最熱烈的掌聲，恭迎雲姑娘從天而降，為大家帶來這第三寶！」

眾人抬頭望去，就見一個長袖飄飄、風姿綽約的紅衣女子，從半空中徐徐降了下來。微風吹拂著她飄飄的長袖和如雲的秀髮，讓人恍惚覺著是仙女從天而降。

在以豐盈為美的大唐，她的身材顯得有些單薄，略顯瘦削的臉龐也稱不上珠圓玉潤，卻有一種不同凡俗的嫵媚和清秀。她的腳下沒有穿鞋，一雙天足白皙如玉，襯在粉色的裙裾中，顯得尤為嬌俏秀氣，令人不忍褻玩。

「好！」在眾人的歡呼聲中，她徐徐落到舞臺中央，優雅地放開兩條纏在一起的彩帶。眾人這才發現，原來她是以兩條纏在一起的彩帶為鞦韆，坐著它徐徐從半空中降下，給人以莫名的驚豔。

「依人拜見諸位客官！」她在舞臺中央盈盈一拜，聲音清麗如鶯，「謝謝大家為依人捧場，依人無以為報，唯有以琴音為大家助興。」

眾人齊齊鼓掌叫好，有人高聲問：「雲姑娘，你不忙奏琴。請先說說這夢香樓的第三寶究竟是什麼，竟可與你相提並論？」

雲依人微微一笑：「其實這第三寶算不上什麼，只是對我來說卻是十分珍貴。當年爹娘在我降生之時，買了上好的花雕窖入地下，只等依人出嫁之時宴請賓朋，是為女兒紅。誰想天降大禍，父母早亡，依人淪落風塵，這罈酒便一直埋藏下來。今日恰逢依人生日，便將這酒起出，奉與有緣之人。」

眾人轟然叫好，有人調笑道：「如是有緣人，是否可成為雲姑娘入幕之賓啊？」

雲依人羞赧地垂下頭，似是默認，令眾人更是熱情高漲，紛紛鼓掌叫好。

任天翔見這雲依人看起來已不年輕，至少已在二十好幾，卻還做姑娘打扮，忙小聲問褚剛：「這雲姑娘還未曾下海？」

褚剛微微一哂：「據說是賣藝不賣身，不過在我看來，也只是待價而沽罷了。每家青樓總有那麼一兩個紅姑娘號稱賣藝不賣身，只以琴樂舞蹈娛樂顧客。這是所有青樓的小花招，專門釣那些想嘗鮮的客人上門。」

任天翔奇道：「要想在娼門保持清白那是何等之難，難道沒有客人用強？」

褚剛笑道：「這種紅姑娘身後往往都有權勢人物罩著，一般客人不敢亂來。」

任天翔若有所思地微微頷首：「花錢也買不著的東西自然珍貴，這一招果然高明，以後我得學著點。」

說話間，就見雲依人已於臺上盤膝而坐，手撫琴弦引而不發。廳中嘈雜立刻弱了下去，直至鴉雀無聲。眾人屏息凝神，等待著她那妙絕天下的琴音。

在寂靜之中，就聽一縷微聲似從天籟飄落，如羽毛般輕搔著眾人的耳鼓，令人心癢難耐。聲音雖微，卻清澈純淨如山間小溪，讓人心曠神怡。

隨著音符的跳動，琴聲漸漸變得宏大浩瀚，如小溪匯成江河，以不可阻擋之勢湧向大海，令人如置身波濤之中，心旌搖曳，幾不能自持。就在眾人忍不住高聲叫好之時，琴聲突然變得平緩浩淼，猶如江河匯入大海，讓人兩耳茫茫，不知身在何方。

眾人按捺不住轟然叫好，在雜亂叫好聲中，琴聲卻又陡然一緊，似為風浪所催的快船，乘風破浪直飛天際。在一聲緊似一聲的輪指中，琴聲漸漸飄渺，猶如那一葉孤帆飄然遠去，漸漸消失於海天相接的天籟深處。

直到琴聲消失多時，眾人才終於又出聲叫好，跟著紛紛鼓掌讚嘆，扼腕嘆息，似為那一葉遠去的孤舟流連不已。

「果然不同凡響，」任天翔點頭讚嘆，「就算是在長安，也很難找到如此高絕的琴技。即便是在宮裏侍奉皇上的名師李龜年，想必也不過如此吧。」

「雲姑娘出色的還不止是琴。」褚剛笑道，「據說她是公孫大娘的弟子，得公孫大娘親傳，舞得一手好劍器。不過她不常表演劍舞，有眼福的客人不是很多，所以反而不及她的琴有名。」
「總有客人看過她舞劍吧？」任天翔笑問。話音剛落，就聽那邊有人朗聲問：「今日既然是雲姑娘芳辰，可否為大家獻上一舞，讓老李也一飽眼福？若是還能以窖藏二十多年的女兒紅助興，那更是人生一大樂事！」
任天翔循聲望去，卻是隔著兩桌的李白。今日任天翔來夢香樓，正是想結交他和元丹丘，對二人自然十分留意，一聽這話便忍不住偷笑：
「這個老酒鬼，原來是看上了人家珍藏多年的老酒。」
不過，別的客人卻對雲依人本身感興趣，紛紛一語雙關地調笑：「不知如何才能成為有緣人，喝到姑娘的女兒紅啊？」
雲依人紅著臉尚未作答，婁哥兒已跳到前面，高聲宣布：
「雲姑娘最是敬佩文采飛揚的風流雅士，準備為大家獻上一舞之後，在場的文人雅士、公子墨客也請獻上墨寶，為今日的酒會助興。無論誰的詩詞能技壓群雄，我家姑娘當迎入繡房，並親手獻上窖藏多年的女兒紅！」
說著拍拍手，立刻有兩個健奴抬了個兩尺多高的酒罈上臺，看那酒罈的外觀，確像是在地下窖藏多年的模樣。

任天翔對酒沒怎麼在意，卻留意著那邊的李白。就見這有名的酒鬼不住翕動著鼻翼，瞇著眼連連讚嘆：「好酒！果然是好酒！」

他左手的元丹丘笑道：「太白兄，酒尚未啟封，你也能聞到酒味？」

李白陶醉似地拈鬚微笑：「不必聞到酒味，只需聞聞這酒罈外的泥土，就知道是在地下窖藏了二十多年。就算是一罈清水，窖藏二十多年也會變成好酒！」

岑老夫子呵呵笑道：「既然如此，太白兄就將這罈好酒贏下來，讓老夫跟著沾光如何？」

李白傲然一笑：「我今日請兩位來，正是為這罈好酒。我早已打聽到雲姑娘將在她芳辰這天起出這罈女兒紅，所以特請兩位來共醉。」

元丹丘聞言大喜，向臺上高呼：「既是比詩文，雲姑娘便先將這罈酒給咱們送過來吧。既有詩仙在此，還有誰敢露醜？」說著轉向眾酒客，「可有人敢與太白兄比詩麼？」

眾人盡皆啞然，竟無一人應戰。這倒不完全是因為李白的詩名，而是不敢冒犯元丹丘與岑老夫子。

元丹丘見狀微微一笑，向臺上的婁哥兒招招手：

「先將酒送過來，待咱們盡興之後，太白兄自然有好詩奉上。」

婁哥兒正要答應，突聽有人淡淡道：「等等，不就是寫詩麼？在下也讀過幾天書，正想一試。」

眾人循聲望去，卻是個年方弱冠的年輕人。

元丹丘凝目望去，隱約覺著有幾分面善，不過卻想不起在哪裡見過，他笑問：「這位公子眼生得很，不知怎麼稱呼？」

就見對方淡淡道：「鬥詩又不是比劍，沒必要攀交情。」

元丹丘皺了皺眉頭，面色冷下來：「公子是對太白兄喝這罈酒不服？」

年輕人淡笑道：「當然不服！文無第一，武無第二，我不相信李大詩人僅憑名望，就能贏走這罈獨一無二的好酒。如果沒人敢跟他比，小生就冒昧試試。」

話音剛落，就有諂媚之徒哄然大笑：「這小子是誰？竟要跟詩仙比詩？他比婁哥兒還要可笑，哈哈，笑死我了！」

元丹丘抬手阻止了眾人的嘲笑，轉向臺上的雲依人：「請雲姑娘出題，就讓太白兄與這位公子比一比詩文。」

雲依人略一沉吟：「今日這酒會是因酒而起，就以酒為題吧。」

「好！」眾人紛紛鼓掌，「李太白既是詩仙又是酒仙，不用比也知道贏定了！」

不用說，這個要與李白比詩的年輕人，正是比李白還狂的任天翔。

趁眾人哄笑的當兒，褚剛悄悄拉拉他的衣袖：「公子你瘋了？真要跟李白比寫詩？」

任天翔示意褚剛不用緊張，然後轉向臺上的雲依人笑問：「不知如何判定輸贏？莫非是以雲姑娘的喜好為標準？」

雲依人想了想，款款道：「自然是由大家來評判，依人不敢自專。」

「公平！」任天翔鼓掌大笑，跟著又皺起眉頭，「不過李白號稱詩仙，姑娘出的題目又是酒，簡直像是為他量身訂做。為了公平，雲姑娘能否答應我一個條件？」

雲依人沉吟問：「什麼條件？」

任天翔笑道：「萬一出現勝負難分的情況，就算我贏，如何？」

眾人哄堂大笑：「跟詩仙比詩，居然還有勝負難分的情況，這小子以為自己是誰？」

雲依人也莞爾失笑，轉頭望向李白那一桌。就見元丹丘大笑著點點頭：

「沒問題，我替太白兄答應下來，若真出現勝負難分的情況，就算這位公子勝。」

雲依人見雙方再無異議，屈身對李白和任天翔款款一拜：

「多謝兩位捧場，無論你們誰鬥詩勝出，依人都將迎勝者入闈，並親自奉上這罈好酒。趁二位醞釀詩文的功夫，依人還將為大家獻上一舞，為二位助興。」

眾人紛紛叫好，一時熱鬧非凡。

趁著混亂的功夫，褚剛趕緊將任天翔拉到自己面前，小聲問：「公子你瘋了？就算你真有文采，也沒人會說你一聲好，沒見大家都搶著拍元丹丘和岑老夫子的馬屁？就算李白那傢伙隨便寫兩個字，也會被眾人捧上天去。即使你真寫出一首天下無雙的好詩，也還是輸定了！」

任天翔胸有成竹地淡淡笑道：「還沒開比，你不要自亂陣腳。你看看人家，那才是高手作派。」說著往李白和元丹丘那桌努了努嘴。

褚剛轉頭望去，但見李白已經喝得半醉，卻依舊在舉杯豪飲，根本沒將鬥詩放在心上。褚剛心裏不禁又燃起了一絲希望，暗暗禱告：最好這酒鬼徹底喝醉，醉得拿不起筆，寫不出一個字，要是這樣，公子就還有一線希望。

樂聲徐徐響起，舒緩如春風拂面。樂聲中，就見雲依人捧劍來到舞臺中央，突然拔劍而出，手挽彩帶向舞臺外飛奔，就在眾人以為她將一腳踏空躍出舞臺之時，她的身子卻凌空而起，借彩帶之力在空中盤旋而上。

但見她一手舞劍，一手拉著彩帶，竟如仙子凌空，從前排酒客的頭頂一掠而過，飄飄的彩帶跟隨她飛舞的身姿，從半空中徐徐劃過，優雅如御風飛行。

「好！」眾人轟然高叫，齊齊鼓掌。

公孫大娘的劍舞已經名傳天下，沒想到雲依人竟將之在半空中使出來，其優雅精妙豈是小小舞臺能夠體現？但見她身形輕如煙雲，在兩條彩帶間時而交替換手，時而將彩帶裹於腰間，在樂曲聲中凌空飛舞，飄然出塵。

眾人的叫好聲幾乎要掀起整個屋頂。就連褚剛與崑崙奴兄弟也忍不住拼命鼓掌，不說他們，就連任天翔在長安的青樓混跡多年，也從來沒有見過如此優雅獨特的飛天劍舞。

在眾人的歡呼叫好聲中，但見雲依人丟開彩帶一個倒翻，手執長劍輕盈地落到舞臺中央。臉不紅氣不喘，結束了這精妙絕倫的空中劍舞。收劍對眾人盈盈一拜：「多謝諸位捧場！」

「好舞！果然不愧是夢香樓一絕！」任天翔連連讚嘆，扼腕嘆息。

褚剛卻沒好氣地道：「公子還是快想想你的詩吧，雖然輸給詩仙沒什麼丟臉，但要是一句也寫不出來，那就太笑話了。」

「小事一樁，取紙墨筆硯來！」任天翔一聲高呼，立刻有龜奴送來文房四寶。

舞樂俱已結束，眾人的注意力轉移到鬥詩上。他們雖然心中早已認定李白會毫無懸念地勝出，但還是很好奇這狂妄的年輕人，究竟能寫出何等精妙絕倫的詩句。

就見李白果然已經醉態可掬，最後竟伏案睡去。褚剛大喜，正要恭喜任天翔，卻見李白又霍然坐起，手提狼毫奮筆狂書，嘴裏還如癡如醉念念有詞。褚剛連忙拉拉任天翔：

「壞了壞了，這酒鬼關鍵時候又醒了過來，公子只怕沒什麼希望了。」

話音剛落，就見李白突然扔掉狼毫，手舉酒杯哈哈大笑：「快將好酒送過來，讓我與岑老夫子和丹丘生一醉！」

元丹丘拿過詩文細細讀了一遍，忍不住擊桌讚嘆：「好詩！豪氣干雲，狂放如歌！此詩必當流傳千古，天下馳名！」說著，小心翼翼將詩文交給婁哥兒，「快給你家姑娘看看，只有這等詩文，才配得上雲姑娘那絕世無雙的劍舞和今日的酒會！」

婁哥兒忙將詩文傳到臺上雲依人手中，就見雲依人看了詩文後，也是滿面敬佩，連連點頭。在眾人的催促聲中，她手捧詩文，抑揚頓挫朗聲而讀：

「將盡酒。君不見黃河之水天上來，奔流到海不復回？君不見高堂明鏡悲白髮，朝如青絲暮成雪？人生得意須盡歡，莫使金樽空對月。天生我才必有用，千金散盡還復來。烹羊宰牛且為樂，會須一飲三百杯。岑夫子，丹丘生，將盡酒，杯莫停。與君歌一曲，請君為我傾耳聽。鐘鼓饈玉何足貴？但願長醉不復醒。古來聖賢皆寂寞，唯有飲者留其名。陳王昔日宴平樂，鬥酒十千恣歡謔。主人何為言錢少，徑須沽取對君酌。五花馬，千金裘，呼兒將出換美酒，與爾共消萬古愁。」

「好！」眾人擊節讚嘆，紛紛叫好。就連任天翔也不禁連連點頭讚嘆：「這首詩寫盡了酒鬼狂傲不拘的心態，確實不同凡響。」

「那公子的詩呢？」褚剛忙問。就見任天翔早已在宣紙上潦草地寫下了一串狂草似的文字，褚剛正想細看，任天翔卻已經將詩文交給了婁哥兒。

就見那侏儒將詩文傳到雲依人手中，雲依人拿著詩文左看右看，最後無奈望向任天翔，問道：「不知公子寫的是什麼？依人完全看不懂。」

任天翔笑道：「你看不懂？那小生念給你聽。」說著便嘰哩哇啦念了起來，聽聲音倒也押韻，可眾人聽完依舊一片茫然。

元丹丘不禁冷笑：「這位公子，莫非你是在消遣大家？」

任天翔淡淡一笑：「我念慢一點，我不相信沒一個人能聽懂。」說著，又放慢語速重新念了一遍，終於有客人驚訝地高呼：「這是吐蕃文！這是吐蕃文寫成的詩！」

眾人恍然大悟，岑老夫子不禁責問：「荒唐！公子既是唐人，為何要用吐蕃文寫詩？」

任天翔笑道：「誰規定不能用吐蕃文寫詩啊？吐蕃也有很多優美的詩歌，聽不懂，那只怪你學識有限。」

任天翔在吐蕃生活過大半年，用吐蕃文寫首小詩對他來說自然是輕而易舉，好不好當然又是另當別論。不過這下卻難倒了眾人，雲依人為難地拿著詩文問：

「這位公子，你這首吐蕃文寫成的詩，幾乎沒一個人能聽懂，如何判斷優劣？又如何與太白先生這首《將盡酒》相比較？」

任天翔笑咪咪地道：「如果分不出勝負判不出優劣，按咱們事先的約定，就該算我勝了。」

眾人這才明白，原來這小子當初那個看似荒謬的約定，在這裏發揮了奇效。他早就算到了這一步，所以設了個不起眼的陷阱，最後將雲依人和李白都給坑了。

眾人紛紛鼓噪起來，岑老夫子更是拍案大怒：

「你故意寫首吐蕃文的詩，就是要別人聽不懂，沒法跟太白兄的詩比較。聽不懂的詩算什麼好詩？很顯然這次比詩是太白兄勝出。」

任天翔呵呵大笑：「你既然聽不懂，有什麼資格評判我詩的優劣？聽不懂的就不是好詩，那吐蕃人、突厥人、波斯人、大食人也聽不懂太白先生的詩呢，他們是否有資格說太白先生的詩不是好詩？」

岑夫子頓時啞然。元丹丘見狀忙道：「既然大家都聽不懂，你可否將這首詩譯成唐文，再與太白兄的詩比較？」

「不可不可！」任天翔連連搖頭，「既然是詩，一旦譯成別的文字，肯定就韻味全無。就好比將太白先生這首詩譯成吐蕃文字，肯定也就沒了原來的神韻。」

「沒錯沒錯！」褚剛總算明白了任天翔的意圖，連忙起身附和，「你們聽不懂不等於就沒人聽懂，我就懂得吐蕃文，而且也懂唐文。在我看來，公子這首吐蕃詩就大大超過太白先生的詩，這次鬥詩是我家公子勝出！」

「一派胡言，胡攪蠻纏！」岑老夫子拍案大怒，眾人也都跟著鼓噪起鬨。混亂之中，就聽後方響起個渾厚低沉的聲音：

「在下也懂吐蕃文，而且也懂唐文，我就覺得這位公子的詩驚才絕豔，天下無雙，遠遠超過了太白先生的詩，是不可多得的經典之作。」

這聲音來得突兀，聲音不大，卻壓過了廳中亂哄哄的喧囂。

任天翔沒想到自己的胡攪蠻纏居然還有人附和，大喜過望，連忙回頭招呼道：「這位朋友識貨，可否讓任某認識一下？」

眾人紛紛回頭望去，就見最後一張酒桌旁，不知何時多了個身材肥胖高大的胡人，但見他年過四旬，滿頭捲髮，面目粗豪，碧眼淡漠森冷，華貴的衣衫裹在他粗壯的身軀上，卻並不見臃腫笨拙。

見眾人都望向自己，他毫不怯場地徐徐站了起來，緩步走到台前，回頭對眾人道：「在下識得吐蕃文，我就覺得這位公子的詩好過太白先生。就算在下的話做不得數，那也無人有資格評價這位公子的詩，既然看不懂有何資格評價？按照方才鬥詩前的約定，當然是這位公子勝出。」

元丹丘與岑老夫子還想據理力爭，李白卻攔住二人道：「這位好漢說得不錯，我們聽不懂吐蕃文，也就無法評價這位公子的詩。按事先的約定，我輸了！」

「太白兄，你……」元丹丘與岑老夫子皆憤憤不平，卻被李白搖手阻止。

任天翔見狀哈哈大笑，遙遙拱手一拜：「太白先生果然是磊落漢子，在下佩服！」說著又轉向那胡人一拜，「多謝好漢仗義執言，這酒我得分你一半。」

那胡人咧嘴一笑：「你不用急著謝我，因為我也想寫一首詩，跟公子比上一比。」

任天翔一愣，尚未反應過來，那胡人已高呼：「速取筆墨伺候！」

臺上的婁哥兒還在發怔，突見一道灰影猶如閃電，在婁哥兒面前一晃，便奪下了他手中的筆墨，然後輕盈落在那胡人的面前。眾人這才看清，那是個二十多歲的醜臉漢子，嘴唇外翻呲牙咧嘴，眼神陰鷙凶狠，猶如一隻惡狼。不過在那高大肥胖的胡人面前，卻又如惡犬一般溫順。

胡人接過筆墨，那灰衣醜漢立刻俯身為桌。那胡人將宣紙鋪在醜漢背上，抬手筆走龍蛇。

趁這功夫，褚剛俯到任天翔耳邊：「好快的身手！公子要小心。」

說話間，就見胡人已寫完詩，然後高聲念了起來，任天翔聽得一頭霧水，褚剛卻小聲驚呼：「是突厥文！」

那胡人念完詩，望向任天翔問：「這位公子，你覺著我這首詩如何？」

任天翔無奈苦笑：「我聽不懂。」

那胡人眼中隱有得色：「既然如此，這次鬥詩是否該算我最後勝出？」

「等等！」任天翔挖空心思要與李白鬥詩，當然不是為了雲依人和她那罈酒，而是想結交李白和元丹丘。如果能贏下這罈酒再送給那個酒鬼，肯定會給李白留下極深的印象，讓對方欠下自己一個人情。

沒想到半路殺出個程咬金，他當然不願將到手的東西拱手送人，連忙道，「就算沒人能聽懂閣下的突厥詩，咱們也只能算是平局。要想贏得雲姑娘親手奉酒的榮耀，還需再比一場。」

「可以！」那胡人冷笑，「咱們文未能分出勝負，接下來就該比武。公子是想比刀劍還是比拳腳？」

任天翔原本還想以詭計再贏一場，沒想到對方似看透自己的心思，立馬提出比武。這不像比文可以胡攪蠻纏投機取巧，比武可是來不得半點虛假，像任天翔這種不學無術的紈褲，在這魁梧肥胖的胡人面前，顯然只有挨打的份。

任天翔正不知如何應對，褚剛急忙挺身而出：「我替公子比武！」

那胡人咧嘴冷笑：「比武是我與這位公子的事，你若手癢，可以跟我幾個隨從玩玩。」說著拍了拍手，就見後方幾張桌子旁應聲站起六七名漢子，個個彪猛精悍，一看就非等閒之輩。褚剛一見之下心中暗驚：這胡人究竟何許人物？幾個隨從竟也是罕見的高手！

胡人不再理會褚剛，只盯著任天翔冷笑：「公子還在猶豫，莫非是不敢比？」

任天翔頓時啞然，眾人唯恐天下不亂，紛紛鼓噪起鬨。任天翔原本想要退縮，卻見雲依人正巴巴地望著自己，顯然她寧可將那罈女兒紅送給自己，也不願給這粗鄙的胡人。任天翔心頭一熱，不禁脫口而出：

「比就比！本公子還怕你不成？」

胡人哈哈大笑：「好！公子膽氣不錯，在下佩服！」

褚剛急忙拉住任天翔：「公子你瘋了？要比武也是我上，怎麼能讓你親自動手？」

任天翔雖然是一時心熱，要與這胡人比武，不過轉瞬之間已想好了應對之策。他示意褚剛不用擔心，然後對那胡人笑道：「既然是由你選定比武，那麼怎麼比，是不是就該我說了算？」

胡人傲然點頭：「好！你儘管劃下道來。無論比拳腳還是刀劍，在下皆可奉陪。」

任天翔嘿嘿一笑：「咱們比拳腳，不過不是像往常那樣比，而是要在彩帶上比。」

不等那胡人明白過來，任天翔已跳上舞臺，抓著一根彩帶回頭對胡人笑道：「方才雲姑娘的舞技令我羨慕，咱們就來比這彩帶上的拳腳，誰先落地便是誰輸！」

胡人一愣：「你他媽這是存心消遣於我？」

任天翔笑道：「既然你選定比武，怎麼比就該由我來定。你若不敢比，就乖乖閉嘴吧！」

那胡人遲疑了片刻，一咬牙：「好！就照你說的辦，誰先從彩帶上摔下來，就是誰輸！」說著跳上舞臺，抓著另一根彩帶向上爬了兩尺，在眾人的鼓動聲中，突然發力向任天翔撲去。

可惜彩帶上無從借力，那胡人手足亂蹬，卻無法靠近任天翔一步。任天翔身子輕盈，往上爬出幾尺，以巧勁盪起彩帶，從上方接近那胡人的彩帶，拉著彩帶便拼命撕扯。他不攻人，卻只攻對方的彩帶，正是巧妙利用這次比武的規則。

那胡人一看大急，急忙學著任天翔盪起彩帶，凌空向對手撲去。任天翔雖然沒認真練過武，不過好歹還年輕，身體輕盈，急忙往一旁盪開。

就見那胡人肥胖的身體猛衝過來，巨大的慣性加上驚人的體重，全拉在這條細細的彩帶之上。這彩帶原本為雲依人演舞之用，哪經得起如此大力？就聽「刺啦」一聲裂帛聲響，被他捲在手臂上的彩帶頓時撕裂，他龐大的身體不由自主從彩帶上摔落了下來，引得眾人失聲驚呼，生怕他砸碎了木台。

不等他身子落地，就見一道灰影飛撲上臺，伸手托住他墜落的身體，順著來勢轉了半圈卸去衝力，這才穩穩將他放下，總算沒有讓他出醜。

眾人驚叫聲尚未消失，立刻又爭相鼓掌叫好。這才看清接住那胡人的，正是方才那個醜臉漢子。

「混蛋！」胡人落地後並不認輸，推開醜臉隨從，發足向任天翔撲來。

褚剛與崑崙奴見狀，急忙躍上舞臺，褚剛搶在胡人出手前一掌拍出，封住了對方擊出的一拳。二人拳掌相擊，身形都是微微一晃。就這一阻，褚剛已將任天翔護在自己身後，戒備地盯著面前的對手。

「好功夫！」胡人對褚剛的掌力大讚了一聲，回頭招呼同伴，「來人！將他給我拿下！」

那六七個隨從應聲而出，向褚剛圍了過來。這些隨從雖然身著普通的服裝，卻掩飾不了明顯的武人氣質，而且胡漢混雜，武器也全然不同，不像是同門。

胡人不再理會任天翔與褚剛等人，卻轉向了雲依人，嘿嘿笑道：

「我對那罈酒沒什麼興趣，對雲姑娘卻是仰慕已久。能成為雲姑娘的入幕之賓，那是安某天大的榮幸。」

話音未落，已毫不客氣地伸手將雲依人拉向自己懷中。嚇得雲依人尖叫連連，躲避不迭。

獻頭

第五章

那胡人不等他刺出第三劍，已伸手叨住了他的手腕，跟著將他的劍奪了下來，作勢往他脖子上一抹。

一旁元丹丘與岑夫子急忙同時出手，岑夫子一爪襲向那胡人的肋下，攻敵之必救，元丹丘則拔劍指向那胡人的咽喉。

「住手！」有人拍案而起，眾人循聲望去，卻是早已醉態可掬的李白。

原來李白與元丹丘三人剛開始只是等著看任天翔出醜，沒想到這胡人竟將手伸向了雲依人。天生的狂傲豪俠之氣令李白拍案而起，拔劍指向那胡人怒喝，「哪來的胡狗，竟敢在我大唐陪都，公然調戲一個……嗯，一個青樓女子?!」

那胡人咧嘴一笑：「青樓女子不就是公開讓大家調戲的麼？就只准你們文人寫兩首歪詩調戲，不准我等粗人近身？再說，雲姑娘今日是在招入幕之賓，公開宣布誰能以詩文奪魁，就將親自迎貴客入闈，親手奉上珍藏多年的女兒紅。可惜李大詩人已在鬥詩中失手，這裏再輪不到你來說話。就算雲姑娘的歸宿尚有爭執，也只是我跟這位小哥的問題。」

李白理屈詞窮，不過卻不甘心看著這胡人公然欺負雲依人。仗著幾分酒興挺劍一揮，意圖讓這胡人放手，嘴裏還醉醺醺地喝道：「十步殺一人，千里不留行！」

兩句詩文剛吟完，他的劍已刺出兩擊，卻都被那胡人輕鬆避開。

那胡人不等他刺出第三劍，已伸手叼住了他的手腕，跟著輕鬆將他的劍奪了下來，作勢往他脖子上一抹。一旁元丹丘與岑夫子急忙同時出手，岑夫子一爪襲向那胡人的肋下，攻敵之必救，元丹丘則拔劍指向那胡人的咽喉。

二人俱是當世屈指可數的高手，聯手一擊配合得妙至巔毫。那胡人猝不及防，剎那間便被岑老夫子拿住了肋下要害，咽喉也被元丹丘的劍鋒抵住。不過二人卻不敢發力，不僅因為那胡人的劍鋒正架在李白的脖子上，還因為元、岑二人的後心，也被人用刀抵住，刀鋒幾乎刺破了衣衫，寒意透體而入。卻是先前那個醜臉漢子與另一個英俊的年輕人。

那胡人雖然擒下了李白，卻沒想到元丹丘與岑老夫子出手如此之快，轉眼就拿住了他的要害，他的臉上微微變色，一時僵在當場。不過元丹丘與岑老夫子也不敢妄動，心中更是震駭莫名，沒想到這胡人兩個不起眼的隨從，竟也是罕見的高手，出手之辛辣迅捷，遠在中原各派劍手之上。

那兩個隨從因主人在元丹丘與岑夫子威脅之下，也不敢輕舉妄動，六人除了李白渾然不知危險，其餘五人皆全神貫注防備著要害的威脅，不敢有絲毫鬆懈。

正僵持之時，突聽樓下傳來一個粗豪的呵斥：「閃開！閃開！什麼人敢在夢香樓鬧事，活得不耐煩了？」

說話間，就見十幾個官兵在一名參軍的率領下，氣勢洶洶地衝上樓來。像夢香樓這樣的地方，背後都有各種靠山，老鴇一見形勢不妙，立馬派人報官，所以立刻就有官兵趕來鎮壓堂子。

就見那十幾個官兵在那參軍的率領下，推開眾酒客來到僵持不下的六人面前，那參軍正待喝罵，待看清那胡人模樣，頓時一驚，趕緊屈膝拜倒：「末將曹參，拜見安大人！」

那姓安的胡人一聲輕哼，從李白脖子上移開劍鋒，對元丹丘和岑老夫子若無其事地笑道：「太白先生是聞名天下的詩仙和酒仙，安某哪敢冒犯？不過是跟他開個玩笑罷了。」

元丹丘見對方在性命威脅之下，依舊不失那種與生俱來的膽色和霸氣，又聽曹參軍稱他為「安大人」，心中一動，立刻想起一人，連忙收劍一揖：

「原來是范陽節度使安祿山安大人，貧道失敬！」

「道長多禮了。」安祿山哈哈一笑，向兩個隨從擺擺手，「辛丑、辛乙，不得對道長無禮！」

兩個隨從應聲收起兵刃，眾人這才知道，那滿臉陰鷙的灰衣醜漢是叫辛丑，那始終面帶微笑的英俊小生，則是叫辛乙。聽名字二人像是兄弟，不過長相卻是天差地遠。

「你就是安祿山？失敬！失敬！」李白揉著被安祿山抓痛的手腕，眼裏滿是鄙夷，「難怪敢公然調戲雲姑娘，原來是手握重兵，鎮守平盧、范陽兩府的驃騎大將軍。難怪！難怪！」

安祿山哈哈一笑，不理會李白的譏諷，卻轉向幾個官兵：「曹參軍你來得正好，快給安某評評理。」說著一把拉過一旁的雲依人，「雲姑娘今日在夢香樓以詩遴選入幕之賓，不曾想有『詩仙』之稱的太白先生大意失手，竟敗在了一個名不見經傳的無名小子手裏。安某見獵心喜，也賦詩一首參與其會，僥倖贏下一場。沒想到太白先生與元道長和這位岑老夫子，卻要聯手阻我好事，在這堂堂東都洛陽，還有公理和王法嗎？」

曹參軍左右為難，一方是手握重兵的鎮邊大將，深受皇上寵信；一方是與玉真公主和岐王等皇族權貴交往密切的名士，任誰一方他都得罪不起。

正為難之時，突聽有人朗聲道：「不對！這位安大人並沒有贏了在下，反而是在比武中輸在了本公子手中。按理，我才該是雲姑娘的入幕之賓！」

安祿山沒想到自己亮明身分後，這小子居然還敢來找不痛快，不由面色一沉：「方才的比武是你小子使詭計賺我上當，根本不能算數，咱們得重新比過！」

曹參軍總算找到個比自己地位還低的出氣對象，立刻大聲呵斥：「你是何人？有何資格跟安大人比武？還不快滾！小心我以擾亂治安之罪，將你抓進大牢。」

任天翔很是鄙視曹參軍的趨炎附勢，對他的呵斥根本置之不理，卻轉向眾人哈哈一笑：「方才的輸贏大家有目共睹，請安大人問問大家，方才的比武究竟誰輸誰贏？」

安祿山面色一寒，眼中隱然閃過一絲殺機，不由自主向任天翔逼近了兩步。

任天翔凜然不懼地迎上他的目光，傲然問：

「堂堂兩府節度使，竟是要在眾目睽睽之下公然抵賴？就算你能殺我滅口，你能殺盡這裏所有人？你能堵住天下人悠悠之口？」

安祿山眼中陰晴不定，顯然已是怒火中燒，卻又不能在眾目睽睽之下殺這小子洩憤。就在這時，突聽李白開口道：「我可以作證，方才的比武是這位小哥贏了。」

元丹丘與岑老夫子也跟著附和，有他們開口，眾酒客也都紛紛作證。大家都看不慣安祿山的囂張和霸道。青樓賣藝的女子第一次下海，是人生一樁大事，尤其是像雲依人這種名噪一時的頭牌紅姑娘，早已經不必為錢賣身，所以通常是利用公開遴選入幕之賓的機會，挑選自己中意的男子從良嫁人。因此即便有幸入闈成為入幕之賓，女方若不中意，也還有權選擇只是陪酒。

安祿山的舉動破壞了青樓的潛規則，激起了大家憤慨。雖然大家到青樓來是找樂子，卻也看不慣欺負女人的惡漢，所以紛紛站在了任天翔這邊。

安祿山眼裏蘊含惱怒，不理會眾人的鼓噪，卻轉向曹參軍道：「曹將軍是維護地方治安的官員，你來斷一下這個事，給安某一個公道！」

曹參軍頓時結巴起來：「這個……咳咳……那個……」

若只是任天翔與安祿山的衝突，他立刻就可以結案，可現在還牽涉了李白、元丹丘等人，以及夢香樓眾多酒客。能來夢香樓玩樂的客人都不是普通人，許多客人他都得罪不起。

曹參軍正急得抓耳撓腮，突聽門外傳來一個清朗淡定的聲音：

「安將軍到本王這夢香樓來做客，怎不事先通知一聲？本王也好吩咐下面的人好生接待，不得怠慢了安將軍。」

說話間，就見一個錦衣華美的男子負手而入。男子四旬出頭，身形偉岸，相貌俊朗。眾人一見之下紛紛拱手為禮，爭相拜見：「小人見過岐王殿下！」

原來這男子便是當今皇上的親侄兒——岐王李珍。因長得很像伯父皇上，所以在諸王之中，深得皇上喜愛。在這洛陽城中，算得上是數一數二的頭面人物。

安祿山一見之下，趕緊收起幾分狂傲，躬身一拜：「末將見過岐王，祝岐王千歲千歲千千歲！」

岐王頷首笑問：「這夢香樓是本王的產業，依人姑娘是本王的乾女兒。不知她哪裡得罪了安將軍？本王也好讓她向安將軍賠罪。」

「不敢不敢！」安祿山連忙拜倒，「末將不知雲姑娘竟是岐王的乾女兒，多有冒犯，還望岐王恕罪，望雲姑娘恕罪。」

「不知者無罪，安將軍不必自責。」岐王親手扶起安祿山，笑問，「聽說皇上正急召安將軍入京，安將軍還有閒情到夢香樓尋歡？」

安祿山臉上汗如雨下，急忙拱手拜退：「末將這就上路，不敢再有耽誤。」說著一揮手，率眾隨從匆匆而去。一場衝突，轉眼化解於無形，眾人皆長舒了口氣，紛紛與岐王見禮，爭相向其獻媚，一時紛亂不堪。

卻說安祿山率幾名隨從匆匆下得夢香樓，就見一個青衫男子從樓上跟了出來，在後面招呼：「安將軍請留步！」

安祿山回頭望去，但見那是個二十出頭的青衫文士，生得面如冠玉，身如玉樹，眼中神采流轉，令人側目。

安祿山見他手中還舉著個算命的布幡，頓時皺起眉頭：「安某從不信命，你若想給我算命，可就找錯了人。」說著轉身便走，不再理會那人。

卻聽那文士在身後嘆息：「安將軍此去長安，凶險異常。若不算上一卦，問個吉凶，只怕就是凶多吉少啊。」

安祿山心中一動，不由停下腳步，回頭冷笑：「安某盡忠守邊，對皇上忠心耿耿，深得皇上信賴，能有何凶險？你若不說出個所以然，安某定要割去你的舌頭，免得你繼續危言聳聽，妖言惑眾！」

文士毫不在意地笑了笑：「安將軍若真覺得此行平安無事，又何須故意到夢香樓演上這一齣，讓皇上通過岐王之口，以為你只不過是個粗鄙愚魯、蠻橫霸道、莽撞弱智的好色之徒？」

安祿山面色陡變，突然三兩步來到文士近前，眼中殺機隱現，抬手便要往文士頭頂擊落，卻見對方若無其事地笑道：

「將軍就不怕我是皇上派來試探你的棋子？」

安祿山的手僵在半空，顫聲問：「你……你究竟是何人？」

文士抬頭迎上安祿山森寒如冰的目光，淡淡笑道：「一個胸懷經天緯地之才，翻雲覆雨之智，卻始終未遇明主的失意人。」

安祿山臉上陰晴不定，將文士上下一打量：「就你？憑什麼？」

文士指了指自己的腦袋：「就憑這個。小生願將這大好頭顱獻給將軍，將軍即可用它為你出謀劃策，也可將它摘下來滅口。我既然已經看透了將軍的心，將軍要麼信我用我，要麼就殺我滅口，二者必選其一。」

安祿山滿臉陰霾地打量著文士，眼中喜怒難測：「你說這話，不怕我真滅了你的口？」

文士坦然笑道：「人生便是豪賭，總有那麼一兩次需要押上項上人頭。我願賭將軍是胸懷大志的一代梟雄，而不是謹小慎微的碌碌之輩，我相信自己沒有走眼。」

安祿山略一沉吟，淡淡問：「你知道安某此行，最擔心的人是誰？」

文士抬手凌空寫了一個字，安祿山眼中閃過一絲驚訝，點頭嘆道：「公子果有神鬼莫辨之機，洞悉人心之目。安某若得公子輔佐，當可一展胸中抱負。不知公子怎麼稱呼？」

文士拱手一拜：「小生馬瑜，見過主公。」

安祿山連忙還禮：「主公之稱，公子暫時放在心底。請隨我西去長安，能否化解這次的危機，安某還要多多仰仗公子。」

文士自信笑道：「只要將軍照馬瑜的話去做，我保你此行有驚無險，平安無事！」

「好！咱們走！」安祿山說著，向避在一旁的隨從們招招手，辛乙立刻牽馬過來。安祿山親自將馬瑜扶上馬鞍，笑道，「這匹汗血馬曾跟隨我征戰多年，今日送與公子代步，聊表安某愛才之情。」

馬瑜也不客氣，在馬鞍上拱手一拜：「將軍今日贈我一馬，他日我當還將軍一山。」

安祿山心領神會地點點頭，翻身跨上另一匹馬，揚鞭向西一指：「好！就讓我們的征程，從長安開始！」

馬瑜笑著搖搖頭，指指自己腳下：「將軍，你的征程，應該從這裏就開始。」

見安祿山有些不解，馬瑜湊到安祿山近前，壓著嗓子低聲說了幾句悄悄話。安祿山先是有些茫然，不過在馬瑜小聲解釋下，他的表情很快就變成了驚訝，繼而是驚嘆，最後扼腕嘆息：「公子心機之深，謀算之遠，果然非我輩可比。祿山得公子之助，真如劉備得諸葛，劉邦得張良啊！」

說完，安祿山回頭望向幾個隨從，目光最後定格在那個始終面帶微笑，面目俊朗陽光的契丹少年身上。

他向這年輕人點點頭：「阿乙，你留下來替我辦件事。」

辛乙拱手微笑：「請將軍吩咐！」

安祿山示意他附耳過來，然後小聲嘀咕了幾句。辛乙臉上的微笑漸漸變成了驚訝，不過卻毫不猶豫地低頭答應：「請將軍放心，阿乙不會讓你失望。」

安祿山滿意地點點頭，揮鞭向西一指：「出發！」說著揚鞭一擊，率先疾馳。馬瑜緊隨其後，與一干隨從縱馬西去，直奔大唐帝國最繁華的都城——長安！

辛丑落在最後，回頭對辛乙微不可察地點了下頭，這才縱馬追上遠去的同伴。

目送著眾人走遠，辛乙整了整脖子上那條標誌性的紅巾，緊了緊腰間那柄狹長的佩刀，然後彎腰拔起路邊一棵枯草，信手叼在口中，這才懶洋洋地走向暮色深沉的長街深處，孤獨的身影漸漸消失於空無一人的長街盡頭……

安祿山鎩羽而去，夢香樓重新排下酒宴，以岐王為首，李白、元丹丘、岑夫子等人分坐左右。

幾個人剛坐定，李白就向任天翔招手：

「這位小哥，可否過來同醉？這次若非有你，這一大罈女兒紅可就輸給了別人，咱們能喝上這酒，可是沾了你的光呢！」

任天翔大喜過望，他挖空心思與李白鬥詩，正是要跟這名士結交，通過他和元丹丘引薦進入安國觀，結識洛陽城第一貴人玉真公主。沒想到經過安祿山的波折，反而使事情進展得更加順利，他不僅給李白留下了深刻的印象，還有機會與洛陽城另一個貴人岐王殿下同桌喝酒，這等機遇，也許許多人窮其一生也未必能遇上。

任天翔在長安也曾出入豪門，知道規矩，與幾個人見禮後，便在下首相陪。

岐王見一向眼高於頂、目中無人的李白，竟開口邀一個年紀輕輕的少年入席，不禁有些驚訝，笑問：「這位小哥不知如何稱呼？」

任天翔忙拱手答道：「小生任天，見過岐王殿下。」

話音剛落，就聽岑老夫子一聲呵斥：「岐王在座，誰人敢自稱為天？」

任天翔心中一凜，突然醒悟自己隨口編造的假名，顯然有些犯忌了。

岐王卻不以為意地擺擺手：「無妨無妨，姓名而已。不能要求每個沒讀過書的百姓，都懂得避諱。」

任天翔暗舒了口氣，忙恭敬一禮：「多謝殿下恕罪。小人這就改名，還請岐王千歲賜名。」

岐王擺擺手：「姓名乃父母所賜，外人豈能輕改？你就叫任天吧，要是有人怪你名字犯忌，你就說是本王特許。」

「多謝千歲殿下。」任天翔趕緊再拜。雖然未能讓岐王為自己取個名字，但若得他特許，也算是跟他拉上了關係，將來在外面便可拉大旗做虎皮，唬倒大批趨炎附勢之徒。

岐王見任天翔雖然年輕，衣飾打扮在這夢香樓中只能算中流，但神態舉止卻沒有一絲緊張拘束，眼中更透著一種天生的自信，心中不禁有些奇怪。元丹丘與岑老夫子忙將方才的鬥詩和衝突簡短說了一遍，岐王聽聞任天翔竟令詩仙認輸、安祿山出醜，不禁連連點頭讚嘆：

「想不到任公子年紀輕輕，不僅有驚人的膽色，更有過人的急智。你能贏下這罈女兒紅，並成為依人入幕之賓，也並非全是僥倖。」

那罈女兒紅已被打開，香氣四溢，正由雲依人親自捧了來給眾人敬酒。聽到這話，她不禁紅著臉低下頭去，神情竟有些扭捏。

任天翔卻急忙擺手：「岐王殿下過譽了，小生今日大膽與太白先生鬥詩，原本只是敬仰先生才學，想以自己的挑戰激起太白先生的鬥志和激情，寫下名傳千古的好詩。小生那首吐蕃詩文是在胡攪蠻纏，太白先生那首《將盡酒》，才是今日詩會的經典之作，這入幕之賓實該是太白先生才對。」

李白連連擺手笑道：「今日若非是你挺身而出，智勝安祿山，依人姑娘已為那胡狗所辱。這入幕之賓非公子莫屬，俺老李沾光喝兩杯好酒，就已經心滿意足了！」

任天翔急忙推拒，二人正各不相讓相互推讓，卻見雲依人突然摔下酒壺轉身就走，令眾人面面相覷，不明所以。

唯有岐王搖頭嘆道：「你二人一個是以才氣聞名天下的詩仙，一個是聰明過人的少年俊傑，怎麼卻不懂女孩子的心思？像你們這樣互相推讓，令她顏面何存？不知道者還以為你們二人都看不上她。我看你們別再想著做什麼入幕之賓了，依人沒讓人將你們打出去，就已經是給你們留了面子。」

任天翔沒想到自己無意間竟傷了雲依人的心，心中有些愧疚。

李白卻不以為然地哈哈一笑：「這樣也好，免得我這半老的醉鬼，耽誤了人家小姑娘的青春。我老李現在有酒就好，一旦酒癮發作，就算仙女在前也如同無鹽。正所謂牡丹花下鬼，不如酒中仙！」

眾人哈哈一笑，紛紛舉杯：「那就恭祝太白兄做個酒中之仙。」

岐王突然想起一事，轉向岑勳問道：「岑老夫子不在嶺南納福，為何千里迢迢來洛陽？」

岑勳忙拱手道：「回岐王殿下，商門四大家族輪流坐莊，今年輪到小老兒接任門主之位，所以趕來洛陽與鄭門主辦理交接，順便也採購點北方邢窯的瓷器帶回廣州。」

岐王奇道：「你岑家不是有越窯麼？怎麼會來北方採購邢窯的瓷器？」

岑勳陪笑道：「近年南洋諸國對我大唐的瓷器需求極大，經廣州走海路賣出去的瓷器，只怕已經超過了走西域的旱路，所以越窯的瓷器已經不夠。」

「那老夫子肯定沒少賺錢了？」李白笑著調侃，「今天這頓酒該老夫子請客，誰也別跟他爭。」

岑勳無奈苦笑：「原來你請小老兒來喝酒，就是算計著讓小老兒掏錢？」

李白呵呵大笑：「你知道我老李一向囊中空空，丹丘生又是個修道之人，不沾銀錢俗物，只有你岑老夫子是商門大賈，你不掏錢誰掏錢？」

眾人大笑，岐王笑著點頭道：「難怪最近洛陽城熱鬧了起來，原來是商門門主交接。這麼說來，益州的老潘和揚州許家，也都要來洛陽？」

岑勳面有得色地點頭：「是啊！商門門主換人，也算是江湖上一件大事。不僅我四家的宗主要親自參與其會，就是許多江湖朋友也都要趕來觀禮，為商門捧場。」

任天翔聽岑勳說起商門的盛會，不禁留上了心。本來與岐王同桌飲宴是個難得的機會，若能將陶玉推薦給岐王，也未必就不如獻給玉真公主。不過一想，岑勳是商門下一屆的門主，岑家又是越窯的大東家，而商門正是壓制陶玉的正主兒，他只得壓下心中的衝動，白白放棄這次難得的機會。

不過，他很快又想到另外一條路，便藉口更衣告退離席，在門外找到老鴇，偷偷塞了一錠銀子過去，陪笑道：

「方才無意中冒犯了雲姑娘，還請媽媽替我引薦，讓小生當面向雲姑娘賠罪。」

見任天翔已是岐王座上客，老鴇不敢怠慢，卻無奈嘆道：

「我家姑娘一向孤芳自賞，眼高於頂，沒想到卻被公子當禮物讓人，讓她如何能咽下這口氣？公子還想見她？老身可不敢觸這個霉頭。」

任天翔拱手拜道：「還請媽媽千萬幫忙，小生他日定有重謝。」

老鴇遲疑片刻，勉強答應：「公子跟老身來吧，不過千萬別再抱什麼幻想。」

任天翔將褚剛和崑崙奴兄弟留在外面，自己跟著老鴇來到後院一間雅致的廂房。

老鴇在門外柔聲呼喚：「姑娘可曾安息？任公子前來求見。」

門裏傳出一聲冷哼：「他還來見我作甚？」

任天翔上前一步，隔著門扉道：「方才冒犯了雲姐姐，小弟特來賠罪。姐姐心中若有不快，小弟任打任罵，不敢還手。」

門裏一聲冷笑：「任公子言重了。我心中哪敢有不快？我高興得很。你們男人從來就不將女人放在眼裏，何況還是個青樓賣藝的女子。我原以為寫下無數讚美女性詩句的詩仙，定是個與眾不同的奇男子，沒想到也是個要酒不要命的濁物，公子幫我打破幻想，我感激你還來不及呢。」

任天翔聽出了雲依人言語中的失望和譏諷，見老鴇已悄悄退下，他不由啞著嗓子澀聲道：「別的男人或許會看不起青樓女子，但小弟卻是萬萬不會。」

聽出任天翔言語有異，雲依人忍不住追問：「你與別的男人又有什麼不同？」

任天翔深深地吸了口氣，一字一頓：「我的母親，也是青樓女子。」

門裏默然良久，終聽雲依人幽幽問：「公子為何竟將自己這身世……直言相告？」

任天翔澀聲一笑：「因為，我的母親已經不在了。看到雲姐姐，我就不由自主想起自己的母親。就算天下所有男人都看不起青樓女子，我也絕不會看不起姐姐。」

門裏再次默然，半晌後，終聽雲依人幽幽嘆道：「多謝任公子看重，依人感動於心。」

「姐姐，」任天翔動情地輕呼，「能否讓小弟再見你一面？」

「很晚了，改天吧。」雲依人遲疑道，「公子若想見我，可隨時來夢香樓聽琴。」

「我不想做你的客人，只想做你的……朋友。」任天翔聲音突然哽咽起來，「我娘死得早，她去世時，就跟姐姐年歲差不多。看到姐姐演琴的樣子，我就不由自主想起我娘……自從六歲之後，我就只在夢裏見過我娘……」

聽到任天翔無聲的哽咽，房門終於悄悄裂開一道縫隙，就見雲依人兩眼微紅，在門裏望著淚流滿臉的任天翔，柔聲安慰：

「公子不要難過，如果你以後想聽琴……可直接來這裏找依人。」

任天翔破泣為笑，手忙腳亂地躬身一拜：「多謝姐姐！小弟……小弟不知說什麼才好。我……我從來沒有這麼開心過，謝謝！謝謝！」

看到任天翔喜不自勝、手足無措的樣子，雲依人羞澀一笑，依依不捨地關上了房門。背靠房門，她遙望幽暗虛空，突然感覺有種異樣的情感，潮水般從心底最隱秘的角落悄然泛起，漸漸瀰漫全身，似將她完全包圍。她摸摸自己發燙的臉頰，不禁在心中暗問：我這是怎麼了？竟被一個小男生幾滴眼淚打動？

門外，任天翔擦去滿臉淚水，心中滿是得意地盤算：看來這會跳舞的大美女，即將手到擒來。沒想到她竟是岐王的乾女兒，我差點就將她推給了李白那個醉鬼，真是萬幸啊！幸虧本公子心眼靈活，很快就意識到她的價值。通過她結交岐王，想必不是什麼難事。萬一玉真公主那條路走不通，還有岐王這條路備用，陶玉這寶貝，必將在我手中賣出大價錢！

悄然離開後院，任天翔回想起方才的演戲，心中暗自得意——看到姐姐演琴的樣子，我就不由自主想起我娘——任天翔啊任天翔，這種話你也說得出來，看來你越來越懂得如何打動女人脆弱的心了。不過說實話，她彈琴時的樣子還真有幾分像我娘，尤其方才她望著我的那種目光，還真像我娘當年一樣慈愛溫柔……

任天翔突然啐了自己一口，趕緊剎住這種危險的聯想，暗暗告誡自己：任天翔啊任天翔，你差點被一個女人騙得掉了腦袋，如果再為任何一個女人動情，終有一天會死得慘不忍睹。從今往後，你不能再為任何一個女人動心，只有你騙女人，不能讓女人騙了你！

仔細擦去臉上的淚跡，任天翔回到酒宴，就見岐王已經離去，李白也喝得有七八分醉，正披頭散髮在那裏仗劍狂歌。

元丹丘見他回來，忙道：「任公子去了哪裡？讓我們好等。」

任天翔趕緊陪笑：「對不起對不起，我自罰三杯。」

岑老夫子一聲冷哼：「還喝？太白先生已經喝醉，你要再喝醉，我們可沒功夫照顧。」

任天翔微微一笑：「不敢勞岑老夫子操心，我還有三個隨從，即便喝醉也無妨。」說著連乾三杯，然後向二人拱拱手，「今日這酒已經喝到盡興，小生向兩位告辭。如果兩位信得過，太白先生就請交由小生照顧，我的隨從會平安將他載回住處。」

雖是詩仙和名士，喝醉了也跟尋常酒鬼一樣麻煩。而元丹丘與岑老夫子從來都是讓人照顧的主兒，哪有心思照顧別人？況且二人又沒有帶隨從和門人，見任天翔主動提出照顧喝醉的李白，二人自然是沒有意見。

褚剛在外面叫了一輛馬車，與崑崙奴兄弟將幾乎爛醉的李白抬上車，這才與元丹丘和岑老夫子道別。

馬車離開夢香樓後，褚剛有些不解地嘀咕：

「公子為何要爭著照顧這個醉鬼？」

任天翔淡淡一笑：「我們有事求他，照顧他就如同放債，他一定會加倍回報咱們。」

褚剛有些將信將疑，不過卻沒有再問。

馬車最後在任天翔所住的客棧門口停了下來，崑崙奴兄弟將已經醉得不省人事的李白抬上樓，並仔細為他抹去滿身的汙跡，這才將他抬入新訂的客房。

直到第二天下午，李白才從睡夢中醒來，看看周圍陌生的環境，不由失聲高呼：「我這是在哪裡？快來人！」

就見一個相貌柔美的年輕人應聲而入，笑著回應：「太白先生是在我住的客棧。昨夜太白先生喝醉了，小可不知太白先生的住處，只好將先生帶到這家客棧歇息。」

李白晃晃依舊有些昏沉的頭，依稀想起昨夜的情形，忙道：「多謝任公子，我現在沒事了。公子為我做了這麼多，要老李如何報答才好？」

任天翔也不客氣，直言道：「我想請太白先生為我引薦玉真公主，不知太白先生可否幫忙？」

「沒問題，小事一樁。待公主來了洛陽，我親自帶你去拜見。」說到這兒，李白有些奇怪，「公子見玉真公主作甚？」

任天翔半真半假地笑道：「我有一寶，想獻給玉真公主，求她為在下謀個前程。」

李白微微一哂：「那我勸你還是打消這念頭。想玉真公主什麼寶貝沒有見過？有什麼寶貝能讓她動心？再說公主早已不問政事，絕不會再向皇上推薦任何人。」

任天翔笑道：「太白先生儘管帶我去見公主就行，其他事先生不用操心。」

李白伸了個懶腰：「看在你那罈好酒的份上，老李帶你去見公主。不過，我勸你還是打消獻寶鑽營之心，免得讓公主趕了出來，令老李也跟著臉上無光。」

任天翔笑而不答，只問：「先生想喝什麼酒？我這就讓人去買。」

李白擺擺手：「已經叨擾了一夜，不敢再勞煩公子。老李走了，一旦玉真公主來了洛陽，我會來找你。」

目送著李白漸漸遠去的背影，任天翔突然在想，這個以詩文名揚天下的名士，不知道胸中壓抑著怎樣的情感，所以才能讓感情的火山從筆下爆發，寫出一篇篇令人擊節讚嘆的佳作。

任天翔正在胡亂猜想，突見小澤慌慌張張地從外面進來，臉上有壓抑不住的興奮紅暈，嘴裏不住叫道：「出事了！出大事了！洛陽城出大事了！」

任天翔忍不住呵斥：「慌什麼慌？跟了我這麼久，怎麼還沒學會從容鎮定這四個字？」

小澤不好意思地吐吐舌頭，神秘兮兮地湊到任天翔跟前：「不是小澤大驚小怪，實在是這個事太刺激、太血腥、太暴力了，讓人想鎮定都不行。現在滿大街都在談論這個事，各種小道消息滿天亂飛。」

任天翔忍不住給了小澤一腳：「你也學會吊人胃口了，究竟何事？快說！」

小澤湊到任天翔耳邊：「商門即將繼任門主的岑老夫子，昨晚讓人給喀嚓了！」

任天翔一驚，幾乎不敢相信自己的耳朵。

小澤怕他不明白，又在自己脖子上狠狠比了個手勢：「一刀斷首，乾脆俐落！聽說血濺了三丈遠，半條街都染紅了！」

任天翔呆呆地愣在當場，實不敢相信昨天還在跟自己一桌喝酒的人，一夜之間就身首異處。片刻後他才想起問：「誰幹的？」

小澤聳聳肩：「要知道是誰幹的，也就不算什麼大事了。聽賭場的癩子阿三講，那一刀的準確凶狠，就是殺人如麻的劊子手也做不到。只有殺人無算的絕頂高手，才可能殺得如此漂亮。癩子阿三的舅舅是衙門的仵作，據說他幹了一輩子仵作，也沒見過這麼凌厲的一斬。」

說話間，就見褚剛也從外面回來，見他神情有異，任天翔便知他也知道了這事，不由問：「你怎麼看？」

褚剛惋惜地搖搖頭：「岑老夫子是昨晚與咱們分手後，在回去的路上被人狙殺。從現場的痕跡看，他幾乎沒有任何反應就被人一斬斷首，乾脆俐落得就像是伸著脖子讓人宰。那一斬的迅捷凌厲我從未見過，不僅我做不到，就是我見過的武林高手，也沒一個人能做到。」

任天翔對武功細節不感興趣，只問：「你認為可能是誰幹的？」

褚剛皺起眉頭：「岑老夫子是來接任商門門主之位，他一死，無疑是洛陽鄭家的嫌疑最大。而且他幾乎沒有任何反應就被人斬殺，最有可能，凶手是個他絕不會防備的熟人，這麼算下來，鄭家大公子鄭淵無疑有極大的嫌疑，有人說鄭家是想長霸門主之位，所以除掉了接任門主的岑老夫子；不過也有人分析，揚州許家的嫌疑也不小，因為岑老夫子出了意外，按規矩就該輪到許家接任門主。」

任天翔略一沉吟，便微微搖頭：

「成功的商者最重協議和信譽，講究合作雙贏，而不是獨霸爭勝。鄭家要是這麼幹，就算霸住了門主之位，商門四大家族的聯盟也會離心離德，遲早分崩離析，重回原來的狀態。鄭大公子一心促成商門四大家族的聯合，絕對不願看到這種情況出現。所以這次這位鄭家大公子鄭淵，看來是名符其實成了正冤。揚州許家和益州老潘也是傳承數十代的商門世家，很難相信他們會用這種孤注一擲的手段來爭權，所以這次暗殺多半是來自商門之外，而不是來自商門內部。」

褚剛想了想，驚訝地連連點頭：「聽公子這一分析，還真是這個道理。不過，凶手若是來自商門之外，那又會是誰呢？」

「我還不知道誰會從這次暗殺中真正獲利，怎麼可能猜到是誰幹的？」任天翔惋惜地搖搖頭：「雖然跟岑老夫子只有一頓飯的緣分，卻也不想看到他慘死。不過拋開這一點，我倒是很樂意看到商門內亂。只有他們自己亂起來，才沒有精力顧及咱們這樣的小魚，我們也才有機會悄悄長大。」

褚剛點點頭：「現在城中謠言紛起，各種小道消息滿天飛，官府也在大力徹查此案。就連岐王都被驚動了，吩咐各衙門全力配合捕快破案。這事跟咱們沒什麼關係，我和小澤會留意事情的進展，公子不用為這事操心。」

任天翔嘆息道：「話雖如此，但岑老夫子跟我好歹有一席之緣，無論如何我得去祭拜一下，順便見見商門其他頭面人物。這些人將來有可能成為咱們的合作夥伴，也有可能成為競爭的對手，所以咱們要未雨綢繆。」

「公子所言極是，祭拜的事我來安排。」褚剛讚許道，「現在官府還在查案，屍體也還在仵作那裏。估計三天後才會設下靈堂，到時我會提醒公子。」

任天翔擊掌道：「好！咱們就靜觀其變，坐看商門內亂！」

商門

第六章

但見面前這商門絕頂的人物，年紀竟十分年輕，看起來也就在三旬左右，打扮長相就像個尋常富家公子，不過眼眸中卻透著富家公子絕對沒有的深沉和睿智。貌似隨和的微笑和舉止，掩不去眉宇間透出的決斷和冷厲。

三天後，褚剛帶來了岑老夫子治喪的消息，靈堂設在洛陽鄭家一處別院，並由鄭家主持。不過嚴格說來，這不能算是真正意義上的喪禮，只算是一個與本地親朋好友道別的簡單儀式。按照葉落歸根的風俗，岑老夫子的遺體將在七天後啟程，千里迢迢運回嶺南安葬。岑家將不惜鉅資，讓宗主完整地安葬在岑家祖墳。

正午時分，任天翔帶著褚剛趕到了鄭家這處在洛陽近郊的別院。雖說是別院，規模卻也不小，不亞於尋常富商大賈或高官顯貴的府邸，一點不辱沒岑老夫子的身分。

岑老夫子的親朋好友主要是在嶺南，不過由於商門的聲望和岑家的名望，聞訊趕來祭奠的商門中人和江湖朋友著實不少，令偌大的別院也顯得有些擁擠。

任天翔與褚剛隨著眾人進得靈堂，在岑老夫子靈前上了炷香。面對靈堂正中那冰冷的牌位和黑漆漆的棺木，任天翔不禁在心中感慨世事的難料和生命的無常。

上完香，立刻有鄭家的弟子領二人來到靈堂外的露天流水席。但見外面滿滿當當擺了上百桌酒席，進餐的客人走了一撥又來一撥，人頭攢動絡繹不絕。這是款待絡繹而來的各路朋友，從早到晚菜肴酒水絕不間斷，也只有像洛陽鄭家這樣的豪門富戶，才有這等大手筆。

看到亂哄哄的流水席，紈褲出身的任天翔哪有心思跟眾多江湖草莽搶飯吃？皺皺眉，帶著褚剛就往外走，剛到大門，就見李白與元丹丘連袂而來，任天翔忙上前與二人見禮。

李白見他要走，攔住他道：「你等我給岑夫子上炷香，我有事跟你說。」

任天翔正等著玉真公主的消息，自然滿口答應，立在廊下耐心等候。

少時就見李白與元丹丘祭拜完岑老夫子出來，立刻就有鄭家弟子領二人去往後堂。不同身分的客人自然有不同的款待，後堂的酒席只款待那些有身分有地位的貴客，或者與岑老夫子相熟的朋友。

李白衝廊下等候的任天翔招招手，任天翔忙跟了過去。不等任天翔動問，李白拉起他就往後堂而去：「走！再喝岑老夫子一頓酒，喝了這頓以後就沒得喝了。」

由於有李白和元丹丘同路，鄭家弟子不敢阻攔，只得將任天翔與褚剛迎了進去。就見後堂只有寥寥數桌酒席，客人也只有寥寥數人。現在還不是吃飯的時候，所以後堂的酒席幾乎都還空著。

四人找了個沒人的酒席坐下，李白也不管有沒有人招呼，端起酒杯就望空一拜：「老夫子，你死得慘啊！可惜俺老李本事低微，沒法為你報仇，只有遙敬你一杯寡酒，祝你老早死早投生，來世還生在大富大貴之家。」

元丹丘與任天翔、褚剛三人也舉起酒杯望空而拜，然後將酒傾於地下，只有李白顧自說道：

「老夫子啊，現在這酒你也喝不上，不如俺老李替你喝了吧。你要反對就吱一聲，不出聲我就當你同意了，哈。」

說完，便將酒杯送到嘴邊，正要一口而乾，就聽身後突兀的響起一聲呼喚，將他嚇得渾身一個哆嗦，杯中的酒大半灑在了地上。

「元道長也在這裏？晚輩有禮了！」那聲音由遠而近，清朗冷峻，隱有金鐵之聲。

元丹丘忙起身還禮：「原來是鄭大公子！貧道有禮！你我年歲相差不過十來歲，貧道不敢以前輩自居。」說著往李白一指，「這位李太白想必公子早有耳聞，他倒是算得上公子的前輩。」

「原來是李大詩人，先生之文采，晚輩實在是仰慕已久！」這鄭大公子言詞十分恭敬，不過語音卻明顯有些敷衍，與看到元丹丘時的熱情全然不同。

「晦氣晦氣！」李白沒有理會這鄭大公子，卻望著手中酒杯啐道，「老夫子，你就算不滿我要喝你的酒，也不該借別人之口來嚇我啊！早知你這麼小氣，我以後再不喝你的酒了。」

鄭大公子見李白全然不理會自己，臉上頓時有些尷尬，不過他也是機靈善變之人，巧妙地轉向與李白同桌的任天翔和褚剛：「這二位是……」

元丹丘忙為雙方介紹。任天翔忙起身一拜：「原來是正冤……哦，對不起，是鄭淵鄭大公子。小弟任天，拜見鄭兄。」

褚剛想起任天翔給鄭淵起的綽號，憋不住差點失笑，只得咬著嘴唇生生剎住，將一張黑臉憋得通紅。

但見面前這商門絕頂的人物，年紀竟十分年輕，看起來也就在三旬左右，打扮長相就像個尋常富家公子，不過眼眸中卻透著富家公子絕對沒有的深沉和睿智。貌似隨和的微笑和舉止，掩不去眉宇間透出的決斷和冷厲。

鄭淵與二人敷衍了兩句，便抬手向元丹丘示意：「道長，內堂已排下酒宴，裏邊請！」

元丹丘正待推辭，李白已不耐煩地抱怨起來：「快去快去！你要真跟咱一桌，今天老李就別想好好喝酒了。」

元丹丘只得向鄭淵示意：「公子請。」

鄭淵點點頭，轉向李白和任天翔：「三位一起來吧。」

任天翔聽出對方只是在客氣，便笑著搖搖頭。李白卻不耐煩地嚷起來：

「鄭大公子能否讓老李安安靜靜地跟岑老夫子喝幾杯酒，聽他說說凶手的情況。你是不是心裏有什麼鬼，不想讓岑老夫子跟俺老李喝酒？」

鄭淵有些尷尬，只得道：「太白先生請隨意，晚輩不再打攪。」說完，親自領著元丹丘去了內堂。

待二人走後，李白這才長舒了口氣：「總算是清靜了，老李最怕跟俗人招呼應酬。」

任天翔笑問：「這鄭大公子魁梧偉岸、相貌堂堂，在太白先生眼裏竟是個俗人？」

李白一聲冷哼：「商人爭錢逐利，已經俗不可耐，卻還要恬不知恥地公開以錢為旗，這不是俗人是什麼？」

任天翔望著鄭淵遠去的背影，若有所思地自語：

「我倒覺得，公開以錢為旗，是一種難得的磊落。世人大多在心中將錢放在最重要的位置，嘴裏說的卻都是冠冕堂皇的道德文章。與他們比起來，這位鄭大公子倒顯得有點不俗。」

褚剛笑問：「公子為何突然對鄭大公子評價高了許多？」

任天翔笑道：「當他跟咱們毫無關係的時候，咱們自然可以隨意蔑視取笑。不過，當他有可能成為咱們對手的時候，就必須要尊重他。因為尊重對手，就是尊重你自己。」

褚剛聽得似懂非懂，正要再問，李白卻已經拉著任天翔在說：「老提那俗人作甚？我跟你說個正事。你運氣不錯，明天玉真公主就要來洛陽，安國觀是她在洛陽最主要的落腳之處。我會帶你進去，不過，你要是言辭不當被玉真公主趕了出來，可不能怪我。」

任天翔大喜過望，忙拱手一拜：「多謝太白先生。」

說話間，就見一行十餘人匆匆而入，面色凝重地徑直去了內堂，對李白和任天翔三人竟都視而不見。

從任天翔坐的位置可以看入內堂，就見十餘人分兩桌坐下，盡皆沉默無語。

就聽褚剛驚訝地自語：「是商門四大家族的首腦人物，除了岑家和鄭家，許家的宗主許崴和潘家的老當家潘永泰都來了。看來今日這喪酒，恐怕不是那麼好喝。」

任天翔幸災樂禍地笑道：「呵呵，跟咱們扯不上干係，正好安心看戲。」

說話間，就見門裏一陣騷動，一個身穿素袍的花甲老者由內而出，門裏眾人紛紛起身相迎。褚剛向任天翔悄聲解釋：「這就是鄭殷和，洛陽鄭家的宗主。」

任天翔仔細打量這現任的商門門主，但見他身形略顯富態，面目看起來頗為和善，嘴邊始終掛著三分笑。對眾人團團一拱手，這才在中間那張酒桌旁坐下來，眾人紛紛落座。

唯有一身穿孝服的漢子卻不肯坐下。褚剛忙小聲道：「那是岑老夫子的兒子岑剛，商門四大家族的頭面人物都到齊了。」

二人正小聲嘀咕，李白卻在舉杯與臆想中的岑老夫子對酌。見二人光說不喝，便拉著任天翔醉醺醺地問：「你管別人的閒事做甚？咱們陪岑老夫子喝酒要緊，還不快敬老夫子一杯。喝完這頓，以後都沒機會喝他的酒了！」

任天翔只得舉杯與李白相碰，不敢得罪這位貴人。

二人剛喝得幾杯，就聽門裏傳出隱隱的爭吵，似乎岑剛正在質問鄭殷和，與鄭家弟子發生了衝突。潘家和許家的人則默不作聲，似乎在袖手旁觀。

「商門快散了！」任天翔幸災樂禍地悄悄鼓掌，「不知那凶手是誰，竟在岑老夫子接任門主之位前夕將之刺殺，挑起商門內部的猜忌。四大世家一旦失去相互間的信任，商門分崩離析只在早晚。這凶手無意間幫了咱們一個大忙！」

說到這，突然想起岑老夫子是李白摯友，跟自己也算有同席之誼，自己這麼幸災樂禍實在是有些不應該。這樣一想，便趕緊收斂喜色，裝出一副惋惜的模樣，偷眼打量李白，卻見對方沉浸在對老夫子的緬懷之中，根本沒留意自己方才的失態。

就在這時，突聽門裏傳出鄭淵清朗從容的聲音：

「岑兄請仔細想想，鄭家若想霸著門主之位不讓，大家會不會心服？鄭家若違反當初結盟的協議，門主之位還有何威信？我鄭家還有何信譽可言？信譽若失，我鄭家今後又何以在江湖上立足？我們有刺殺令尊的理由嗎？」

岑剛的聲音也提高了幾分：「可江湖上都是這樣傳言，總不會是空穴來風！」

「當然不是空穴來風，而是有人有意為之，目的正是要挑起商門內亂！」鄭淵朗聲道，「諸位請想想，我商門四大家自結成聯盟之後，事業蒸蒸日上，通寶旗通行天下，無人敢阻，聲望一時無二。有多少競爭對手和黑道匪徒希望我們內部生亂，聯盟破裂，從此回到原來各據一方的狀態？現在我們是一榮俱榮，一損俱損，任何猜忌和懷疑，都會使商門離心離德，最終分崩離析，我想這正是凶手想要看到的。請岑兄不要再做令親者痛、仇者快的事情。」

廳中眾人沉默起來，有人在微微頷首，有人則在低頭沉思。就聽鄭淵又道：

「為了表明我鄭家的清白，門主交接儀式如期舉行，門主之位仍然交由岑家的人接任，以後若再出現這種情況，依舊按此例辦理。」

廳中響起一陣竊竊私語，顯然是為鄭淵的說詞打動。就聽他語鋒一轉，又道：

「雖然家父即將卸下門主的責任，但我鄭家依然會傾合族之力追查凶手，給岑兄一個交代。畢竟令尊是在我鄭家的地面被人刺殺，無論出於同門之誼還是江湖道義，我鄭家都不會袖手不管。請在座諸位江湖同道，為我鄭淵作證！」

眾人紛紛鼓掌叫好，顯然是為鄭大公子的大公無私和急公好義打動。

褚剛見狀微微點頭：「這鄭大公子果然不簡單，與他比起來，岑老夫子的兒子簡直就是個頭腦簡單的笨蛋。」

任天翔笑著搖搖頭：「這麼簡單的道理，我不信岑老夫子的兒子會不懂。但他依然裝成被謠言蒙蔽的傻瓜，就是要逼鄭家交出門主之位，而且還要答應全力追查凶手。商門中沒一個人簡單，因為賺錢是門最高深的學問，商場不亞於生死相搏的戰場，只有真正的智者才能生存。從小在這種環境下長大的商門子弟，要說他頭腦簡單，錯的一定是你。」

褚剛將信將疑地點點頭，茫然問：「公子意思是說，岑剛在扮豬吃虎？」

任天翔搖搖頭：「人心叵測，誰能看透？我只是靠常理去推測而已。」說著，他長身而起，「走吧，沒熱鬧可瞧了，不如去聽琴。」

「聽琴？」褚剛有些莫名其妙，「公子啥時候喜歡上音樂了？」

「三天前。」任天翔意味深長地笑了笑，起身向李白告辭。帶著褚剛來到外面，但見日正中天，正午才剛剛過。

任天翔登上租來的馬車，向褚剛示意：「去夢香樓。」

夢香樓這日沒有雲依人演琴，一下子冷清了許多。看到任天翔這個豪客上門，老鴇自然滿心歡喜，不過聽他說是來找雲依人，老鴇頓時為難起來：「實在對不起公子，依人今天身子不俐落，所以不會見客。」

任天翔陪笑道：「還請媽媽好歹通報一聲，就說任公子求見。若雲姑娘依然拒客，那我只好抱憾而回，不敢再來叨擾雲姑娘。」說著，將一錠銀子塞了過去。

雖然他現在坐吃山空，在西域賺得的一點銀子已經所剩無幾，但他也知道，在夢香樓這種地方，只有銀子才是最好的路條，就算打腫臉充胖子，也只有硬著頭皮大把撒錢。

老鴇聽任天翔言下之意，若被拒絕，以後都不會再來。她當然不願失去這個豪爽的客人，只得答應：「老身去試試看，若我家姑娘不答應，公子可改日再來，老身一定幫公子說和。」說完扭著蟒蛇般的腰肢，如風而去。

雖然得到雲姑娘特許，可以任何時候去聽琴，但任天翔還是特意等了三天才來。他知道如果操之過急，會令對方不珍惜與自己見面的機會，如果拖得太久，又會讓雲依人心中剛燃起的一點曖昧之情變淡。三天正好，這是他在長安就得出的寶貴經驗。

不一會兒，老鴇滿面春風地出來，臉上像開了朵花，嘴裏沒住地叫著：

「恭喜公子！賀喜公子！我家姑娘聽說是公子求見，精神立馬好了大半，吩咐老身速請公子進去！」

任天翔心中一寬，知道離最後的目標越來越近，幾乎就差一層紙的距離。

隨著老鴇來到後院的廂房，卻見雲依人歪在榻上，對他的到來似乎並不怎麼在意。老鴇奇道：「咦！姑娘方才還好好的，現在為何又懶在榻上了？」

雲依人面朝裏倒著，懶懶應道：「我覺著渾身無力，雙目暈眩，實在不便見客，還是讓任公子回去吧。」

任天翔知道這大美人並不是真的不想見自己，只不過是三分猶豫和七分矜持，才使她做出這種欲拒還迎的姿態。對這種情況，他遇到過無數次，早已駕輕就熟，笑道：「我知道雲姐姐病在哪裡，若姐姐信得過，就由小弟來給你診治？」

老鴇奇道：「任公子還會治病？」

任天翔笑著點頭：「小事一樁，不過，這病得由我單獨給姐姐治療。」

老鴇不是不知道任天翔的目的，像這樣找各種藉口接近雲依人的公子王孫、豪門巨富不知有多少，不過從來都是偷雞不成蝕把米，相信這毛都沒長齊的雛兒也不例外。所以她知趣地告退：「那就有勞公子，老身讓廚下為公子準備酒菜，少時便給公子送過來。」盤算著這頓酒菜得狠狠敲這紈褲一筆，老鴇喜滋滋地扭著肥腰如風而去。

聽任天翔自稱會治病，而且還知道自己病在哪裡，這多少激起了雲依人一點好奇。她轉過身來，斜靠在榻上問：

「你知道我病在哪裡？」

任天翔笑道：「姐姐這是富貴病。你整天待在夢香樓這奢華之地，衣來伸手飯來張口，鹹不操心淡不過問，跟養在金絲籠中的小鳥有何區別？金絲籠再怎麼奢侈華美，鳥食再怎麼精緻美味，又怎麼及得上籠子外面的廣闊天地？所以，籠中的小鳥無論照顧得多麼仔細，依然會生病甚至夭折。我不希望姐姐做籠中的小鳥，所以今天特意來接姐姐出去放鬆半天。連馬車我都已經準備好，就等姐姐起身上路。」

雲依人心有所動，嘴裏卻還在猶豫：「我也常常去夢香樓外面啊，無論賣綢緞的錦繡莊，還是賣胭脂的彩雲閣，我都常去啊！」

任天翔笑著搖搖頭：「姐姐難道沒有覺得，夢香樓是個小鳥籠，洛陽城則是個大鳥籠。多少人一生都被關在這鳥籠之中，追名逐利，醉生夢死。請問姐姐有多少年沒有走出過這座燈紅酒綠、喧囂繁華的城市了？你是否還能想得起這座城市外面那廣袤無垠的原野、清澈見底的小溪、星星點點的野花和自由飛翔的小鳥？」

雲依人兩眼迷茫，目光幽遠地望向虛空，黯然嘆息：「我自七歲被賣到這夢香樓，就再沒走出過這座城市，差不多已經忘記了這座城市外面的世界。」

「所以我今天要帶姐姐走出這座城市，去田野去山川去遠郊，去任何想去的地方！」任天翔拿出了不由分說的決斷，「這座城市外面那清新自由的空氣，就是治好你心病的良方！」

雲依人心中一種壓抑已久的情感被突然激發，如火山噴發般熾烈，世間任何力量無法壓抑，那是對自由的渴望和神往。她不再猶豫，猛然翻身而起：「好！我跟你走！」

任天翔帶著雲依人大步走出夢香樓，老鴇氣喘吁吁地追了出來：「公子，你……你們這是要去哪裡？」

任天翔頭也不回：「我帶雲姑娘去治病，很快就回來！」說著，攙雲依人登上等在門外的馬車，向趕車的褚剛一揮手，「走！」

褚剛有些茫然：「去哪裡？」

「出城！」

褚剛更加奇怪，不過也沒有多問，立刻揚鞭一揮。駿馬邁開四蹄，向最近的城門飛馳。馬車後方，老鴇茫然地望著遠去的馬車，一臉的無奈……

當馬車衝出城門那一瞬間，雲依人情不自禁地發出一聲歡呼，如醉如癡打量著城外的世界。但見一望無際的原野，如綠茵茵的地毯鋪到地平線盡頭，星星點點的野花猶如地毯上點綴的圖案。天空是那樣清澄，碧藍如洗；小鳥是那樣矯健，輕盈如風。鳥鳴聲像銀鈴、像珍珠、像擊磬……所有這一切，都跟城裏的世界完全不同，就像是一個全新的天地。

「噢……」雲依人情不自禁張開手臂，立在車轅上放聲高呼，臉上洋溢著小女孩一樣的童真和興奮。

任天翔驚訝地發覺，這一瞬間，她就像是尚未長大的孩子，那種單純的喜悅和歡欣，與妹妹任天琪童年時幾無二致。

馬車漸漸慢了下來，後方已經看不到洛陽城那高高的城郭，四周只剩下綠油油的田野和茫茫的荒原，以及零星的農莊和嫋嫋的炊煙。

褚剛慢慢勒住奔馬，回頭問：「已經出城十餘里，公子還打算去哪裡？」

任天翔轉向雲依人：「姐姐想去哪裡？」

雲依人歪頭想了想：「聽說白馬寺坐落在邙山與洛水之間，是釋門第一聖地。我想去那裏上炷香，為去世的爹娘祈福，不知可不可以？」

任天翔忙問褚剛：「白馬寺遠不遠？」

褚剛板著臉答道：「不遠，就在前方十餘里。」

任天翔笑道：「那好，咱們就去白馬寺。」

馬車繼續向東疾馳，十多里後，就見一紅牆碧瓦、巍峨恢弘的山門，掩映在一片鬱鬱蔥蔥的長林古木之中，山門上「白馬寺」三個大字遒勁古樸，隱隱透著無盡的肅穆莊嚴。

任天翔在長安就聽說過白馬寺之名，這座東漢時期興建的寺院，是佛教傳入東方後，由官方正式興建的第一座寺院，被釋門尊為釋源和祖庭。從太宗朝到武則天當政，俱大力扶持佛教，尤其則天皇帝最是崇佛，曾對白馬寺進行了大規模的擴建，使之成為全國規模最大、最恢弘的寺院，聲望盛極一時。

不過如今聖上崇信道教，在長安、洛陽、王屋山等地大肆興建道觀，有皇家的示範，全國上下也都轉而敬奉道教，釋門已沒有過去的風光。

想起褚剛是少林俗家弟子，任天翔笑問道：「褚兄出身少林，不知這少林寺與白馬寺，在釋門中誰更尊崇？」

褚剛答道：「釋門宣揚的是眾生平等，並不在寺院、僧眾或信徒中分出等級。不過如果按世俗的眼光來看，釋門是以白馬寺和五臺山為尊，素有南白馬北五台之稱。少林寺屬於南方寺院，方丈需由白馬寺住持任命。」

任天翔聞言笑道：「這麼說來，白馬寺也算是褚兄的師門祖庭，正該好好敬拜。待會兒進寺之後，褚兄自去尋師訪友，兩個時辰後，咱們在山門外會合便是。」

褚剛淡淡答道：「公子放心，褚剛不會那麼不知趣。待會兒我自去寺內遊玩，算著時間在山門外等你。」

任天翔聽出褚剛言語中的不快，不過他暫時無心理會，帶著雲依人便興沖沖奔向山門。

順著天王殿、大佛殿、大雄殿、接引殿、毗盧閣等等一間間遊玩過去，但見寺內金碧輝煌，古木森森，雖香客寥寥，依舊不失往日的輝煌氣象。

在敬奉大慈大悲觀世音菩薩的觀音堂中，雲依人恭敬地拜倒在觀音菩薩面前，雙手合十默默祈禱。任天翔雖不信佛，卻也跟著她在觀音大士面前跪了下來，學著她的樣子雙手合十，瞑目許願。

雲依人拜完觀音，好奇地轉望向他：「我在給早逝的爹娘祈福，你在做甚？」

任天翔笑道：「我在許願。」

雲依人對任天翔有過各種揣測，卻從沒想過他會敬佛信神，聞言更是好奇：「你也信佛？許的是什麼願？」

任天翔微微一笑：「我以前是不信的，不過，既然姐姐如此相信，我就幫你在觀音大士面前許了個願，讓大慈大悲的觀世音菩薩，保佑姐姐永遠都像今天這樣快樂。」

雲依人紅著臉白了他一眼：「你是不是從小就會討女人的歡心啊？」

任天翔坦然點了點頭，神情漸漸黯然，眼眸中似有隱隱淚光。雲依人見狀忙問：「是不是我說錯了什麼話，讓公子難過？」

任天翔幽幽嘆了口氣：「我出生在青樓，是由我娘和青樓中的姐姐們養大。我知道她們的喜怒哀樂，所以總是想法討她們的歡心。她們每日強作歡顏伺候客人，已經將笑臉和溫柔消耗殆盡，私下裏脾氣都不太好，所以我必須學會討她們的歡心，才能少吃點苦頭。」

雲依人想像著一個懵懂無知的孩童，竟在青樓這種複雜的環境下長大，可以想見他的童年是多麼的艱辛。她心中不禁泛起一種母性的溫柔，柔聲問：「你會怪你娘嗎？」

「我只怪害了我娘的那個人，不過現在他已經過世，天大的仇怨也差不多煙消雲散了。」任天翔長出了口氣，釋然一笑，「別光說我，也說說你自己吧。你既然是岐王的乾女兒，怎麼會在夢香樓那種地方？」

二人在寺中信步而行，就聽雲依人款款道：

「夢香樓是岐王的產業，當年我被賣到夢香樓時只有七歲，從小就由青樓的師傅教授各種技藝。岐王那時還不是岐王，只是一個尋常皇族子弟，因俸祿有限，所以熱衷於各種賺錢的行當，夢香樓就是他年輕時一手創辦的產業。那時，他每過一段時間就會親自考察那些學藝的小女孩，由於我學藝最為刻苦也最有靈性，甚得他的喜愛，便認為乾女兒，以資鼓勵。後來他的伯父岐王李範暴斃且無子，他便過繼給了這個伯父，並繼承了他的爵位成為岐王。從那以後，他就很少來夢香樓，因為他已經不必再靠夢香樓掙零花錢了。」

原來如此！任天翔心下釋然，總算明白一個青樓藝妓，何以會成為岐王的乾女兒。既為岐王的乾女兒，為何又在夢香樓這種地方討生活。看來岐王對她，也只是像對小貓小狗一樣的寵愛，並非真將她當成女兒一般看待。

寺內突然出現了一絲騷亂，那些本在悠閒掃地或誦經的僧人，紛紛奔向寺院中央的大雄寶殿。二人有些好奇，隨著那些僧人和不多的幾個香客來到大雄寶殿，就見殿外的庭園中已聚集了上百僧人，紛紛在往大雄寶殿內張望，卻又在殿外的石階前駐足不前。

「怎麼回事？是不是菩薩顯靈了？」任天翔玩笑著向一個僧人打聽。

那僧人瞪了他一眼，似乎很是不滿他對佛的不敬，不過還是告訴了他：「是有邪魔歪道欲與我們無妄住持論辯。」

任天翔啞然失笑：「凡是跟佛教看法不同的宗教，在釋門弟子眼裏，是否都是邪魔歪道？」

那僧人聽出他是故意在調侃，白了他一眼不再理會。任天翔知道論辯就是打嘴巴仗，當年佛門在長安也曾盛極一時，自當今聖上登基後，開始扶道抑佛，並在長安公開舉行了多次佛道之辯，結果佛門敗北，最終退出了長安城。

任天翔對打嘴仗不感興趣，拉起雲依人的手正想離開，突然看到大雄寶殿中有幾個身著白袍的背影，在眾多緇衣僧人中十分顯眼。

白袍易髒，除非是特殊的場合，很少有人以純白的衣料做外袍，就算有，通常也是那些有潔癖的怪人，這種人遇到一個都不容易，很難想像好幾個一塵不染、白衣如雪的人剛好遇到一起。

除了一次！任天翔這一生中只在塔里木河畔，遇到過幾十個身著白袍的旅人一路往東而行。他不禁想起那個驚鴻一瞥的波斯少女，甚至記起了她那悅耳動聽的名字——艾麗達！同時也想起了那具散發著油脂和烤肉香味的十字人架！

手被任天翔突然握著，雲依人心如鹿撞。輕輕掙了一掙，不過最終還是紅著臉放棄，任由他溫柔地將自己的手握在掌心。

雖是出身青樓，免不了被一些大膽的狂徒輕薄，被人摸手摸腳雖不常有，卻也不算罕見。但只有這一次，雲依人感覺似有某種如潮水般的暖流，從握著自己的那隻手上，沿著自己的手臂傳遍全身，令人渾身發軟，心旌搖曳。

完了！完了！你徹底完了！雲依人，你難道真的為一個比你小好幾歲的小男孩動了真情？不對不對，他只是將我當成了他的母親，而我也只是同情他童年的遭遇而已。

雲依人正在胡思亂想，任天翔卻渾然無覺，側頭向身邊一個僧人打聽：

「他們是什麼人？」

就聽對方答道：「他們是供奉光明神的摩尼教徒，自稱摩門弟子。」

摩門？任天翔在心中默念了一遍這個從未聽過的名詞：「他們想幹什麼？」

另一個僧人答道：「他們要見無妄住持，並稱要與無妄住持論辯釋、摩兩門之奧義。不過無妄住持正在閉關靜修，現在是無心師叔在接待他們，想讓他們知難而退。」

任天翔若有所思地自語：「看來你們的無心師叔，進行得並不順利啊，不然也不會驚動大家了！」

看熱鬧是人的天性，雖有戒律僧攔在臺階前，阻止了僧眾湧到大雄寶殿門口，但卻無法阻止好奇的香客。任天翔拉著雲依人繞過僧眾，隨眾香客湧到大雄寶殿外。就見大雄寶殿之中，五個白衣如雲的人立在如來佛像之前，如泥塑木雕般紋絲不動。

五人背對門外的香客，看不清面目，只能從背影看出是四男一女，男的身形挺拔魁偉，女的背影婀娜，似乎年歲都不大。看其髮色和服飾，也都不像是中原人士。

「五位，無妄住持正在閉關靜修，不會與你們辯論。」一個五旬出頭的和藹僧人，想必就是方才那個和尚口中的「無心師叔」，正絮絮叨叨地向三人勸說，「你們就算在這裏站到天荒地老、海枯石爛，無妄住持也不會見你們。」

「聽說佛門是以慈悲為懷，普度天下眾生。」中間那白衣漢子操著一口生澀的唐語，「我想看看你們究竟有多慈悲，是否像你們宣稱的那樣。」話音未落，他突然拔出匕首猛地插入自己腹部，幾乎連柄而入。整個過程沒有一絲猶豫，就像是早已計畫好的舉動。

眾人失聲驚呼，無心和尚也被驚得目瞪口呆，門外的香客也不禁發出了一聲驚嘆。任天翔更是感覺雲依人的指甲幾乎刺進了自己的掌心。只有另外四個白衣人不為所動，似乎這是再平常不過的小事。

那自傷的白衣人已痛得渾身顫抖，卻咬著牙一字一頓地說道：

「我身為五明使之首，若不能請出無妄住持，便無顏回去見大教長。如果你再不請出無妄住持，我就只有劃開自己肚子，讓你們的佛祖和天下人看看，你們究竟有多慈悲。」

無心和尚從未遇到過這種情況，頓時手足無措，言語失態：「你、你別亂來，不是貧僧不為你通報，實在是無妄住持正在閉關……」

話尚未說完，那白袍漢子已猛然一拉，真真劃開了自己肚子，但見鮮血合著腹中穢物噴湧而出，撒滿了他腳下的方磚。他痛得渾身哆嗦，再站立不穩，緩緩跪倒在地。

門外的香客嚇得慌忙往後退去，卻又在幾步外停住，既恐懼又好奇的關注著事態的發展。

雲依人也是嚇得花容失色，將臉埋在任天翔背上不敢再看。任天翔趁勢將她擁入懷中，卻依然盯著大雄寶殿內的情形。

他以前在長安廝混，也見過江湖幫派之間各種自殘的比試，可那是在巨大的利益驅動下。這白衣人僅僅是為了請出白馬寺住持就不惜自殘，也實在太不可理喻，讓他也忍不住心生好奇！

「你……你別亂來……來人！快來人！快救人！」無心和尚已經語無倫次，面色煞白，匆忙招呼弟子，想要先阻止對方自殘。

幾名護寺武僧應聲而入，正想上前救人，誰知另外四個白衣人突然出手，他們不阻止同伴自殘，卻阻攔眾僧靠近。他們出手詭異多變，全然不是中原武功門路，眾武僧在四人阻攔之下，竟不能靠近一步。

「明友身為五明使之首，不能請出住持，只好以死謝罪！」說著，那自殘的白衣人猛然將匕首往下一拉，徹底割開了自己肚子。五臟六腑流了一地，卻還不得就死，他無力的望向一個同伴，「大般……幫我……」

那個叫「大般」的白衣人點點頭，突然拔刀一揮，斬下了同伴的腦袋。眾僧紛紛後退，有人已忍不住跪地嘔吐起來。

不過事態發展越發超出所有人的想像，就見那個剛斬下同伴腦袋的白衣人，突然拔出匕首插入自己腹部，盯著無心和尚平靜道：

「請無妄住持出來相見！」

無心和尚一看對方眼神，就知道如果再要拒絕，他就會像方才那個同伴一樣。無心和尚再不敢拖延，轉頭對一個弟子急呼：

「快快去請無妄住持，讓他結束閉關趕來！」

那弟子如飛而去，眾人鴉雀無聲地盯著殿中情形，就見一個白衣人已經倒地而亡，另一個人匕首已插在腹中，鮮血順著匕首血槽正噴湧而出，他的三個同伴依舊沒有救援之意。

無心大師見狀忙道：「無妄師兄很快就會趕到，你……你先包紮止血吧！」

那人抬手阻止了無心大師的提議，依舊在咬牙堅持。時間一點點過去，他的血也在不斷流逝，他卻渾然不覺。

不知過得多久，終於聽到有小沙彌高呼：

「無妄住持到！」

隨著這聲呼喚，就見一個身披大紅袈裟的老僧大袖飄飄、匆忙而來。剩下四個白衣人，以那自殘者領頭，突然轉身向殿外單膝跪地，齊聲高呼：

「五明使恭迎大教長蒞臨！」

四人聲音不大，卻似有穿牆透石之力，悠悠然傳出老遠……

假玉

第七章

「相信我，只有用錢也買不到的東西才足夠珍貴，
得不到的東西永遠是最好。
陶玉要從它面市的第一天起，就確立它在瓷器中絕對第一的地位，
要遠遠將競爭對手甩在身後，永遠難望咱們的項背！」

——五明使恭迎大教長蒞臨！

這聲音飄飄渺渺傳出寺外，就聽寺外傳來隱隱的應答：

「大教長駕臨白馬寺！」

任天翔好奇地望向寺門方向，但見重重門戶一扇扇洞開，兩列白衣人魚貫而入。在他們的前方，一個身披白色斗篷的波斯老者信步行來。老者碧眼金瞳，眉高目深，身材挺拔偉岸，神情不怒自威，赫然就是曾經在塔里木河畔遇到過那個招呼艾麗達的波斯老者。

就見他雖是閒庭信步，速度卻一點不慢。庭院中的僧眾不由自主潮水般向兩旁讓開。

老者轉眼便來到大雄寶殿外，在階下撫胸一拜：

「波斯摩尼教東方大教長拂多誕，拜見白馬寺無妄住持！」

無妄住持連忙還禮一拜，回手指向依舊倒在大雄寶殿中那個摩門弟子：「大教長遠道而來，欲見老衲只需親自上門拜會便是，何須讓門人如此？」

拂多誕淡淡一笑：「無妄住持乃釋門南方掌教，尋常人要見你只怕不易。五明使愚魯莽撞，不知如何請出住持，只好以自殘相脅，還請無妄住持見諒。」說著轉頭吩咐門人，「速為無妄住持清理大殿，還佛門清靜。」

兩列白衣人迅速行動起來，兩人上前將那具殘缺不全的屍體用密不透水的錦帛密密實實地裏了起來，四人負責清潔地上的血跡，受傷的同伴也被扶了出去……不過片刻功夫，大雄寶殿就清潔如初，再看不到一絲血跡。除了空氣中那淡淡的血腥味，彷彿方才什麼事都沒有發生過。

無妄住持皺眉問：「大教長是要與貧僧論辯釋、摩兩門之奧義？」

拂多誕微微頷首：「本座是要與住持單獨論辯。」

無妄住持尚未回答，一旁的無心大師急忙搖手：「師兄，不可！」

無妄住持略一沉吟，不理會無心和其他僧眾的眼色，抬手示意：「大教長請！」

拂多誕示意門人留在原地，然後與無妄住持連袂去了後堂的靜室。眾人翹首向後堂張望，卻只看到後堂靜悄悄毫無聲息。

雲依人拉了拉任天翔，悄聲道：「咱們走吧，別看了，那些人都是些瘋子！」

任天翔第一眼就認出，那個摩門大教長拂多誕，正是當年在塔里木河畔遇到過的那個波斯老者，想起他們在河畔的神秘儀式，以及那具想起就忍不住要嘔吐的十字人架，任天翔若有所思地輕聲道：「他們不是瘋子，而是狠人！」

「狠人？」雲依人有些茫然，「為何這樣說？」

任天翔搖頭輕嘆：「對自己都可以這樣狠，對他人可想而知。雖然他們沒有傷一個僧人，毀寺中一草一木，但卻比殺幾個和尚，毀掉幾尊佛像還令眾僧感到恐怖。這種手段別人就算能想到，也決計使不出來，因為根本找不到這麼多視死如歸的門人。無妄住持已不敢再對拂多誕有絲毫輕慢，就這頃刻之間，這遠道而來的摩門大教長，已可與釋門南方掌教無妄大師平起平坐了！」

雲依人拉拉任天翔的手：「咱們走吧，我不想再看到這些人。」

任天翔悄悄問：「是不是感到害怕了？」

雲依人紅著臉點點頭，任天翔笑道：「你只是旁觀，就已經感受到這種無名的恐懼，那些面對他們的僧人，心中的震懾可想而知。犧牲一人就達到先聲奪人的效果，這拂多誕也不簡單。就不知他要與無妄大師辯論什麼？總不至於趁單獨在一起的機會暗算無妄大師吧？這顯然又與五明使先前的行動不符。」說到最後，不禁皺眉揣測起來。

雲依人有些生氣地丟開任天翔的手：「我不想再待在這裏了，快送我回去！」

任天翔依依不捨地看了看後堂，但見裏面依舊靜悄悄毫無聲息，眾人也都在焦急地翹首以盼。見雲依人轉身而去，他只得收起好奇轉身追了上去，嘴裏誇張地叫道：「姐姐等等我！方才那剛死的新鬼正向我追來，姐姐快救命啊！」

明知任天翔是在嚇唬自己，雲依人還是忍不住發足狂奔，好像身後真有鬼怪追趕一般。直到跑出白馬寺大門，她才忍不住回頭給了任天翔一頓粉拳：「討厭！討厭！討厭！你要再嚇我，以後不理你了！」

任天翔急忙抱頭討饒：「不敢了不敢了，再也不敢了！母老虎發飆比鬼還要可怕！」

雲依人本已經收手，一聽這話，忍不住又撲上去一頓亂拳。任天翔就勢將她擁入懷中，不等她明白過來，閃電般在她殷紅的唇上狠狠一吻。雲依人一下子愣在當場，好半晌才想起推開任天翔，跑開兩步低著頭望著自己腳尖，心亂如麻，不知如何是好。

任天翔舔著臉跟過去，伸手去拉雲依人的小手，不過一連三次都被雲依人甩開。他可憐巴巴地小聲哀求：「姐姐，我……我是真的喜歡你嘛……」

雲依人心中一軟，小手不再掙扎，嘴裏卻幽幽嘆息：「我只是個青樓女子……」

「剛好我也出身青樓。」任天翔將她的手捧入懷中，嘻嘻笑道，「咱們門當戶對，誰也別嫌棄誰。」

雲依人莞爾失笑，用指頭在任天翔額上一點：「油腔滑調，一看就是個浮滑浪子。哪個女人要跟了你，被你賣了肯定還幫著你數錢。」

任天翔急忙舉起手，一本正經地望著雲依人羞澀的眸子：「姐姐若是不信，我對天發誓！」

雲依人急忙捂住他的嘴，紅著臉嘆息：

「我不要你發誓，你以後對我好也罷不好也罷，我雲依人都認了！我從來沒有像今天這樣開心過，你對我有一天的好，就是我一天的幸福，你對我有一年的好，就是我一年的幸福。我不奢望你永遠都像今天這樣待我，只希望你珍惜咱們在一起的每一時每一刻。」

看到雲依人眼中那充滿愛意和感激之情的微光，任天翔心中突然有些感動。以前在長安遇到的那些女子，莫不要他許下海枯石爛、永不變心的承諾，恨不得從此將他繫到石榴裙下，再不容別的女人看上一眼。像雲依人這樣不要他任何承諾，而且對他充滿感激之情的女子，他還從來沒有遇到過。

他忍不住將她輕輕擁入懷中，在她耳廓上輕輕一吻：「我會珍惜咱們在一起的每一天！」

身後傳來輕輕的咳嗽，二人急忙放開回頭望去，卻是褚剛不知何時已經出來。雲依人紅著臉不敢看他一眼，任天翔則欲蓋彌彰地清清嗓子：「嗯嗯，雲姑娘方才眼睛裏進了風沙，我幫她吹吹。」說著抬頭看看天色，「嗯，天色不早，咱們該回去了。」

馬車向洛陽方向疾馳，一路上，除了馬蹄的「得得」和車輪的「轔轔」聲響，沒有任何人開口說話。褚剛在前面冷著臉揮鞭趕車，任天翔與雲依人在車內雙手悄悄相握，無言對視，偶爾相視一笑，他們已不需要說話。

黃昏時分，任天翔將雲依人送回了夢香樓。二人在門外默默揮手道別，直到目送著雲依人進門後，任天翔才收回目光，簡潔地吐出一個字：「走！」

暮色漸沉，洛陽城寬闊的街道上人跡寥落，馬車在空曠的長街上飛速疾馳。一直沒有聽到褚剛開口說話，任天翔忍不住問：「褚兄似乎有些不高興，是因為依人？」

褚剛猛甩了個響鞭，卻沒有作答。任天翔柔聲道：

「咱們從西域相識，到吐蕃冒險，再到洛陽謀生，期間經歷了多少生死考驗，早已情同手足。有什麼話不能開誠佈公地談談？你若對我有看法有意見，直言相告才是好兄弟。」

「好！那我就直話直說！」褚剛沒有回頭，「現在陶玉在客棧中急得像熱鍋上的螞蟻，公子卻還有閒情逸致勾搭青樓女子，陶玉要是知道他的合夥人是這個樣子，恐怕會悔青腸子。而且公子那點積蓄已經所剩無多，卻還在青樓大把灑錢，被一個青樓藝妓迷得神魂顛倒，實在是令人失望！」

任天翔突然道：「停車！」

褚剛有些意外，不過還是應聲勒馬，不等馬車停穩，任天翔已跳下馬車來到褚剛面前，直視著他的眼眸：「我任天翔也許會騙別人，但從不騙兄弟。現在我面對面地告訴你，我結交雲姑娘正是為了陶玉，你信也好不信也罷，我都要按自己的計畫去做。是兄弟就留下來繼續幫我，若信不過我任天翔，咱們就此分手，他日再見，還是兄弟。」

褚剛遲疑了一下：「沒那麼嚴重，我就信你一次，希望公子不要為一個青樓女子暈了頭。以公子的才華和身分，大可找一個明媒正娶的大家閨秀，何必跟一個青樓女子不清不白？」

任天翔跳上馬車，沒有理會褚剛的提醒，只道：

「明天咱們就要去見玉真公主，我不希望褚兄還為今日之事心存芥蒂。對了，今日白馬寺後來究竟發生了什麼事？我實在很想知道。如果褚兄有時間就去打聽一下，一解我心中疑惑。」

褚剛甩了個響鞭：「明天一早我就去打探，我也很想知道。」

第二天一早，褚剛就獨自去白馬寺打探究竟，直到黃昏才趕了回來。

任天翔在客棧外早已等得焦急，見他回來，不及問起白馬寺的事，就跳上馬車匆匆吩咐：「李白已經派人來傳過話，玉真公主今日在安國觀飲宴，李白要咱們去安國觀門口等他，再不快點咱們就遲到了。」

褚剛急忙趕車就走，路上任天翔想起白馬寺的事，忙問：「無妄住持與拂多誕靜室論辯佛、摩奧義，最後發生了什麼？」

「什麼也沒有發生。」褚剛答道。

「什麼也沒發生？這怎麼可能？」任天翔有些意外。

褚剛點點頭：「無妄住持與拂多誕直到黃昏才出來，二人在門外客氣地分手。拂多誕帶著門人平靜地離去，無妄住持也依舊回去閉關靜修。有同門問起論辯的情況，無妄住持也是一字不吐，令人莫名其妙。」

「拂多誕僅僅與無妄住持單獨待了幾個時辰，然後就帶著門人走了？」任天翔十分驚訝，「摩門白白死掉一個人，就為了見無妄住持一面？」

褚剛點頭嘆道：「是啊，我也覺得奇怪，所以特意向多名僧人求證，甚至親自潛入他們待過的靜室，希望找到一些蛛絲馬跡，但卻是一無所獲。」

任天翔摸著光溜溜的下頷，若有所思地自語：

「任何不合理的現象，背後一定隱藏著某個特殊的理由。拂多誕若只是要見無妄住持一面，實在沒必要白白犧牲一個門人性命。而且看當時五明使的舉動，如果無妄住持要再不出來，他們還會死人！」

褚剛也是心有餘悸地點頭嘆息：「視死如歸的漢子我見得多了，但能做到像五明使那樣，我卻是從未見過。他們沒有動手傷白馬寺一人，就已經震懾了全寺僧眾。」

「也許，這正是拂多誕的目的！」任天翔似有所悟，「自始至終摩門都沒有與白馬寺正面衝突，卻又以門人的自殘讓無妄住持看到他們的恐怖。他們究竟是想幹什麼？」

說話間，馬車緩了下來，安國觀已近在眼前。但見一座富麗堂皇的道觀巍然矗立在繁華都市之中，金碧輝煌不亞於皇家別院。道觀大門外停滿了各種各樣的馬車，雖然車上空無一人，卻也能想見觀內的熱鬧。

「你總算是來了！」李白不知從哪裡竄了出來，拉起任天翔就走，「酒宴已經開始，俺老李腹中的酒蟲早已蠢蠢欲動，為了等你這小子，白白在外面喝了半個時辰的涼風。」

任天翔連忙陪笑：「讓太白先生就等，在下萬分愧疚，改日我定送兩罈好酒向先生賠罪，還望先生海涵。」

「好好好！」李白連忙答應，「我喜歡醉仙樓的汾酒和望月樓的竹葉青，一樣給我弄兩罈。」

說話間，二人已攜手來到大門，門外看門的道士正想攔住任天翔，李白已搶著說：「這是公主讓老李給他推薦的青年才俊，寫得一手好詩，你們還不快見過任公子？」

兩個道士慌忙見禮，將任天翔恭恭敬敬迎了進去。

任天翔進得大門，但見裏面雖是道觀格局，但建築之精美恢弘，卻不是尋常道觀可比，無論一山一石，一亭一閣，無不透著煌煌氣象，果然不愧是真正的皇家別院。

二門裏傳出陣陣喧囂，隱隱還有絲竹管弦之聲，顯然酒宴已經開始。兩個道童在前領路，二人不知穿過幾重門廊，邁過多少道門檻，最後來到一座燈火輝煌的大廳，但見廳中酒宴正酣，數十個錦衣如雲的公子王孫、風流倜儻的文人雅士、峨冠道袍的方外高人正在開懷暢飲。

大廳上首，一女子身著素白道袍，懶懶歪在長榻上，正百無聊賴地看著眾人飲宴。見到李白進來，她微微抬起身子，懶懶笑道：

「太白先生來遲了，不知該如何處罰？」

她一開口，廳中頓時安靜下來，待她話一說完，立刻就有人湊趣：「起碼罰酒三杯！」

「罰酒三杯怎麼行？」有人立刻接過話，「起碼得罰三十杯！」

又有人高聲道：「太白兄最好喝酒，讓他喝酒不是處罰而是獎勵。我看不如罰他不准喝酒，而且還得吟詩為咱們助興！」

眾人哄堂大笑，齊齊鼓掌，顯然這提議得到了大家的擁護。

就見那道姑打扮的女子微微抬起手，眾人立刻停止鼓噪，就聽她款款笑道：「你們要敢讓太白先生不喝酒，那他還不跟你們拼命？我看就讓他吟詩換酒，一首詩一杯酒，如何？」

眾人紛紛鼓掌：「這懲罰果然別致，與咱們比起來，公主才是個雅人。」

任天翔這才確定，這白衣道姑正是當今聖上的同胞妹妹，無論在長安還是在洛陽都大名鼎鼎的玉真公主。

就見她年歲已經不輕，不過，歲月的風霜並沒有在她臉上留下多少痕跡，白皙如玉的面容依舊像是二十多歲的少婦，一襲道袍沒有掩去她綽約的風姿，反而為她增添了幾分異樣的風情。

她也注意到了隨李白同來的陌生少年，微微啟齒笑問：「太白先生帶了新朋友來？」

李白拱手一拜：「回玉真道兄話，這位任公子對道兄仰慕已久，特求老李帶他來拜見道兄。他還有一寶欲獻給道兄，所以老李便貿然將他給道兄帶了來。」

玉真公主啞然失笑：「他有什麼寶貝，竟敢在貧道面前現眼？」

李白一愣，這才想起還從沒問過是什麼寶貝，忙回頭望向任天翔。就見他上前一步，從容笑道：「是一對玉碗。」

玉真公主再次失笑，帶著戲謔的口吻吩咐：「呈上來看看，究竟是什麼樣的玉碗？」

任天翔從懷中拿出早已準備好的錦盒，雙手呈給一個道童。道童立刻捧著來到玉真公主跟前，打開錦盒呈到玉真公主面前。玉真公主掃了一眼錦盒中的兩隻碗，頓時面色一沉：「來人，給我打了出去！」

兩個精壯的道士立刻上前，架起任天翔就往外走。任天翔急忙掙扎道：「等等！請公主給我一個理由！」

玉真公主一聲冷哼：「居然敢拿一對瓷碗來冒充玉碗，貧道還從來沒遇到過你這等大膽的笨蛋！」

任天翔哈哈一笑：「公主看在下像是個笨蛋嗎？難道我不知道欺騙公主是殺頭的罪名？以瓷碗冒充玉碗，就算是普通人都騙不過，又怎能瞞過公主的慧眼？」

玉真公主淡淡問：「這麼說來，你還有特別的理由了？」

任天翔掙開兩個道士的挾持，侃侃而談：

「我大膽稱它為玉碗，是因為它是叫陶玉，意為陶中之玉。雖不能與真正的美玉相提並論，但在陶瓷之中，卻是難得的珍品。我敢保證它超過公主用過的所有陶瓷，公主請仔細看看，若覺得我所言不實，再將我打出去不遲。」

玉真公主將信將疑地從錦盒中拿出一只瓷碗，一入手便面露驚訝，觸手細膩光滑，胎體輕薄如紙，輕叩響聲如磬，果然超過了平時用過的陶瓷。她對著燈光細細打量良久，不禁微微頷首：

「不錯，果然超過了我見過的所有陶瓷，不愧被稱為陶中之玉。」

任天翔大喜，正待按計劃繼續發揮，卻見玉真公主突然鬆開手，任由那只精美的瓷碗在地上摔個粉碎。

她以戲謔的目光望向任天翔，淡淡笑道：「但那又如何？貧道不喜歡別人在我面前故弄玄虛。這等寶貝你自個兒留著吧，我不需要。」

這一下大出任天翔預料，一時張口結舌不知如何應對。

眼睜睜看著玉真公主抓起第二只瓷碗，抬手便要往地上摔落。就在這時，突聽她身後的幔帳中，傳出一個低沉沙啞的聲音：「等等！」

玉真公主立刻停手，翻身而起，眼中滿是意外和驚喜：「師傅，你不是在後堂閉關靜修麼？怎麼出來了？」

幔帳撩起，就見一個鬚髮全白的白袍老道，正負手緩緩而入。在他身後，一個中年道士隨其而來，赫然就是元丹丘！

面對玉真公主的詢問，老道沒有做聲，元丹丘已笑著代答：「師兄有所不知，師傅方才心血來潮，突然想出來看看，正好遇到你在摔碗，莫非就是應在此事？」

眾人一聽是公主的師傅，紛紛起身相迎。玉真公主連忙將老道迎到上座，笑問：「那就請師傅幫玉真算算，是否有什麼不妥之處？」

老道沒有回答，瞑目沉吟片刻，然後望向那只瓷碗，若有所思地點點頭：「給我看看！」

玉真公主連忙將瓷碗遞到老道手中，老道敲了敲薄薄的碗壁，微微頷首：「不錯，果然是前所未有的珍品。以後為師的器皿，便用此種瓷器。」

玉真公主轉向任天翔問：「以後安國觀的用瓷便由你負責供應，你要多少錢？」

任天翔大喜過望，急忙一拜：「能為道長和公主效勞，那是在下的榮幸，哪敢向公主要錢。明天我便將首批陶玉給安國觀送來，以後在下還會定期向安國觀免費進貢。」

玉真公主點點頭：「很好，你這瓷器我師傅甚是喜歡，你也算獻了一寶。來人，賜坐！」

立刻有小道童將任天翔安排在末席，李白則被安排在玉真公主右首。歡宴繼續，眾人或談論詩詞歌賦，或切磋修道心得，任天翔全然插不上嘴。

在座諸人中，以他最是卑微，所以也沒人搭理他。令他坐如針氈，卻又不敢提前告辭。直到三更時分，歡宴才終於結束，他才得以護著醉醺醺的李白，相攜離開了安國觀。

大概是玉真公主在前，李白這次總算有所節制，沒有喝到爛醉如泥。見他神態還算清醒，任天翔忍不住問：「玉真公主那個師傅是誰？他可是我的大貴人！」

李白醉眼一睜：「司馬道長你居然也沒聽說過？你還真是孤陋寡聞！」

任天翔心中一驚：「司馬道長？莫非就是則天皇帝和睿宗皇帝都曾詔入宮面聖，更被當今聖上多次詔入宮，賜金篆丹書，號令天下道門的司馬承禎？」

李白點點頭：「難道這世上還有第二個司馬承禎？除了司馬道長，誰有資格做公主的師傅？司馬道長為道教上清派茅山宗第十二代宗師，不僅功夫已達仙人之境，還寫得一手『金剪刀書』，更著有多部道門典籍流傳於世，實乃道門第一人也！」

任天翔暗叫僥倖，今日若非這道門高士突然出現，恐怕自己想打通公主這條路，還真不是件容易事。

將醉醺醺的李白順道送回住所後，在外守了大半夜的褚剛忍不住問：「公子這次可還順利？」

任天翔忙將席間發生的一切興高采烈地說了一遍。褚剛一聽十分驚訝：「公子要免費將陶玉送給公主，那、那咱們如何賺錢？」

任天翔呵呵笑道：「玉真公主結交的都是王孫貴族，文人雅士，他們在安國觀見到公主用的是這種從未見過的精美瓷器，定會爭相仿效。不用我們自己去賣，他們也會千方百計找上門來，出高價買咱們的瓷器。」

褚剛恍然大悟，哈哈笑道：「那咱們得回去好好準備，別讓他們擠破了門。」

二人回到客棧，褚剛不顧已是深夜，興沖沖地敲開陶玉的門，抱著睡眼惺忪的陶玉哈哈大笑：「陶玉有救了，咱們的陶玉有救了，很快就會有大買主上門！快快將剩下的瓷器好好整理一下，別到時候手忙腳亂。」

見陶玉一片茫然，褚剛連忙將任天翔安國觀獻寶的經過連比帶劃地說了一遍。陶玉聽完大喜過望，興奮得連夜就要整理剩下的瓷器，卻見任天翔若有所思地望著那些瓷器，似乎在思索著什麼。

「公子快來搭把手，東西太多了！」褚剛整理陶器忙得滿頭大汗，見任天翔在一旁袖手旁觀，忍不住出聲招呼。

誰知任天翔卻笑著搖搖頭：「別瞎忙活了，反正這批瓷器大半要砸，別白費力氣。」

二人一愣，皆以為自己聽錯。

就聽任天翔成竹在胸地笑道：「你們挑幾套瓷器，明日一早給安國觀送去，然後咱們留下一套，其餘的統統砸了。」

「砸了？」二人瞠目結舌，齊聲問，「為啥？」

任天翔沒有直接作答，卻轉向陶玉問道：「這批瓷器，你打算賣多少錢？」

陶玉沉吟道：「越窯和邢窯的貢瓷，在市面上大約要十貫錢一套。我的陶玉剛面世，知道的人還不多，雖比最好的貢瓷還要精美，也不敢以高價令顧客卻步。能賣到比貢瓷低一些的價錢，比如七、八貫，我就心滿意足了。」

任天翔笑問：「你這裏還剩多少瓷器？」

陶玉在心中略估了估：「大約還有不到兩百套吧。」

任天翔笑道：「如果你照我吩咐將它們砸了，只留下一套。我有信心將這一套賣出兩百套的價錢。而且從此往後，陶玉的價錢都將遠遠超過邢窯和越窯最好的貢瓷，它將成為真正的陶中之玉！只有皇宮內院，親王公侯、豪門巨富才可以擁有！」

陶玉與褚剛將信將疑地對望一眼，顯然都有些不信。

任天翔拍拍二人的肩頭，笑嘻嘻地道：

「相信我，只有用錢也買不到的東西才足夠珍貴，這是青樓賣藝不賣身的紅姑娘教會我的一招，得不到的東西永遠是最好。陶玉要從它面市的第一天起，就確立它在瓷器中絕對第一的地位，要遠遠將競爭對手甩在身後，永遠難望咱們的項背！」

雖然任天翔說得自信滿滿，陶玉依舊有些猶豫，褚剛則嘆了口氣：

「我雖然不懂公子的道理，不過我相信公子的心胸和智慧，絕非我輩可以理解。砸吧，我褚剛這輩子從來沒有像現在這樣，對自己根本不懂的道理也會完全相信，而且堅信不疑。」

說著褚剛抓起碗碟就要砸落，卻又被任天翔阻止：

「現在不忙砸，咱們要砸也要砸出個驚天動地的效果，讓世人真正認識到陶玉無可替代的價值。」

第二天一早，褚剛與陶玉便仔細挑了五套瓷器給安國觀送去，然後就心癢難耐地等待顧客上門。

幾天後，果然有豪門大戶的下人找上門來，言詞倨傲地要買玉真公主所用的那種瓷器，不過都被任天翔客氣地打發走，他每次都笑咪咪地對來客道：

「我們會在下個月的十五，在洛陽最有名的夢香樓公開拍賣這種瓷器，客官若喜愛這種瓷器，請屆時到夢香樓來捧場。」

在青樓中賣瓷器，這消息在全城不脛而走，人們紛紛打聽，這究竟是個什麼樣的笨蛋，居然想出在青樓賣瓷器，而且還請了夢香樓頭牌紅姑娘雲依人，公開做飛天劍舞表演。這筆開銷，只怕賣多少瓷器都賺不回來。

「要是下個月十五日，能有岐王親臨捧場，那就更完美了！」與雲依人徜徉在郊外的自由原野，任天翔忍不住發出如是感慨。雲依人不悅地捂住他的嘴：「跟我在一起的時候，不許再提你的生意！」

任天翔趕緊點頭：「遵命，姐姐！」

雖然任天翔不再提下月十五的盛會，但心中顯然還是放不下，一直有些心不在焉。雲依人見狀嘆了口氣：「要請到岐王，恐怕只有一個辦法。」

任天翔一喜：「什麼辦法？」

雲依人紅著臉低下頭：「上次我生日公開遴選入幕之賓，誰知卻被你給攪亂。我可以在下月十五再選一次，以這個理由，或許可以請動岐王。」

「太好了！」任天翔大喜過望，忍不住在雲依人豐唇上狠狠一吻。不過突然之間，他又想起一事，神情頓時猶豫起來，臉上陰晴不定，欲言又止。

雲依人察言觀色，立刻猜到任天翔心中顧慮。她臉上的紅暈漸漸消散，若無其事地淡淡道：「你不用擔心，雖然我肯定會選你做入幕之賓，但不是一定就要嫁給你。我可以只是陪酒，也可以從此下海，收起那賣藝不賣身的招牌。」

「姐姐你想哪兒去了？」任天翔趕緊環住雲依人的脖子，像孩子一樣在她身上撒嬌，「我只是想到自己現在居無定所，無業無名，要真娶了姐姐就實在太委屈了你。我想等將來有所成就，再風風光光地將姐姐娶進門。」

雲依人深深地盯著任天翔的眼眸，澀聲道：「你可以不給我任何承諾，但絕不能騙我！」

面對雲依人那帶有三分懷疑，七分殷切的目光，任天翔突然感到有些心虛，趕緊避開她的目光，強笑道：「姐姐是不相信我？」

「信！我信！無論你說什麼我都信。」雲依人說著，輕輕依入任天翔懷中，眼角卻有一滴淚珠悄然滑落。

就在方才那一瞬間，她已經看破了任天翔幼稚的謊言，已經有無數公子王孫、鉅賈富賈在她面前說過同樣的謊言，從小就在青樓長大的她，怎會被這樣的謊言欺騙？但是這一次，她就像是飛蛾撲火，堅信那毀滅的烈火就是自己的天堂，寧願為這個謊言獻出一切！

有人在夢香樓賣瓷器，而且是安國觀中所用的那種精美瓷器，還請了雲依人以飛天之舞助興，並將在那天遴選入幕之賓，為此，連岐王都要到夢香樓捧場，其他像詩仙李白、安國觀住持元丹丘等等名流，也都會親自參與其會。

這消息像風一樣傳遍了洛陽的大街小巷，所以那天一到，夢香樓便人頭攢動，比集市還要熱鬧。老鴇喜不自勝，沒想到任天翔一個噱頭，竟為她引來這麼多平日請也請不來的豪門貴客。

午時剛過，夢香樓二樓的大廳中，客人就已經坐得滿滿當當，在雲依人親自獻舞演琴之後，就見一批批精美的瓷器被抬上舞臺，眾客人紛紛鼓掌，就等著任天翔開賣。不少人打定主意，就算比貢瓷貴點，也要買上一套這種號稱陶中之玉的新品瓷器。

就在眾人等待得有些不耐煩之時，任天翔總算登上舞臺，團團一拱手：

「謝謝諸位貴客起來捧場，小可感激不盡。相信大家都已聽說，景德鎮陶窯出產的這種號稱陶中之玉的新品，已經為玉真公主收用，成為安國觀的貢瓷。為了表達對玉真公主的敬意，我們決定將陶窯第一批瓷器，作為玉真公主獨享的名瓷，絕不再生產和銷售相同款式、花樣的陶玉。所以今天請大家來，就是要大家一同見證，並與我們一起銷毀這第一批最尊貴的陶玉。」

說著，任天翔率先拿起一疊瓷碟，狠狠摔到台下，跟著褚剛等人紛紛幫忙，將一疊疊精美的陶玉摔到台下。

在眾人的驚呼聲和惋惜聲中，數百套精美的瓷器，轉眼間便化為碎片，把一旁幫忙的陶玉心痛得唉聲嘆氣，不忍目睹。

就在大家為那些陶玉惋惜之時，聽任天翔又道：

「難得有這麼多客人聞訊趕來捧場，咱們也不能讓所有人都空手而回。所以我們在這一批陶玉中，留下了最後一套，也是最精美最尊貴的一套。因為，這是唯一一套與玉真公主所用完全相同，除了安國觀，天下不會再有，今後也不會再有，所以我把它命名為——公主瓷！」

眾人紛紛鼓噪起來，爭相詢問價錢。

任天翔待眾人鼓噪聲稍平，這才笑道：「為了公平起見，我不定價錢。請大家自己出價，價高者得。」

話音剛落，就聽到有人高呼：「十貫！」

十貫是最好的貢瓷價錢，誰知話音剛落，立刻就有人喊出：「二十貫！」

「二十貫我寧願自己將它買下來。」任天翔玩笑道，「這是陶窯第一批陶玉中最後一套，就連我們自己也都沒有留存。它是獨一無二的公主瓷，陶窯以後也絕不再生產。」

「一百貫！」終於有人喊出十倍於貢瓷的價錢，但很快，這個價錢就被新的價錢超越。眾人情緒激昂，你爭我奪，很快就將價錢推高到上千貫的超高價。

面對眾多如癡如狂的豪門巨富，一旁的陶玉只感到兩眼發暈，雖然他自信自己的陶玉是天下第一的名瓷，但賣出上千貫的價錢，還是讓他感覺像是在做夢。

經過半個多時辰的激烈角逐，這套公主瓷最終以一千九百貫的天價成交，比不砸陶玉全部賣掉收入還高，甚至比一套真正的玉器還要昂貴。

看著幾個奴僕挑上來那一堆堆白花花的銀子，無論陶玉還是褚剛，都感覺好像身在夢中，不敢相信發生的一切。

拍賣取得了空前的成功，在結束之前，任天翔又對大家道：

「陶窯第二批陶玉很快就會運抵洛陽，雖然它們不能與尊貴的公主瓷相提並論，但其精美溫潤與公主瓷並無二致，而且價錢遠遠低於公主瓷。就是與貢瓷相比，也僅僅高出一倍而已。」

眾人再次譁然，公主瓷賣出高價大家能理解，畢竟是獨一無二的唯一，但要說別的瓷器居然也敢賣出比貢瓷還高的價錢，這確實是超出了他們的預料。不過出身豪門的任天翔知道，能拿出十貫錢買一套瓷器的豪門富戶，就絕不在乎多花十貫買更高級更精美的陶玉，對他們來說，獨特性和奢華性才是他們掏錢的依據，價廉物美不是他們的追求。

「為了保證真正喜愛陶玉的人能買到它，」嘈雜聲中，就聽任天翔繼續道，「我們現在接受預定，也就是先交一成的訂金，即可優先購買我們第二批運到的陶玉。有興趣的朋友，可以現在就到我夥計那裏登記，我保證一個月後即將第二批陶玉運抵洛陽。」

「要是你們不能按時交貨呢？」有人高聲問。

「那我們就加倍賠償訂金。」任天翔自信笑道。

有了任天翔這個保證，立刻有不少人湧到褚剛和小澤那裏登記，排隊交納訂金，待拍賣會結束，二人又收到了上千貫的訂金，加起來總共收進了三千多貫的鉅款。

借旗

第八章

任天翔見鄭淵實言相告，便知這次臨危出手算是賭對了。

現在商門隱有分裂之勢，外部勢力又虎視眈眈，

多一個朋友肯定比多一個敵人要好。

如此看來，自己借商門通寶旗庇護的打算，總算有了莫大希望。

拍賣會圓滿結束，人們爭相向任天翔道賀，不僅因為他以前所未有的方式，推出了精美無匹的陶中之玉，更因為他還有幸成為夢香樓頭牌紅姑娘雲依人的入幕之賓，人們競相祝賀的同時，也暗自羨慕不已。

「來來來，今天這頓酒我請！」心情舒暢，任天翔忍不住開懷暢飲，不管認識不認識的來客，皆一一敬酒，褚剛攔了幾次也沒用。加上李白帶來的那幫捧場助興的詩人墨客，如孟浩然、崔顥、王昌齡、杜甫之流，也都是好酒之人，拉著任天翔就是一陣狂飲，不等酒宴散去，他已經是爛醉如泥。

天色入黑，任天翔幾乎是被夢香樓幾個健婦抬著進了雲依人的繡房。此時原本素雅的繡房早已裝飾一新，大紅的雙喜貼紙、亮堂堂的成對紅燭，以及煥然一新的綃羅帳和鴛鴦被，無不透著洋洋的喜氣，雲依人也是出嫁新娘的打扮，鳳冠霞帔，滿頭珠翠，一方紅蓋頭遮去了她滿臉的忐忑和羞澀。

幾個健婦將任天翔扶上繡床，對雲依人盈盈一拜：「恭喜姑娘！賀喜姑娘！」

雲依人忙將早已準備好的紅包分給了她們，幾個健婦心滿意足地關門離去。離去前不忘一語雙關地調笑：「任公子喝多了，姑娘今晚可得多辛苦一點。」

前來鬧房的姐妹和賀客，見任天翔醉成這樣，便都沒了興致，略坐了坐便告辭離去。

房中徹底靜了下來，雲依人輕輕取下蓋頭，低頭向繡榻上的任天翔望去，但見他滿臉充血，嘴裏噴出濃烈的酒臭，人也難受得不住哼哼唧唧。

雲依人心中微痛，連忙打來清水為他擦臉，希望能略微減輕他大醉後的痛苦。望著他因醉酒而難受的表情，雲依人淚水如斷線的珠子，撲簌簌直往下落，不禁哽咽自語：

「我知道你故意喝醉，只是想逃避。你以為今晚不碰我，就對得起你自己的良心？你根本就沒有真正愛過我，可我還是為你美麗的謊言陷了進去。從你牽我手那一刻，從你吻我那一刻，從你抱著我叫我姐姐那一刻，我就已經無法自拔。你根本不必灌醉自己來逃避，我不要你給我任何承諾，只要你珍惜跟我在一起的每一時每一刻，可是……可是……你為什麼連這點也做不到？」

巨大的悲慟令雲依人哽咽難語，不禁伏到任天翔身上失聲痛哭。淚水濡濕了他胸前大片衣襟，可他依舊渾無所覺。

不知過得多久，雲依人漸漸止住悲傷，脫去外衣在任天翔身邊躺下來，望著他依舊還有幾分稚氣的面龐，以及嘴角偶爾泛起那一絲嬰兒般的微笑。那純淨到無一絲邪念的微笑，令雲依人心中一軟，忍不住輕輕將他擁入懷中，幽幽嘆息：

「你一定是我上輩子的債主，我需用這一生的眼淚來償還。」

清晨的鳥鳴將任天翔從睡夢中驚醒，晃晃依舊還有些沉重的腦袋，他慢慢睜開眼。看到周圍那紅色的世界，他漸漸意識到昨晚發生的一切。轉頭望去，卻見身邊空無一人，目光往房內一掃，才發現雲依人正在對鏡梳妝，長長的秀髮瀑布般披散下來，在晨曦中閃爍著微微的光澤，如絲如緞。

任天翔翻身下床，悄悄來到雲依人身後，輕輕從後方環住她的脖子，在她耳邊低聲道歉：「姐姐，對不起，昨晚我喝多了。」

「沒事！」雲依人若無其事地款款一笑，側臉與任天翔的臉頰輕輕摩挲，「我們在一起的日子還長著呢。不過你得答應我，以後無論在什麼情況下，你都不可以再那樣沒命地喝酒。」

任天翔趕緊點頭：「我答應姐姐，以後無論在什麼情況下，我都絕不再喝醉。」

雲依人拍拍任天翔的臉頰：「這才是好孩子。好了，我還要梳妝，你別再來打岔，乖！」

任天翔在雲依人秀髮上深深一吻，這才依依不捨地放開。就見她將長長的秀髮盤了起來，用玉簪別成一個髮髻。這表示從現在開始，她不再是一個賣藝不賣身的姑娘，而是一個已經下海的……妓女。

任天翔突然感到心中有種莫名的隱痛，更有一絲心虛。他趕緊轉開目光，期期艾艾地道：「姐姐，我……我那邊還有事，你知道，現在全洛陽城都在等著景德鎮的陶玉……」

雲依人回身捂住了他的嘴，然後向他展示著自己新的髮式：「好看嗎？」

任天翔點點頭，言不由衷地敷衍：「好看！」

「不過，我還是喜歡披肩散髮的樣子。」雲依人幽幽嘆了口氣，在任天翔額上輕輕一吻，「你去忙吧，以後記得隨時來找我，姐姐給你打八折。」

任天翔紅著臉逃一樣出門而去，就在他離開繡房之時，雲依人手中的玉梳悄然落地，在地上摔成數段……

馬車在清晨的長街轔轔奔行，褚剛悶了良久，終忍不住問：「公子不打算娶雲姑娘？」

任天翔神色怔忡地搖搖頭：「現在是咱們最關鍵的時刻，我不能為女人分心。陶玉那邊怎樣了？」

「陶玉已經先行趕回景德鎮，為第二批陶玉的生產做準備！」褚剛答道，「有了這三千多貫的鉅款，陶窯總算又可以開工了。順利的話，一個月之後就可以將第二批陶玉送到洛陽。」

「只怕不會那麼順利。」任天翔憂心忡忡地嘆道，「此去景德鎮千山萬水，我們沒有商門的通寶旗庇護，沿途盜匪還不將咱們吃了？他們現在就像是餓極了的惡狼，只要聞到點錢味就會蜂擁而至。而且商門肯定也不願看到咱們將邢窯、越窯踩在腳下，就算他們不至於幹強盜的勾當，但只要放出風去，也會將半個中原的盜匪引來。」

褚剛沉聲道：「我和崑崙奴兄弟親自護送，再雇幾個刀客鏢師，我不信誰能從咱們手中將錢搶了去。」

任天翔微微搖頭：「雙拳難敵四手，而且我在明匪在暗，你不知道他們有多少人，又會使出多少卑鄙無恥的勾當。這一路殺下去，就算能平安到達景德鎮，也會延誤咱們的行程。」

褚剛忙問：「那公子說怎麼辦？」

任天翔想了想：「如果能借商門的通寶旗庇護，那自然是上策，實在不行，我還有中策。靠自己本事將錢護送到景德鎮，這是萬不得已的下策。」

褚剛笑道：「商門肯定不會幫咱們，畢竟陶窯是邢窯和越窯的競爭對手。不知公子的中策是什麼？」

任天翔伸了個懶腰：「咱們先去拜會一下鄭大公子，看看能否與他合作。如今咱們聲名在外，跟商門的關係必須明確下來，是合作還是成為對手，這一點對咱們非常關鍵。」

褚剛有些懷疑：「商門有可能與咱們合作嗎？沒準鄭家連見公子一面的機會都不給。」

任天翔自信一笑：「經過昨天的拍賣會，陶玉已經為世人所知，斷了鄭家將之據為己有的念頭。不然要是哪天玉真公主突然問起，這陶玉為何再沒有向安國觀供應瓷器？下邊人回答，陶玉已成了邢窯的產品。你說玉真公主作何反應？」

褚剛一愣，恍然大悟：「公子將第一批陶玉命名為『公主瓷』，原來還有這層深意！天下第一尊貴的公主瓷，居然讓人巧取豪奪，那她玉真公主顏面何存？陶玉有公主這面大旗護體，誰敢再起覬覦之心？」

任天翔呵呵笑道：「經過昨天的拍賣會，咱們已經聲名在外。無論鄭家選擇跟咱們做夥伴還是做對手，都必定會見咱們一面，他們已經無法忽視咱們的存在。」

褚剛明白過來，立刻將馬車趕往洛陽鄭家府邸。

沒多久，就見一座古樸清幽的院落，坐落在繁華鬧市之中，雖不及王侯之家的富麗堂皇，卻也算得上古樸恢弘，傳承久遠。門楣之上，「鄭府」兩字遒勁端莊，落款竟是當代書法名家顏真卿的手筆。

任天翔已在半道上找賣字的文人寫好了名帖，便讓門房遞進去。

二人在門外等了差不多有小半個時辰，才見門房終於出來回覆：「我家公子說他正要出門跟朋友喝茶，公子若有興趣可一起去。」

任天翔淡淡一笑：「我待會兒還要去拜會岑老夫子的公子岑剛，聽說他為了追查殺害父親的凶手，至今尚未離開洛陽。請回覆你家公子，就說任某不奉陪了。」

說著，任天翔帶著褚剛轉身就走，不再停留，立刻登車離去。

二人的馬車剛奔出不到百丈，就見一人一騎從後方追了上來，鄭家大公子鄭淵在馬鞍上揮手高呼：「任公子請留步！」

褚剛停下馬車，就見鄭淵氣喘吁吁地縱馬追了上來，老遠便在馬鞍上拱手一拜：「任公子為何走得這般匆忙？讓鄭某手足無措！」

任天翔在車上還禮笑道：「鄭大公子日理萬機，在下不敢耽誤公子寶貴的時間。既然公子約了朋友喝茶，那在下改日再來拜訪。」

鄭淵擺手笑道：「任兄弟誤會了，那日在岑老夫子喪禮上初見公子，鄭某便覺公子必非池中之物，早已存了結交之心，哪敢托言怠慢公子？今日我真是約了朋友。任兄弟若想在洛陽有所發展，這個朋友你遲早會遇上，要不今日就隨我一同去見見？」

任天翔有些好奇：「不知是哪路朋友，竟讓鄭大公子如此重視？」

鄭淵面色一正：「是洪勝幫少幫主洪邪。」

任天翔心中暗凜，臉上微微變色。

洪勝幫是義安堂的死對頭，當初在長安為了爭地盤，義安堂付出了不小的代價，才終於將洪勝幫的勢力趕出長安。任天翔兩個同父異母的哥哥，正是死在與洪勝幫的火拼中。自此義安堂占了長安及周邊的州縣，洪勝幫則敗走東都洛陽，即便如此，它依舊是天下有數的幫會。

雖然是潛在的威脅，但任天翔知道要想在洛陽發展，肯定避不開洪勝幫。所以他稍稍猶豫便笑道：「那就多謝鄭公子引薦，我也很想結識一下這位名傳江湖的洪勝幫少幫主。」

由鄭淵帶路，一騎一車沒多久就來到一處喧囂嘈雜、燕語鶯歌的場所。任天翔定睛一看，就見左邊一幢青瓦紅牆的小樓，門楣上書醉紅樓，右邊緊挨著一幢灰撲撲的小樓，門楣上書「聚寶坊」。

雖然任天翔來洛陽的時間不算短，但卻還從來沒有來過這裏。看周圍往來人流不是工匠僕役，就是販夫走卒，三教九流魚龍混雜，顯然是屬於一處下流社會的街區。

任天翔在長安時，沒少混跡青樓和賭坊，一看「聚寶坊」這名字，就猜到定是一座賭坊；不過對醉紅樓卻有些疑惑，雖然看名字有點像是座普通的青樓，不過卻不是青樓慣常的紅瓦青牆，讓人不敢輕易就肯定。

「任公子，請！」鄭淵前頭帶路，將任天翔領上了右邊的醉紅樓。

但見沿途燕語鶯歌、粉裙長袖，與青樓似乎並無二致。鄭淵見任天翔有些疑惑，便笑問，「是不是覺得這紅樓跟青樓其實也差不多？」

任天翔點點頭：「難道有差別？」

鄭淵微微一笑：「這紅樓是洪勝幫一大發明，雖然跟青樓一樣，都是男人尋歡作樂的場所，但所走的路子完全不同。」

任天翔皺眉問：「有何不同？」

鄭淵淡淡道：「青樓畢竟是公子王孫、文人墨客常去的高雅地方，多少要講點情調，所以並非有錢就能為所欲為。直白說，就是青樓的姑娘有權拒絕客人，所以青樓只是花錢追女人的地方。紅樓則不同，這裏的姑娘都被調教得服服貼貼，任何人只要出得起錢，就可以為所欲為，在這裏享受到帝王般的待遇。」

說話間，二人已登上二樓，一個黑衣漢子攔住二人去路，鄭淵笑道：「請通報你家少幫主，就說鄭淵應約前來。」

那漢子抬手示意：「少幫主早已等候公子多時，請！」

任天翔隨著鄭淵來到二樓一間大廳，就見廳中早已有七八個漢子，其中一個錦衣公子半躺半坐在繡榻上，兩個醉紅樓的姑娘正在小心翼翼地為他按摩。見到鄭淵進來，他也渾不在意，大模大樣地笑道：「鄭公子大駕光臨，小弟蓬蓽生輝，幸會幸會！」

那錦衣公子年歲不大，看起來也就二十出頭，長得頗為英俊，不過眼眸中卻有一種天生的陰鷙和邪氣，長長的鷹勾鼻，薄薄的利刀唇，一看就是個冷血陰險的狠角色。不用鄭淵介紹任天翔也猜到，這必是洪勝幫少幫主洪邪無疑。

直到這時，任天翔才意識到周圍氣氛不對，這哪是朋友間喝茶聚會，顯然是幫派之間談判或解決事端。怎麼也沒想到鄭淵會孤身赴這種約會，他要早知道是這樣，打死也不會來蹚這渾水，心中不禁將鄭淵祖宗十八代問候了個遍。

洪邪也注意到神情有些茫然的任天翔，略一打量便笑問：

「鄭大公子帶了朋友來？」

鄭淵笑道：「這位任天任公子，如今是洛陽城的名人，相信洪少幫主已有所耳聞。昨日夢香樓一場盛會，不僅有岐王親自捧場，還有李白、杜甫、孟浩然等一幫文人湊趣，更有夢香樓頭牌雲依人親自獻舞，助任公子將一套瓷器賣出了玉器的天價。今日他正好來拜訪鄭某，所以便邀他一同前來做個見證，希望少幫主不要見外。」

洪邪眼中閃過一絲驚訝，細細將任天翔打量了一遍，微微頷首：「任天？這名字有些耳熟，不知任公子想如何做個見證？」

任天翔心中暗暗咒罵鄭淵，臉上卻裝出很無辜很茫然的表情，連連擺手：「洪少幫主誤會了，我連你們因何事衝突都還不知，怎敢……」

「其實也算不上什麼大事！」鄭淵抬手在任天翔肩頭一拍，打斷了他的推諉，「其實就是我商門中一個不懂事的行商，在洪少幫主的聚寶坊玩耍，輸了不大不小一筆錢，洪少幫主便扣下了人家的女兒，要弄到這醉紅樓賣身還債。」

任天翔笑道：「欠債還錢，原也是天經地義，賭債也是債嘛。」

「沒錯，所以我便帶了錢趕緊來贖人。」鄭淵說著，從懷中掏出個沉甸甸的錦囊，抬手扔給了洪邪，「這裏是一百五十兩銀子，約值一百六十多貫錢，足夠抵欠下的賭債了。」

洪邪接過銀子掂了掂：「這數目好像不對啊！」

鄭淵沉聲問：「賭債不過是一百五十貫，就算加上一日的利息也不超過一百六十貫，怎麼不對？」

洪邪皮笑肉不笑地調侃道：「咱們聚寶坊的利息是以時辰計算，每個時辰是一分利。從昨晚到現在已經有差不多七個多時辰，七個時辰加上利滾利，師爺，算算是多少？」

一旁那師爺立刻拿出算盤劈裏啪啦地打了起來，片刻後報出個數字：「大約是二百九十二貫，零頭沒算。」

「看在鄭大公子面上，兩貫錢的零頭就算了。」洪邪大度地擺擺手，「就算二百九十貫，除去這裏一百六十貫，還差一百三十貫的樣子。鄭公子，我這賬沒算錯吧？」

任天翔在長安沒少進賭坊，對賭坊的勾當瞭若指掌。像這種趁賭客輸暈了頭之時，故意放高利貸給他，這是所有賭場的慣用伎倆。不過像洪邪這樣，半天多時間就要翻番的高利貸，任天翔卻也從來沒有聽說過，這簡直就是在明目張膽地搶人了。賭場要這樣做生意，會嚇跑所有賭客，唯一的解釋就是洪邪在故意刁難鄭淵。

就見鄭淵若無其事地哈哈一笑：「洪少幫主這賬算得沒一點問題，只是我今日沒帶那麼多錢。能否先將人交還給我，尾款我讓人給你送過來？」

洪邪陰陰一笑：「按說堂堂鄭家大公子的面子，洪某無論如何是要給的。只可惜好像令尊現在已不再是商門之主，而且上次岑老夫子在鄭家的地盤被人暗殺，至今找不到凶手，鄭家好像已經顏面掃地，這鄭大公子的面子嘛……嘿嘿！」

鄭淵就算脾氣再好，此刻也被徹底激怒，不由冷下臉來：

「咱們商門與洪勝幫，一向都是井水不犯河水，你撈你的偏門，我做我的正行，一向相安無事。莫非洪勝幫有意插足正行生意，所以開始故意向商門找碴？」

洪邪翻身而起，兩眼虎視眈眈：「誰規定咱們洪勝幫就只能撈偏門？商門就該理所當然壟斷全城的正行生意？我洪邪今日還就偏不信這個邪。你鄭大公子既然號稱一劍定中原，今日要想將人帶走，多少得留下點讓人信服的東西才行。」

鄭淵傲然一笑：「那好！就請少幫主劃下道來。」

洪邪眼裏隱含怨毒：「鄭大公子的劍法洪某見識過，確實令人刻骨銘心。不過咱們洪勝幫今日也請到個用劍的好手，正想見識鄭大公子一劍定中原的劍法。」

鄭淵眉梢一跳：「不知是哪位朋友？」

洪邪拍拍手，就見他身後一扇門徐徐打開，一個長髮披肩、寬袍大袖的年輕人徐徐踱了出來。

年輕人看來只有二十出頭，頭上挽著奇怪的髮髻，服飾與常人迥異，腰間插著一長一短兩柄似刀非刀、似劍非劍的奇怪兵刃。年輕人個子不高，身材也算不上魁梧，只是抱著雙手閒閒站在那裏，卻給人一種出鞘利劍般的凜冽和森寒。

洪邪客氣地對年輕人鞠躬一禮，嘴裏嘰裏呱啦地說了句什麼，那年輕人目光轉到鄭淵身上，對鄭淵略低了低頭，以生澀的語音吐出四個音節：

「小──川──流──雲！」

鄭淵走南闖北見多識廣，已經認出這年輕人的來歷，驚訝問：「是日本人？」

年輕人似不怎麼懂唐語，只微微點頭，慢慢拔出了腰間那柄狹長的兵刃。但見它像劍一樣狹長，卻又像刀一樣單面開刃，在前端收出微微的弧形，嚴格說來它應該是刀，卻是中原極其罕見的狹長佩刀。

年輕人雙手握刀，人與刀合成一個和諧的整體。他衝鄭淵點點頭，顯然是在向鄭淵示意。到這地步，鄭淵也無法再回避，只得拔出腰間佩劍，遙遙對年輕人一禮：「請！」

「好！鄭大公子果然不愧是洛陽有數的人物。」洪邪鼓掌大笑，「今日鄭公子若能贏了小川的刀，人你可立刻帶走。不然就請鄭公子留下一句話，從此去了一劍定中原的名頭。」

直到這時任天翔才知道，鄭淵來見洪邪，原來是為解決爭端。聽他們二人的對話，似乎以前商門與洪勝幫也有過爭端，不過靠著鄭淵的劍很快就得到解決，所以這次鄭淵孤身前來，原本是要在任天翔面前小露一手，卻沒想到弄巧成拙。洪邪不知從哪裡找來個異族高手，成心要削鄭淵的面子。

褚剛也看出端倪，忙將任天翔護在身後，悄聲問：「公子，咱們怎麼辦？」

任天翔沉吟道：「跟咱們沒關係，看看再說。」

就見二人，一個拔劍遙指，一個雙手握刀紋絲不動，俱如泥塑木雕般，凜冽的殺氣從二人的刀劍上透出，迫得人大氣也不敢亂出。廳中眾人不由自主往後退去，為二人讓出了正中央的空間。

「呀！」陡聽那日本人一聲厲喝，刀如匹練般揮出，一道幻影猶如閃電掠過二人之間的距離，飛劈對面的鄭淵。一擊之威即有雷霆般的氣勢，令人肝膽俱寒。

鄭淵一聲冷哼，長劍迎上了劈來的利刃，刀劍相接的瞬間，火星猶如煙火般燦爛。二人身形交錯而過的瞬間，幾乎同時又揮出一刀一劍，剎那間，二人身形落定相背而立，就見鄭淵胸前衣衫已裂，有鮮血緩緩從前胸滲出。那日本人腹部也裂開一道創口，鮮血正緩緩滴落下來。他卻渾不在意，揮刀又向鄭淵斬去。

二人各揮刀劍戰在一處，但見鄭淵的劍浩浩湯湯，猶如長河奔流洶湧不息；那日本人的刀卻像雷鳴閃電般凜冽，縱橫捭闔猶如奪命的冷光。鮮血不斷從二人胸前和腹部滲出，片刻間二人就幾乎渾身浴血，卻依舊難分勝負。

「再鬥下去，就算鄭淵能贏，只怕也會重傷不治。」任天翔說著向褚剛示意，「幫姓鄭的一把，總不能看他死在這裏。」

褚剛心領神會，拔刀架開了二人。此時二人已是強弩之末，幾乎無力再戰。任天翔連忙對洪邪和鄭淵笑道：「大家有話好說，何必生死相搏？今日這一戰就到此為止，等兩位高手養好傷再分高下如何？」

洪邪原本也只是想削削鄭淵的氣勢，鄭家大公子要真死在這裏，商門決計不會善罷甘休。一旦兩虎相爭，鹿死誰手還真是難說。他略一沉吟，便向小川流雲擺了擺手，笑道：「今日比劍，鄭大公子既然沒贏，那麼人你暫時無法帶走，等你湊夠錢再來贖人不遲。送客！」

在洪勝幫眾漢子的哄笑聲中，任天翔扶著鄭淵狼狽而退。那一劍雖傷得不深，但經方才劇烈搏鬥，鄭淵胸前一直血流不止，若不及時止血，還真有性命之憂。

鄭淵如此重傷，馬是無法騎了。任天翔與褚剛便將他扶上馬車，一路護送他回府。三人回到鄭府，立刻有下人將鄭淵接住，匆忙找人救治。

任天翔正待要走，卻見一鄭府弟子過來道：「大公子請兩位稍待，等他包紮完傷口，再與兩位見禮。」

二人只得等在客廳，沒多久，便有鄭府弟子將二人領進內院，就見鄭淵已經換下血衣，若無其事地與二人見禮。除了臉色有些蒼白，他看起來已無大礙。

「鄭公子這傷……」任天翔欲言又止。

「不礙事！」鄭淵不以為意地擺擺手，「以前洪勝幫還不敢與商門正面為敵，所以這次我有些托大了，沒想到洪邪不知從哪裡找來個日本劍道高手，讓兩位見笑。這次幸虧兩位幫忙，不然鄭某這面子就丟大了。」

任天翔沉吟道：「若僅僅是多個日本劍道高手，洪勝幫只怕也不敢挑戰商門的權威吧。」

鄭淵點點頭：「任公子揣測得不錯，洪勝幫背後或許有某個強大的勢力在暗中支持，所以才敢故意挑釁，以試探商門的反應。又或者它根本就是那背後指使之人的馬前卒，以此試探商門是否還像過去那樣上下一心，不容輕辱。」

任天翔見鄭淵實言相告，便知這次臨危出手算是賭對了。鄭淵從洪勝幫對他的態度，已經感受到來自那不知名勢力的威脅，所以不想再跟自己過不去。現在商門隱有分裂之勢，外部勢力又虎視眈眈，多一個朋友肯定比多一個敵人要好。如此看來，自己借商門通寶旗庇護的打算，總算有了莫大希望。

「我知道任公子今日拜訪，是為了商門通寶旗。」鄭淵果然猜到了任天翔的目的，他已經收起了先前的輕慢，誠懇道，「說實話，陶窯是邢窯和越窯的競爭對手，並且一上來即有後來居上之勢，我實在不願幫你。不過今日我欠任公子一個人情，所以這個忙我得幫。說吧，你打算花多大代價？」

任天翔笑道：「我替公子將洪邪的那筆高利貸還了，不知這夠不夠？」

鄭淵一愣，跟著呵呵大笑：「洪邪那筆高利貸僅剩一百多貫錢，你打算花一百多貫就得到商門的庇護？讓你平安去景德鎮走個來回？一百多貫錢連請個普通鏢局護送都不夠。雖然我欠你一個人情，卻也不能將通寶旗賤賣啊！」

任天翔淡淡笑道：「鄭公子誤會了，我們並不需要商門派人護送，只需借通寶旗一用。除此之外，我替鄭公子還的可不止是一百多兩高利貸啊。」

鄭淵眉梢一挑：「此話怎講？」

任天翔笑道：「鄭公子醉紅樓動手受傷，此事只怕很快就會傳遍洛陽城大街小巷，雖然你並沒有輸，可也沒能將商門的人帶回來。你若再巴巴地將錢給洪邪送去，那洛陽鄭家的招牌算是徹底砸了。想必鄭公子還沒做好與洪勝幫正面衝突的準備，尤其是還不知道對方傍上了哪棵大樹，所以必須暫時隱忍。如果由我自認是那被扣行商的朋友，掏錢將他女兒贖回，這多少也算保全了洛陽鄭家的面子。由我這外人出面解決此事，甚至幫你打探洪勝幫背後的勢力，豈不是一舉兩得？」

鄭淵臉上陰晴不定，沉吟片刻後哈哈一笑：「任公子果然目光如炬，而且知道談判對手最需要什麼。這事就這麼定了，你幫我解決這事，我給你通寶旗！」

二人舉掌相擊，片刻間便達成了交易的約定。之後任天翔立刻帶上錢重回醉紅樓，鄭淵則令人去打探洪勝幫的消息，尤其要留意最近洪勝幫都與什麼人有來往。

醉紅樓熱鬧喧囂一如往昔。

當任天翔被洪勝幫的漢子領到樓上，就見大廳中酒宴正酣。看洪邪與高采烈的模樣，顯然是為方才重創鄭淵而開心。席間除了洪勝幫的漢子，還有一個滿身珠光寶氣的胡人相陪，只是沒見到那個刀法狠辣的日本人，想必他也傷得不輕吧。
「任公子去而復返，所為何事？」洪邪已有幾分醉意，眼裏滿是調侃和挑釁。
任天翔將一百多兩銀子一錠錠拿了出來，坦然道：「這裏是一百五十兩銀子，不知夠不夠贖回周老闆和他的女兒？」
洪邪冷笑：「你是為鄭大公子做中間人？」
任天翔搖頭：「這是我的錢，是我要贖回周老闆和他女兒，還請洪少幫主高抬貴手。」
洪邪有點意外：「那姓周的是你親人還是朋友？」
任天翔坦然道：「非親非故。」
洪邪笑道：「那我就奇怪了，非親非故你為何要多管閒事？難道是錢多得找不到地方花銷？若是如此，不如就讓咱們洪勝幫的兄弟幫你花銷好了。」
眾人哄堂大笑，盡皆起鬨調侃。
任天翔面對眾人的嘲笑，無奈嘆道：
「實不瞞洪少幫主，我是想借商門的通寶旗，所以才想幫鄭大公子解決此事。鄭大公子原本已不打算再為此事付錢，是我主動攬下此事，以免商門與洪勝幫勢成水火，洛陽城再無寧日。咱們做小生意的，原本也希望有個和平安寧的環境。」

鄭家在洛陽根深蒂固，洪邪也十分忌憚，見任天翔送來銀子，他也就借坡下驢，對一個手下吩咐：「錢收下，將周老闆和他女兒一併放了。」

少時，兩個洪勝幫漢子將一個中年行商和一個妙齡少女押了出來。洪邪向任天翔一指：「還不快謝謝這位任公子，是他幫你們結了那筆賭債。」

那周老闆一看就是個老實巴拉的小商販，見任天翔素昧平生，頓時有些手足無措，不知該如何道謝才好。任天翔示意他不要多禮，先離開這是非之地再說。

四人正要下樓，卻聽洪邪笑道：「任公子等等，我已知道你為何要向商門借通寶旗了。公子與其去求那靠不住的通寶旗，不如我給你介紹個合夥人如何？」

見任天翔有些不解，洪邪指向身旁那個滿身珠光寶氣的胡人：

「這位是來自幽州的富商阿史那顏，漢名史千羽，在北方商界那是響噹噹的人物。你若能得他的庇護，保你走遍大江南北也沒人敢動你的貨。」

任天翔心知洪邪年少輕狂，連洛陽鄭家都不大放在眼裏，卻對這個胡商推崇備至，不由細細打量對方。但見這胡商年近五旬，鬍子髯鬚修剪得異常整潔，一雙碧眼隱有銳光透出，一看就是個精明過人的主兒。

見任天翔在打量自己，那胡商起身一禮，以流利的唐語款款道：

「任公子將一套瓷器賣出了玉器的天價，早已在洛陽城傳為佳話。可惜那陶玉是北方邢窯和南方越窯的天然對頭，所以你與商門的合作定不能長久。史某祖上乃昭姓九胡，也算是世代為商，憑史某的經驗，你的陶玉有力壓邢窯和越窯，成為天下第一瓷的潛質，只是苦於無人大力扶持，所以不得不求助競爭對手，其前景可想而知。史某有心與公子合作，助公子將那陶玉賣到大江南北，兩京三十六州，不知任公子意下如何？」

任天翔心中微動，不過最後還是搖頭笑道：「我會認真考慮史先生的建議，不過目前我暫時還沒有其他打算，希望我們將來有機會合作。」

見任天翔與褚剛帶著周氏父女告辭離去，洪邪忍不住罵道：「不識抬舉的東西，若非他跟岐王關係未明，小爺真想現在就給他點教訓。」

阿史那顏神情冷峻地望著任天翔離去的背影，突然示意洪邪附耳過來，然後對他低聲道：「讓人盯著他，我要知道他什麼時候動身，具體又是走哪條路。」

洪邪有些驚訝：「史先生想動他的貨？不過才三千多貫，值得跟商門正面為敵？」

阿史那顏知道洪邪對商門多少還有些顧慮，笑著拍拍他的肩頭：

「少幫主放心，你只需派人打探他的行蹤，然後將他們的行蹤透露給道上的兄弟便成。我要讓他的銀子到不了景德鎮，最後不得不回過頭來求咱們。」

洪邪沉吟道：「有商門的通寶旗，道上的兄弟只怕未必敢動。」

阿史那顏悠然笑道：「商門自岑老夫子慘死，聲望大不如前，通寶旗只怕未必能嚇住道上那些饞急了的餓狼。就算道上的兄弟不敢動，我也保證他們的銀子無法平安到達景德鎮。少幫主只需將他們的行蹤通知我，剩下的事自然有人去辦，絕不敢勞煩洪勝幫出手。」

洪邪放下心來，連忙對兩個機靈的兄弟低聲吩咐了幾句，二人立刻去調集人手，對任天翔的進行跟蹤和監視。

交易

第九章

任天翔意味深長地笑了笑：

「錢不會長翅膀，但信譽卻會長翅膀。也許我們借助商門的信譽，就可以使咱們的錢平安飛到景德鎮。」

他興奮地一擊掌，

「掉頭，我要再去見見鄭大公子，跟他再做一筆交易！」

任天翔離開醉紅樓，立刻帶著周氏父女直奔鄭府。

見到他果然將周氏父女帶了回來，鄭淵沒有食言，立刻讓人去取來一面通寶旗，慎重其事地交到任天翔手中：「通寶旗自誕生以來，除了剛開始有盜匪騷擾，現如今已沒有誰敢妄動，望公子善加利用，一個月後還我。」

任天翔接過旗子，但見旗上繡著個碩大的開元通寶錢，看起來似乎俗不可耐，不過任天翔知道，能讓這面俗不可耐的旗子走遍大江南北，絕不是一個鼠目寸光的俗人可以做到。他慎重其事地點點頭：「請鄭兄放心，我一定會按時歸還。」

帶著旗子離開鄭府，褚剛滿心歡喜，誰知任天翔卻有些憂心忡忡，讓褚剛忍不住笑問：「通行天下的通寶旗已經到手，公子還有什麼可擔心的呢？」

任天翔神情有些怔忡：「不知為何，想到洪邪那意味深長的冷笑，以及那來路不明的胡商，我心裏就有些不踏實。既然那胡商敢在鄭家的地頭指使洪邪跟商門作對，只怕這次通寶旗也未必就安全。」

褚剛啞然笑道：「公子是不是多慮了？如果通寶旗也不安全，那咱們還有什麼別的高招？」

任天翔茫然搖搖頭：「也許是我多慮了，不過，那姓史的胡商既敢提議跟咱們合作，公然要跟商門的邢窯和越窯競爭，顯然就沒把商門放在眼裏。他言談舉止並不張狂，卻有一種成竹在胸的篤定，他究竟什麼來歷，竟有與商門叫板的實力？」

褚剛突然沉聲道：「也許公子所慮不差，自咱們離開鄭府，就一直有兩個尾巴不即不離地跟著。他們跟蹤的手段也算高明，若非我修習《龍象般若功》耳目聰穎，加上入夜的街頭萬籟俱靜，還真不易發現他們在盯梢。」

任天翔往車窗外望了望，但見外面已是入夜，街頭行人寥寥，十丈之外就朦朧不清，根本看不到任何人影，不過他相信褚剛的判斷，沉吟道：

「褚兄有沒有把握將他們抓獲？」

褚剛點點頭：「到前面拐彎處，公子替我趕車，我將他們拿下。」

說話間，馬車便到了長街拐彎處，褚剛將馬鞭交給任天翔，跟著輕輕一躍，抓著街邊伸出的屋簷，猿猴般揉身而上，悄無聲息地隱入屋簷下的陰影中。瞬間即融入屋簷下的黑暗角落，猶如靈貓般悄然潛伏下來。

任天翔趕著馬車繼續前行，並徐徐減慢車速，側耳細聽身後動靜。

馬車走出不到百丈，就聽車後風聲倏然，回頭一看，褚剛已挾著兩人輕盈落在城中。

二人看打扮俱是洪勝幫的人，不知被褚剛使了什麼手段，俱已失去了知覺。

任天翔向褚剛示意：「弄醒一個，我來問問。」

褚剛在一個黑衣人後腦一拍，那人頓時醒轉，一見自己置身車中，便明白是怎麼回事。他剛想掙扎，卻發覺手腳酸軟，完全使不上勁，不由色厲內荏地喝道：

「快放開我！老子是洪勝幫的人，你他媽要敢得罪咱們洪勝幫，除非不想在洛陽混了！」

任天翔將馬鞭交給褚剛，然後來到那黑衣人面前，見他腰間插著一柄匕首，便伸手拔了出來，一言不發抬手就插入那漢子的大腿，幾乎齊柄而沒。

「哎喲！」那漢子猝不及防，痛得一聲大叫，「老子操……」

後面兩個字尚未吐出，匕首已在那漢子腿上連插三刀，最後一刀離那漢子的下體已不到一寸，再往上偏一點，只怕就要讓他做太監。

那漢子痛得渾身哆嗦，更被這貌似柔弱的公子哥兒的冷狠勁嚇得心膽俱寒，終於開口告饒：「公子饒命，小人不過是跑腿混口飯吃，公子快饒命啊！」

任天翔若無其事地拔出匕首：「知道我為什麼插你？」

那漢子茫然搖頭，就聽任天翔淡淡道：「這輩子我最恨的人就是我老子，你既然自稱是我老子，正好替他挨幾刀讓本公子出氣。方才那幾刀插得真痛快，你再冒充我老子一次，讓本公子徹底盡興。」說著作勢又要往那漢子腿上插去。

那漢子嚇得滿臉煞白，慌忙討饒：「小人……小人再不敢了！公子爺你是我老子，小人是你兒子、孫子、龜孫子！」

任天翔略顯失望地嘆了口氣，無奈收起匕首：「你是洪勝幫的人？為什麼跟著咱們？」

那漢子已經被徹底摧毀了反抗的意志，急忙答道：「是少幫主讓小人跟著你們，要徹底瞭解你們的行蹤，尤其是你們啟程的日期和路線。」

任天翔一聲冷哼：「既知咱們有商門的通寶旗，難道你洪勝幫還敢出手搶奪不成？」

那漢子急忙分辯：「不是咱們洪勝幫，是那個姓史的胡商讓少幫主派人跟著你們。」

任天翔把玩著血淋淋的匕首，若有所思地問：「那胡商究竟什麼來歷，竟能讓你們少幫主言聽計從？」

那漢子急忙搖頭：「小人也不得而知。只知道那胡商來自幽州，據說在北方勢力極大，如今要到中原和南方發展，所以找上了咱們洪勝幫。洪勝幫在洛陽一直被商門壓了一頭，也樂得見他與商門爭鋒，無論誰勝誰負，對咱們都沒壞處。」

任天翔若有所思地點點頭：「這麼說來，他是打算要動咱們的銀子了？通寶旗也沒用？」

那漢子點頭道：「他要咱們將你們的行蹤和路線透露給道上的兄弟，如果道上的兄弟不敢動，他也必定會有所行動。」

見任天翔神情怔忡，那漢子暗藏機鋒地提醒，「那姓史的胡商已經放下話來，要你們的銀子決計到不了目的地。他這樣做，其實也只是想逼你們回頭去求他，他好像很有誠意與你們合作。他的主要目標是商門而不是公子，所以公子最好快快給小人止血，我一定在少幫主和史先生面前為你美言，絕不提公子傷我之事。」

話音剛落，任天翔又是一刀插在那漢子手臂上。那漢子一聲痛叫，失聲問：

「小人……小人已經實言相告，公子為何……公子為何……」

任天翔一聲冷哼：「我最討厭別人的威脅，尤其是自以為是、暗藏機鋒的威脅。」

「不敢了！小人再也不敢了！」那漢子趕緊告饒。

「方才的話可是句句屬實？若有半句假話……」

「若有半句假話，公子便將小人大卸十八塊！」

任天翔點點頭，突然用匕首柄重重敲在那漢子後腦上，一連敲了數下，痛得那漢子哇哇大叫：「小人不敢有半句假話，公子怎麼還要折磨小人？」

任天翔哼道：「本公子現在只是要你昏過去，我好審問你同伴。哪知道你腦袋這麼結實？敲得鮮血長流也不暈倒。」

「我暈！我暈！」那漢子趕緊兩眼一閉假裝暈倒。任天翔將另一個漢子一巴掌拍醒，不用他再出言恫嚇，只看到滿車的血跡和血淋淋不知死活的同伴，那漢子早已嚇得心膽俱裂，趕緊將知道的都說了出來，與先前那漢子所說果然大同小異，基本不差。

見再問不出新的東西，任天翔示意褚剛將二人棄在長街陰暗角落，估計天明之前不會有人發現他們。

做完這一切，褚剛將馬車停在遠離現場的偏僻小巷，回頭道：「看來公子估計對了，這回通寶旗也保不了咱們。依我之見，不如暫且答應與那胡商合作，等度過眼前難關再做打算。」

見任天翔神情怔忡沒有作答，褚剛不由急道：

「咱們這次與商門合作不過是權宜之計，陶窯終究是邢窯和越窯的競爭對手，商門不可能長久幫助自己的死對頭。那胡商則不同，他顯然有意扶持陶窯與邢窯和越窯競爭，而且從洪勝幫對他的態度來看，他的實力只怕未必在商門之下。選擇與他合作，顯然可以使咱們的利益最大化。」

任天翔默然良久，最後還是微微搖頭：「即便陶窯是邢窯和越窯的競爭對手，即便商門內部已現裂痕，咱們也應該選擇與它而不是與那胡商合作。」

「為什麼？」褚剛十分不解。

「因為，商門中人雖然唯利是圖、工於心計，可畢竟是傳承數百年的世家望族，無論為人還是做事都有起碼的底線，即便使陰謀耍手段也是在合法的前提下。就像鄭家想謀奪陶玉的配方，也只是利用規則向陶玉施壓，而不會像強盜那樣出手搶奪。」任天翔沉吟道，「那個姓史的胡商明顯不同，為達目的，不惜與撈偏門的洪勝幫合作，甚至不惜以強盜的手段逼迫咱們就範，做事根本就沒有底線。與這種沒有底線的豪強合作，咱們隨時有可能被他整個吃掉。與他比起來，商門中人頂多算奸詐狡猾的文明人，而他只能算是野獸，對於野獸，你只能選擇將他收拾得服服貼貼為你服務，絕不能奢望與他合作，因為野獸永遠不懂尊重規則的重要。」

褚剛聽得似懂非懂，茫然問：「如果不與他合作，咱們如何將錢平安送到景德鎮？此去景德鎮千山萬水，咱們在洛陽的一舉一動又逃不過洪勝幫的耳目，他隨時可以派人在途中攔截。雖然我褚剛不怕一刀刀殺出條血路，但也難保不會誤了咱們的行程啊！」

「是啊！」任天翔也不禁搖頭嘆息，「咱們唯一仗恃的就是通寶旗，現在通寶旗對那胡商失去了約束，此去景德鎮只怕凶多吉少。」

褚剛開玩笑道：「要是我們的錢能長上翅膀，自己飛到景德鎮就好了。」

任天翔心中一動，輕輕吐出兩個字：「飛錢？是啊，我怎麼沒想到讓錢飛到目的地呢？」

褚剛一頭霧水：「公子，你該不是糊塗了吧？我只是開玩笑而已，錢是不會長翅膀的。」

任天翔意味深長地笑了笑：「錢不會長翅膀，但信譽卻會長翅膀。也許我們借助商門的信譽，就可以使咱們的錢平安飛到景德鎮。」說到這，他興奮地一擊掌，「掉頭，咱們再回鄭府，我要再去見見鄭大公子，跟他再做一筆交易！」

褚剛越發糊塗，不過沒有再多問，立刻驅車趕到鄭府。

任天翔將褚剛留在門外等候，自己獨自進府去見鄭淵，足足一個時辰後，才見他喜滋滋地從鄭府出來，不等褚剛問起，他便道：

「咱們的錢安全了，可以平安從洛陽飛到景德鎮。不過，這事還得煩勞褚兄連夜給祁山五虎帶個話，我需要他們幫個大忙。」

褚剛忙道：「沒問題，公子有什麼話儘管吩咐。」

任天翔壓低嗓子在褚剛耳邊低低叮囑了片刻，褚剛立刻點頭：「我連夜就走，儘快將公子的話帶到。」

望著褚剛匆匆離去的背影，任天翔躊躇滿志地負手遙望廣袤無垠的星空，心中湧動著一種征服世界的豪情——讓錢飛過千山萬水，也只有我任天翔這天才的頭腦才想得出來！

「錢通——天下——，錢通——天下——」

夥計長長的吆喝，在洛陽郊外遠遠地迴響。

這幾個字不是誰都可以喊，只有懸掛有商門通寶旗的商隊，才能由開路的夥計在前方昭告暗中覬覦的盜匪，表明這是一支受商門通寶旗庇護的商隊，誰要想打主意，得先掂掂自己斤兩。

就見那一輛掛著商門通寶旗的鏢車，滿載著沉甸甸的貨物，在寥寥幾個武師的護衛下，慢慢踏上了東去景德鎮的旅程。

「速去稟報少幫主，就說姓任的終於他媽的上路了！」一個洪勝幫的小頭目回頭對一名手下吩咐，自己則帶著另外幾個幫眾，悄悄地跟了上去。

也難怪他要用「終於」二字，因為任天翔得到商門通寶旗後，又在洛陽拖延了足有七日，就在暗中盯梢的洪勝幫弟子都有些不耐煩時，他才終於踏上了計畫中的旅途。

不到盞茶功夫，這消息就傳到了洪邪那裏，幾乎同時也送到了那個來自幽州的胡商史千羽面前。史千羽把玩著手中兩個鵝蛋大的琉璃球，對洪邪自得地笑道：

「待出了洛陽地界，洪勝幫就不必管了，我的人會跟上去，定不容他們走出三百里。」

洪邪有些懷疑：「洛陽往東一馬平川，道路四通八達，史先生如何跟蹤他們？而且與他們同路的那個姓褚的漢子，武功似乎頗為不弱，我兩個專門負責盯梢的弟兄，輕易就被他擒獲，史先生千萬小心才是。」

史千羽捋鬚一笑：「史某從不打無準備的仗，若無十足的把握，史某絕不會出手。少幫主不是外人，我不妨實言相告，他們雇的鏢師中有我的人，他們的行蹤在我掌握之中。而且我還有專門對付那姓褚的高手，以商門岑老夫子的老道，不也被人一刀砍下了腦袋？」

洪邪十分驚訝：「原來岑老夫子是……是史先生手下幹的？」

史千羽笑而不答，卻回頭轉向一個隨從：「通知阿乙和少將軍了？」

隨從躬身答應：「小人已飛鴿傳書乙哥和少將軍，相信他們已在半道上做好了準備。而且也將消息通知了道上的朋友，也許無需乙哥和少將軍出手，自有道上的兄弟幫咱們把那些錢搶了。」

史千羽呵呵笑道：「那點錢，要有道上的兄弟感興趣，讓給他們好了。咱們不是強盜，不必靠搶劫賺錢。如果那姓任的有危險，還可讓阿乙和少將軍幫他一把。說實話，我還真有些欣賞他的小聰明，稍加點撥，或許能成為咱們對付商門的奇兵也說不定。」

隨從點頭笑道：「我再給乙哥和少將軍去封信，讓他們保那小子一命。」

就在那封信剛送出沒多久，就見一個負責盯梢的洪勝幫嘍囉氣喘吁吁地回來稟報：「姓任的剛走出洛陽百里，就遇到了幾個黑道中人攔路，他們根本不將商門通寶旗放在眼裏，只要姓任的留下錢才放他們過去。」

史千羽聞言，鼓掌大笑：「看我說什麼來著？商門自繼任的門主都讓人莫名其妙摘了腦袋，那通寶旗還值幾個錢？總算有夠膽的道上朋友毅然出手，我還真想知道是哪路英雄？」

洛陽東去百里的鄢家渡，幾個蒙面漢子手執刀棍斧鉞等兵刃，在青天白日裏就攔住了任天翔一行的去路。就聽領頭那漢子大聲喊道：

「此山是我開，此樹是我栽，要想從此過，留下買路財！」

話音剛落，就聽他身邊一名身材矮小的同伴出言提醒：

「大哥，錯了！是『此山是我栽，此樹是我開。』你不說這樣喊才比較有新意麼？」

「就你他媽的聰明！」領頭的漢子抬手就給了那多嘴的小弟一巴掌，「老子錯了幾百次，就不允許大哥偶爾對上一次兩次？要你他媽多嘴！」

挨打的小弟委屈地抱怨：「大哥說話怎麼老是沒譜，害小弟始終跟不上大哥的節奏。」

「還他媽多嘴！」領頭的漢子又是一巴掌飛過去，「咱們現在是在搶劫，不是論理的時候！待咱們做完這一票，老子回去好好跟你理論理論。」

聽到這裏，褚剛早已忍俊不住，差點當場失笑。被任天翔瞪了幾眼才勉強咬牙忍住，卻將一張黑臉憋得通紅。

就見任天翔一本正經地越眾而出，拱手拜道：「幾位好漢，小弟洛陽任天，途經貴地，未曾拜山，還請恕罪。這裏有幾兩銀子，請幾位好漢喝茶，還望笑納。」

「好說好說，這幾兩銀子我先笑納了！」領頭的漢子示意一名手下上前接過銀子，然後又道，「不過聽說你押著好幾千貫錢，這幾兩銀子就想將咱們兄弟打發，是不是太吝嗇了？」

任天翔苦笑道：「那你想要多少？」

領頭的漢子鬼頭刀一擺：「留下一百兩銀子給你當盤纏，剩下的都給爺送過來。」

任天翔嘆了口氣，回手指向鏢車上的通寶旗：「本來這些錢給了你們也沒什麼，不過就怕這面旗子的主人不答應。」

領頭的漢子嘿嘿笑道：「原來是錢通天下的通寶旗，可惜啊可惜！」

任天翔明知故問：「有何可惜？」

領頭的漢子清清嗓子：「要是商門門主是岑老爺子或鄭門主，咱們對通寶旗或許會顧忌幾分，現在聽說商門選了個名不見經傳的岑家後生做門主，這通寶旗立刻變得一錢不值。這旗子連商門新門主岑老爺子的腦袋都保護不了，難道你還奢望它能保護你的錢？」

任天翔大驚失色：「你……你莫非真要搶？」

「廢話！」領頭的漢子鬼頭刀挽了個刀花，「難道咱們在這裏苦候多日，是等著跟你聊天攀交情？」

「沒錯！」身材最矮那蒙面漢子也湊過來，虛張聲勢地大聲吆喝，「任兄弟快將錢留下，咱們自然放你過去，不然的話……」突然發現大哥眼神有異，正恨鐵不成鋼地瞪著自己，他連忙護住腦袋，期期艾艾地問，「大哥，我又說錯話了？」

任天翔一行除了褚剛、小澤、崑崙奴兄弟，還雇了兩個夥計和三個鏢師，其中一個鏢師已隱約看出攔路的匪徒似乎並不是什麼了不起的角色，急於向新東家表功，立刻拔劍而出，高聲喝道：「幾個小蟊賊，跟他們廢話作甚？直接砍了好上路。」

褚剛急忙攔在他身前，搶先拔刀而出：「這等小事怎勞嚴大哥出手？小弟先去試試對方深淺，若是不成，嚴兄再上不遲。」

說著揮刀便向領頭的蒙面匪徒砍去，就見蒙面匪徒鬼頭刀信手一揮，招式並不見如何精妙，出手也算不上凌厲，卻將褚剛手中的砍刀震成了兩段，半截還留在手中，半截刀尖卻飛出足有數丈高。褚剛大驚失色：「好深厚的內功！真是深不可測！」

說話間，二人已戰在一處，就見褚剛雖僅剩半截斷刀，但刀勢並未因此受損，每一刀均隱隱帶有風雷之聲，精妙招數更是層出不窮。而那匪徒來來去去似乎就只有那幾招，但每一招均能將褚剛所有凌厲攻勢化解於無形，甚至還能乘隙反擊，鬼頭刀隨便一揮便能將褚剛逼開數丈。褚剛大呼小叫，似乎越戰越猛，卻始終奈何不了對方簡單的幾招。

幾個鏢師看得暗自皺眉，褚剛的武功他們雖然不知深淺，但在招聘鏢師時他們是見識過的，遠在三人之上。但他卻在這蒙面匪徒貌似粗陋的招式下幾乎只有招架之功，不禁讓人懷疑，這蒙面匪徒的武功，是否到了傳說中化腐朽為神奇的境界，隨便幾招普通招式，就能破解尋常高手最精妙的武功？

聯想到對方竟然不將通行天下的通寶旗放在眼裏，這更加堅定了三人的懷疑，見褚剛都不是對手，三人心中漸生懼意，不敢再貿然出手。

「大夥兒並肩上啊！」任天翔見褚剛不是對手，急忙招呼其他人幫忙。崑崙奴兄弟應聲而出，加入到對那匪首的圍攻，就見三人如走馬燈般圍著那匪首打轉，三柄刀幾乎編織成了一張密不透風的刀網，將那匪首完全圍困。

那匪首在刀網之中卻如閒庭信步，越打越是輕鬆，竟將三人逼得進不了身。

在任天翔催促下，三個鏢師只得硬著頭皮加入戰團，但卻每每被褚剛三人礙住手腳，看家本領根本無法施展。六個人圍著那匪首戰成一團，卻反而漸落下風。

另外幾個匪徒在一旁怡然自得地袖手旁觀，還風言風語地調侃：「看來這次又不需要咱們兄弟出手了，大哥一個人就足以料理了他們。」

另一個匪徒則高聲問：「大哥，要不要幫忙啊？早點結果了這幾個傢伙，大夥兒也好早點回去喝慶功酒。」

「不必，看大哥如何以寡擊眾，大殺四方！」匪首即便在刀光劍影包圍之中，依舊氣定神閒，跟著就聽他一聲大吼，「焦爺要真正出手了，看招！」

話音未落，就見褚剛、崑崙奴三人幾乎同時慘叫，跌跌撞撞往後退開，口中皆有血絲滲出。三個鏢師皆沒看清匪首如何出招，竟然就將己方三個武功最好的同伴震傷。這等武功，三人只在江湖傳言中聽說過，從來就沒有親眼見過。

是隔山打牛？還是凌空絕掌？三人心中驚疑，不禁悄悄往後退縮。就見匪首仰天大笑：「痛快！痛快！焦爺打了一輩子架，從來沒像今天這樣意氣風發過！」說著衝幾個兄弟一招手，「大夥兒並肩上，一個不留！」

幾個匪徒一聲吶喊，手執板斧、長棍、刀劍一擁而上。褚剛急忙高呼：「快逃！」說著率先發足狂奔，崑崙奴兄弟緊隨其後。

三個鏢師早已被嚇破了膽，見己方三個武功最高的都已經負傷而逃，也都跟著拔腿飛奔。將兩個夥計和一鏢車錢全都丟下，只急得東家和他的小廝在後面高叫：

「等等！快回來！」

一干人逃出數里，見匪徒並沒有追趕，這才漸漸慢了下來。這才想起花錢的雇主，便沿路找回去，就見任天翔獨自在後方頓足抹胸，哭得搶天呼地，那小廝在一旁手足無措，不知如何是好。一鏢車錢和兩個推車的夥計已不見蹤影，想必是落入了那夥盜匪之手。

見少東家哭得傷心欲絕，一個鏢師不禁出言安慰：「公子節哀順變，幸好人沒事，錢以後還有機會再掙。」

另一個鏢師也跟著抹淚：「是啊，對方連商門通寶旗都不放在眼裏，其實力可想而知，鏢車丟了也算不上多丟臉。最多咱們的傭金不要了，公子別再難過，身體要緊。」

眾人說好說歹總算將任天翔勸住，正待回洛陽報官，任天翔卻頓足道：

「如今錢全部被劫，其中有一千多貫還是洛陽富戶預付的訂金。我哪裡還有錢賠他們？洛陽我是不敢回了，咱們就此別過，青山不改，綠水長流，他日再見，我任天再還上你們應得的傭金。」

見東家錢都丟了，卻還不忘幾個人的傭金，三個鏢師都有些感動，紛紛與任天翔道別。兩撥人在洛陽遠郊分手，任天翔領著褚剛等人繼續往東，似乎還想追蹤被劫的錢，三個臨時雇來的鏢師則轉道回洛陽，希望能再遇到個像任天翔這樣厚道的雇主。

待三個鏢師走遠，任天翔忍不住哈哈大笑，顧不得擦去滿臉淚水，回頭問褚剛：「我的演技如何？」

褚剛嘿嘿一笑：「公子想哭就哭，想笑就笑，無論喜怒哀樂，皆是惟妙惟肖！簡直絕了！你要去做戲子，一定會將所有戲子的飯碗都給搶了。」

任天翔呵呵笑道：「沒你這麼誇人的，聽著像是在損我。廢話少說，咱們趕快去追祁山五虎。現在他們成了護送銀子的鏢師，咱們則成了暗中保護他們的保鏢。誰能想到本公子會請匪徒來搶自己？再讓匪徒護送鏢車上路？」

褚剛笑道：「公子行事，每每出人意表，讓人摸不著頭腦。咱們趕緊上路，莫讓那五個笨虎將錢弄丟了！」

一行人追著祁山五虎留下的暗記呼嘯而去。

他們剛走沒多久，就見方才那個姓嚴的鏢師悄然來到眾人分手之處，看看眾人離去的方向，再探探地上留下的痕跡，他急忙吹出一聲響哨。片刻後，就見兩名尾隨而來的暗哨出現在他面前，他急忙對二人道：

「速報史先生，就說姓任的錢被幾個來路不明的人劫了，不知所終。不過小人懷疑這其中有詐，決定尾隨跟蹤，請史先生令人在前面截住他們！」

兩個暗哨應聲而去，火速返回洛陽稟報。

不到半個時辰，最新的消息便出現在了史千羽的面前。

面對下面送來的最新的消息，史千羽不禁啞然失笑：「竟想出這種瞞天過海的招數，果然是有些小聰明。不過，這種伎倆也就只有騙騙不諳世事的年輕人，怎能瞞過我手下這些老江湖？」說著，他抬頭對送信的暗哨吩咐，「立刻飛鴿傳書阿乙和少將軍，讓他們在前面截住這幫自以為聰明的笨蛋。」

暗哨應聲而退，史千羽躊躇滿志地為自己倒上一杯烈酒，提前為自己的計畫慶祝起來。

任天翔與褚剛等人沿著祁山五虎留下的標記追出十餘里，終於追上了那輛丟失的鏢車。就見五虎興高采烈地押著鏢車一路往東，那兩個倒楣的夥計沒能從他們手中逃脫，不得不繼續為他們推車。

按照預定的計畫，褚剛暗中超出五虎數里，在前方為他們開路，任天翔則帶著崑崙奴兄弟，在後方尾隨保護。一連兩天俱平安無事。

第三天一早，一行人來到陳州地界，就見前方山坳中一支信炮沖天而起，那是與褚剛約定的信號，表示前方道路有埋伏，不宜再前進。

祁山五虎稍作商量，便命令夥計調轉車頭，打算從別的路繞過去，誰知鏢車剛動，就聽「奪奪奪」三聲響箭，並排釘在官道中央，剛好攔住了鏢車的去路。

幾個人正驚疑不定，突見十幾個黑巾蒙面的匪徒從道旁叢林中閃出，將祁山五虎完全包圍。匪徒們個個手執弩弓，齊刷刷地指向了五虎，看眾人行動之迅捷，配合之默契，顯然不是一般的烏合之眾。

「留下鏢車，留你們一命！」

隨著一聲冷峭的低呼，一個黑衣黑馬的匪徒越眾而出，雖然他蒙著口鼻，不過從那雙眼睛看似乎年紀並不算大，森冷的眼眸猶如狼一般陰狠，令人不寒而慄。褚剛最先從這條道經過，竟沒有發現他們這股埋伏，可見他們潛藏之深，顯然也非一般匪徒可比。

「你們是哪條道上的兄弟？」焦猛大大咧咧地上前套近乎，「大家都是吃這碗飯的朋友，莫非你們想要黑吃黑？」

話音剛落，領頭那黑衣人突然抬手一指，就聽「嗖」一聲箭響，一支弩箭精準地穿過焦猛頭頂的髮髻，釘在他身後的樹幹上。弩箭削斷了他挽髮的頭巾，令他滿頭亂髮披散下來，一時狼狽不堪。

「留下銀子滾蛋，再多說一個字，下一箭就射穿你的咽喉！」黑衣匪首冷冷地指向焦猛的咽喉，「我數三聲，一、二……」

焦猛已被對方的冷狠和決斷嚇破了膽，急忙擺擺手，丟下鏢車與幾個兄弟慢慢向後退開。那黑衣匪首一揮手，兩個匪徒正待上前接管鏢車，突聽不遠處有人一聲輕喝：「等等！」

眾人應聲望去，就見任天翔帶著兩個吐蕃奴隸氣喘吁吁地追了上來，邊跑邊高叫：「這錢是我的，多謝眾位好漢幫我搶了回來。不知道眾位大俠是哪路高人？我要怎麼謝謝你們才好？」

話音剛落，就見一排羽箭「奪奪奪」釘在了任天翔面前，嚇得他收腿不迭，不敢再往前一步。

就見領頭那黑衣匪首冷冷道：「我們不是什麼大俠，而是強盜。這批錢現在歸我了，誰要敢再往前一步，我保證他立馬變成個刺蝟。」

任天翔誇張地叫道：「原來……原來你們也是強盜？就不知好漢是哪路英雄？就算我丟了銀子，好歹也讓我知道是折在哪路英雄手裏？」

領頭的匪首一聲冷笑：「莫非你還想報仇不成？」

任天翔急忙擺手：「不敢不敢！我只是想對債主們有所交代。這些錢不全是我的，要是債主問起，我也好讓他們知道錢的去處。不然他們說不定會以為是我私吞，又或者，以為只是被某個不知名的毛賊盜了去，斷不會相信是被眾位好漢正大光明地取了去。」

領頭的匪首見任天翔說得在理，不禁躊躇起來。

這時他身旁一個匪徒有些不耐煩地插話：「少將軍，咱們立刻帶上銀子上路，哪用跟他們廢話？」

話音剛落，他臉上便吃了匪首重重一馬鞭。就見那匪首冷冷瞪了他一眼，這才轉向任天翔道：「你就說是幽州史公子取了你的銀子，有本事就到幽州來找本公子吧！」說完向眾手下一揮手，「走！」

話音未落，突聽身後傳來幾聲悶哼，他回頭望去，就見一道灰影衝破幾名弩弓手的阻攔，從後方撲了過來。速度之快超過了眾匪徒的反應，就見他人未至，一刀已遙遙指向自己咽喉，來勢之迅疾、出手之凌厲，幾有不可阻擋之勢。

黑衣匪首趕緊從馬背上翻身落地，想要退入眾匪徒中間，誰知任天翔身邊那兩個吐蕃奴隸也突然出手，與那灰衣人聯手攻向黑衣匪首。三人一旦聯手，那匪首便無從閃避，眼睜睜看著那灰衣人的刀架到了自己脖子上。

這幾下兔起鶻落，眾匪徒雖然弩弓在手，但投鼠忌器不敢妄動，結果轉眼之間首領即落入了對方掌握。就見灰衣人架著匪首一聲厲喝：「退下！」

「退下！退下！」祁山五虎見褚剛已擒獲了對方首領，頓時一擁而上，將眾匪徒趕到一旁。

任天翔笑咪咪來到那匪首面前，扯下他蒙面的黑巾，卻是個二十出頭的年輕人，長相有明顯的胡人特徵，眼眸中更有一股罕見的冷鷙和陰狠，那目光幾乎與獸類無異。

「幽州史公子是吧？不知全名叫什麼？」任天翔笑嘻嘻地問，見對方閉口不答，他也不多話，拔出匕首淺淺刺入對方胸膛，「叫什麼名字？是哪路英雄？」

匕首已經刺入那年輕的匪首肌膚，鮮血從衣衫下慢慢滲了出來，那匪首卻渾不在意，只盯著任天翔冷笑：「你敢傷我，我保證你會死得很慘！」

「嚇唬我？姓任的啥都怕，就是不怕虛言恫嚇！」任天翔說著，將匕首慢慢推入，盯著對方的眼睛冷冷問，「你的名字？」

匕首已經刺入一小半，那匪首咬著牙一言不發，卻用仇恨的目光冷冷盯著任天翔，令他也不禁有些心虛。正不知該繼續拷問，還是該就此停手，突聽身後有人高聲道：

「史朝義，我家公子叫史朝義，請任公子高抬貴手，放過我家公子！」

總算有人屈服，任天翔暗自鬆了口氣，回頭笑問：「你們是幹什麼的？別告訴我你們是專業的強盜。」

「我們是幽州史家的弟子。」那匪徒連忙道，「史家是昭武九姓的胡商，在北方人人皆知。」

任天翔恍然醒悟：「你們想將勢力擴展到南方，所以商門成了你們天然的對手。你們想利用陶玉打擊商門的邢窯和越窯，所以想拉攏我。在被我拒絕之後，又想端了我這批銀子，讓我不得不向你們屈服？」

那匪徒正要作答，突聽史朝義一聲厲喝：「向敵人低頭屈服，你知道會有什麼後果？」

那匪徒突然屈膝對史朝義一拜：「小人不忍見公子慘死當場，不得已向敵人屈服。求公子看在小人護主心切的份上，善待我的家人。小人願自殺謝罪！」說著突然拔刀抹過自己脖子，竟然自刎當場！

飛錢

第十章

任天翔哈哈笑道，
「本公子創造的飛錢之術，必將在全國商賈中風行開來。
這得感謝商門遍及天下的錢鋪和良好的信譽。
也許以後做生意都不必帶著幾百斤錢出門，
只需帶上一張寫著銀錢數額的紙，就可以通行天下了。」

這一下出乎眾人預料，皆愣在當場。任天翔也暗自心驚，真不知這史朝義有何能耐，竟能讓手下如此死忠。從史朝義身上收回匕首，他拱手笑道：

「史公子果然是條漢子，任某最是佩服像史公子這樣的硬漢，尤其敬重不惜自刎救主的忠僕。我不再為難你們，咱們就此別過，今後為敵為友，悉聽尊便。」

史朝義甫得自由，見對方除了褚剛這等高手，還有祁山五虎和崑崙奴兄弟，真要動手未必能占到便宜。他恨恨地點點頭：「好！這次我放過你們，下次你若撞到我手裏，任公子的恩惠我定會加倍報答。」

任天翔笑著擺擺手，帶著眾人轉向另一條路，繞過前面有埋伏的山坳，直奔景德鎮方向。

直到眾人不見了蹤影，那史朝義才翻身上馬，向眾人一揮手：「傳令所有人馬，速向我集結，我要不將那姓任的擒獲，絕不再回幽州！」

一名手下拉響信炮，少時前方山坳中埋伏的人馬即蜂擁而至，人數竟有上百之眾。原來山坳中埋伏的人馬才是史朝義的主力，他原本只是率十多人在此斷後，打算將任天翔一行放入口袋中，沒想到褚剛發現了山坳中埋伏的主力，以信炮通知任天翔改道，逼得他只能冒險出擊，沒料到對方人數雖少，卻有不少高手，竟從自己眼皮底下大搖大擺地逃脫。

上百人馬聚集一處，頓成一支虎狼之師。眾人躍躍欲試，紛紛請戰：「少將軍，快下令追擊吧！」

此時史朝義倒不著急了，遙望任天翔離去的方向悠然冷笑：「不急，這條路有辛乙守候，我倒真想看看這目中無人的契丹小兒，是否真能憑一己之力守住這條路。」

有人急問：「萬一辛乙守不住這條路，豈不讓他們逃了？」

史朝義悠然笑道：「姓任的帶著三千多貫錢，再怎麼逃也走不快，咱們輕裝追擊，還怕他逃上天去？跟著車轍追上去，記著別追太急，我還想看看辛乙那小子，是否真像傳言的那樣能耐。」

隨著史朝義的手勢，一百餘人馬尾隨任天翔一行留下的車轍，慢慢追了上去。

斜陽古道，漫漫風塵，一支僅有十一人的商隊，護著僅有的一輛鏢車，匆匆奔行在官道之上。

一行人走出不到二十里，就見前方官道中央，一棵合抱粗的大樹倒在地上，剛好阻斷了本就不寬的道路，大樹樹杈間，一個年輕人用氈帽蓋著自己的臉，正枕著自己的胳膊瞑目小息。他的脖子上繫著一條鮮豔的紅絲巾，像火一樣耀眼，又像血一樣豔麗。

眾人在大樹前停下來，任天翔沉聲道：「這位好漢，咱們是去往南方的商販，需從這條路上通過，能否請好漢暫且讓個路？」

見對方置之不理，任天翔只得示意褚剛和祁山五虎，上前抬開大樹。

褚剛領著五人來到道旁，就見那大樹斷處齊嶄嶄十分整齊，像是被利刃一刀砍斷。褚剛一見之下十分驚訝，雖然他也是用刀好手，但自問若要一刀砍斷一棵合抱粗的大樹，只怕也未必能做到。

他一面用手勢示意大家當心，一面逼近那蒙頭大睡的年輕人，沉聲問：「不知閣下是哪條道上的好漢？青州褚剛有禮了！」

「青州褚剛？沒聽說過。」年輕人沒有轉頭，只是稍稍抬起了蓋著臉的氈帽，從帽子下掃了褚剛一眼，「能從史公子的埋伏下逃脫，看來你們也有些不簡單。」

「過獎了！」褚剛淡淡道，「閣下與那史朝義是一路，也是為我們的錢而來？」

年輕人微微一笑：「我不是強盜，對你們的錢不感興趣。」

任天翔突然從那條紅絲巾上認出了年輕人的來歷，失聲驚呼：「你是安祿山那個護衛，好像是叫辛乙？」

年輕人有點意外，終於揭開氈帽站起身來：「原來是智勝李太白、戲弄安將軍的任公子。認出我的來歷是你們的不幸，我原本不想殺人，但現在，你們都得死了。」

褚剛也認出了這契丹少年，心中暗自驚詫，面上卻不動聲色：「小小年紀就如此張狂，該不是在安祿山身邊狐假虎威慣了，以為天下人都得讓著你？」

辛乙嘴裏叼著一根枯草，嘴邊掛著一絲懶洋洋的微笑，慢慢拔出了腰間短刀：「咱們契丹人有句諺語，只有女人才靠舌頭詛咒敵人，男人則是用刀子。」

話音剛落，他已一步跨過兩人間的距離，跟著一刀斜劈而出，出手之快超出了褚剛想像。匆忙間，他橫刀護住胸膛要害，就聽「噹」一聲巨響，手中的長刀竟被辛乙一刀斬斷。

不僅如此，這一刀的餘力甚至突破了他的封架，由胸膛透體而入，似乎已穿透了他的身體。震得他一連退出數步，方才踉蹌站穩。

不等褚剛有任何喘息的機會，辛乙已如鬼魅般追蹤而至，手中短刀猶如疾風驟雨，一刀緊似一刀，直往褚剛致命處招呼。褚剛自得蓮花生指點修習《龍象般若功》以來，還從未遇到過如此狠辣瘋狂的對手，不由一步步倒退招架，頃刻間已是險象環生。

祁山五虎一看，急忙各執兵刃上前幫忙，誰知僅擋得對方兩招，衝在最前面的「金剛虎」崔戰和「霸王虎」焦猛就先後中刀倒地。還好辛乙的主要目標是武功最好的褚剛，所以兩人傷得雖重，卻還不至於致命。

褚剛得到這片刻的喘息，立刻出刀反擊。二人均是以快打快，刀鋒相擊聲不絕於耳。褚剛刀法本就比辛乙略遜一籌，方才猝不及防之下又被對方所傷，刀也只剩下半截，實力大打折扣。數十招後就有血珠飛濺而出，卻是被辛乙刀勁割破肌膚，雖不致命，卻已現頹勢。

激戰中，突聽辛乙一聲輕喝，二人身形陡然分開，就見褚剛渾身血跡斑斑，竟被對方辛辣的刀勁割出了數十道口子，鮮血正慢慢從衣衫下滲出。辛乙渾身上下也是血珠點點，不過大多是對手的鮮血。

任天翔見褚剛受傷，連忙示意崑崙奴兄弟上前助戰，兄弟二人卻攔在任天翔身前，焦急地示意他先走。顯然二人並沒有把握攔住辛乙，所以想犧牲自己拖住辛乙，為任天翔贏得逃命的時間。

辛乙依然面帶微笑，雖單身一人，卻隱然佔據了上風。抖掉短刀上的血跡，他慢慢走向任天翔，根本無視褚剛和崑崙奴兄弟的存在。誰知剛走出兩步，他卻突然停了下來，因為他聽到了身後傳來的那一絲從容淡定的拔劍聲。

辛乙慢慢回過頭，就見那個推車的年輕夥計，慢慢從鏢車中拔出了一柄長劍。那劍十分平常，看起來就像任何一個兵器鋪都能買到的三尺青鋒。

不過，就這柄尋常不過的寶劍，卻徹底改變了那個平庸夥計的氣質，雖只是信手將劍橫在胸前，也隱然有種淵停嶽立、睥睨四方的氣度。

辛乙慢慢轉過身來，臉上泛起若有所思的微笑：「原來這裏還隱藏有個絕頂高手，看你拔劍和執劍的氣度，只怕不在什麼『一劍定中原』的鄭家大公子之下。」

那夥計雖然還是下人打扮，卻不再有一絲卑微和猥瑣，就見他微微點了點頭：「不錯，我就是鄭淵，很高興找出殺害岑老夫子的凶手。」

辛乙冷笑：「鄭大公子憑什麼說我是凶手？」

鄭淵徐徐道：「因為你不僅有那個實力，而且還有足夠的動機。我早聽說幽州史家新近在北方崛起，幾乎壟斷了北方的多種行業。你們要將勢力擴展到中原和南方，商門自然成了你們繞不過去的障礙。殺害岑老夫子，挑起商門內亂，這符合你們的行事風格。而且，我還知道史家與范陽節度使安祿山關係匪淺，而你又是安祿山的貼身護衛，這其中的關節不言自明。那些伏擊我們的好漢也不是什麼盜匪，而是來自范陽和河東的異族高手。」

辛乙微微頷首：「所以你就以姓任的為餌，而且親自藏身商隊之中，引出暗藏的對手。鄭公子果然老謀深算，佩服佩服！」

鄭淵淡淡一笑，回手指向一旁的任天翔：「這是任公子的主意，鄭某不敢掠人之美。是他說服我做一個交易，我助他將那批錢送到景德鎮，他助我找出商門暗藏的對手。」

任天翔笑著擺擺手：「小事一樁，兩位不必過譽，任某會不好意思的。現在你們雙方已經直接碰面，小弟不用再做你們明爭暗鬥的棋子了。你們慢慢聊，小弟還要趕路，就不奉陪了。」

說著，示意崑崙奴兄弟推起鏢車，正欲上路，辛乙已閃身攔在官道中央，微微笑道：「任公子既已知道我的身分，還想平安離去嗎？鄭公子知道我是凶手又如何，結果還不是一樣？」

鄭淵哈哈大笑：「契丹小兒好大的口氣，真以為我中原無人麼？」

辛乙徐徐抬起刀鋒遙指鄭淵：「咱們契丹男兒習慣用刀說話，鄭公子請！」

鄭淵長劍一抖：「你遠來是客，先請！」

辛乙不再多話，兩步跨過二人之間的距離，揮刀斜斬鄭淵頸項。這一斬也許算不上多麼精妙，但勝在速度奇快，迅如閃電驚雷，令人不及掩耳。

鄭淵先前已看過辛乙與褚剛動手，早已知道對手刀法所長，不外速度和氣勢，所以早想好應對之策。就見他身體順著刀勢往後急倒，跟著長劍由下方刺出，直指對手最薄弱的下腹。

辛乙突然之間失去了對手蹤影，刀法的後續變化頓成了多餘，匆忙之間只得翻身閃避。

像這樣第一招對手就突然倒地，在堂堂正正的劍法之中極其罕見，讓他有些措手不及。

就見鄭淵的長劍幾乎是貼著辛乙的身體穿過了他的衣襟，巧巧將他的腰帶劃開了一半，

卻未能傷到肌膚。二人身形一上一下交錯而過，鄭淵心中暗叫可惜，辛乙卻是驚駭莫名。

鄭淵身上有傷，不得已兵行險著，希望出奇制勝。沒想到盤算了很久的一劍，最終還

是被辛乙避開，僅僅割開了對手半截腰帶。

不過這足以令辛乙感到震駭，感覺腰帶將斷未斷，若再使力定會綳斷，屆時肯定狼狽

不堪。他只得悻悻地收起短刀，遙遙一拜：「鄭公子好險峻的劍法，辛某輸了。下次再

見，辛某當再向鄭公子討教。」說著飄然而去，轉眼便已在數十丈開外。

鄭淵心中暗叫僥倖，剛要長舒口氣，突聽後方傳來隱隱的馬蹄聲，聽蹄音竟在百騎之

上。難怪辛乙會大度地放過眾人，原來後面還有史朝義的大隊追兵。

「壞了壞了，這下咱們成了甕中之鱉。」任天翔急得連連搓手，忙問鄭淵，「你約定

的幫手，不會放咱們的鴿子吧？」

鄭淵笑道：「放心，這幫手是我鄭家世交，只要他一到場，就算史朝義有千軍萬馬，也不敢動咱們一根毫毛。」說著拉響一支信炮，燦爛的煙火立刻在天空中炸開，耀眼的火花立刻傳出百里開外。

天空中的焰火尚未消失，史朝義已帶著百騎健兒包圍過來，眾人俱是輕裝快馬，速度奇快，分成三路從後方和左右兩翼包抄，轉眼之間就完成了對任天翔一行的徹底包圍。

無數異族戰士手舞戰刀發出獸性的吶喊，圍著任天翔等人縱馬疾馳，濺起的塵土遮蔽了天空，此時任天翔等人的臉色，也變得與塵土無疑。

「真是幸運，咱們又見面了。」史朝義摸摸剛包紮好的胸口，對任天翔陰陰笑道，「老天待史某真是不薄，這麼快就與任公子再次相見。」

任天翔苦笑道：「史公子真不夠意思，咱們好歹也算不打不相識，你不至於這麼快就翻臉吧？」

史朝義眼中泛起貓戲老鼠的調侃：「任公子多心了，史某只是想跟公子玩個遊戲。就像方才公子跟我玩的那個遊戲一樣，不過這次由我來刺你胸口，在我刺入你心臟之前，如果有人願意為你而死，我就放過你。」

任天翔苦笑：「不玩行不行？」

「你說呢？」史朝義說著對手下擺擺手，幾名漢子立刻將弩弓對準了任天翔，並示意他站出來。

「等等！」鄭淵突然開口，「我有個朋友，正想跟史公子結識一下，請稍等片刻，他很快就會趕到。」

史朝義冷笑道：「原來你們還約了幫手，難怪這般篤定。那更不能給你們喘息之機。」說著緩緩抬起手來，眾手下立刻舉起弩弓，齊齊對準了任天翔和鄭淵等人。

就在這時，突聽有人驚呼：「看！真有人來了！」

任天翔大喜，急忙抬首張望，卻見通往陳州方向的官道上，三匹快馬正疾馳而來。

任天翔欣然高叫：「好了好了，咱們的幫手來了，你們還不快逃？咱們大隊人馬隨後就到！」

史朝義心中驚疑，急忙示意手下上前截住三人，但見領頭的是個面如滿月的中年儒生，另外兩個彪壯的漢子則像是他的隨從。鄭淵老遠就在跟他招呼：

「顏世叔別來無恙，小侄這廂有禮了！」

那儒生勒馬還禮道：「前日收到賢侄的來信，老夫便做好了準備，希望沒有誤你大事。」

任天翔使勁往三人身後張望，卻始終沒看到預料中的大隊人馬，不禁轉向鄭淵質問：「就這三個人？這就是你的伏兵？這回我可讓你給害死了！」

史朝義見這儒生雖然生得雍容華貴，舉手投足間自有一種大家風範，但始終只是一個儒生而已，看起來並不像是個能征慣戰的高手。他不禁冷笑道：「哪來的窮酸腐儒，沒見本公子正在辦正事嗎？」

「放肆！」那儒生的一名隨從立刻厲聲呵斥，「顏大人在此，還不快下馬請罪！」

史朝義微微一哂：「不知是哪位顏大人？」

那儒生淡淡道：「陳州太守顏真卿，敢問公子是何方高人？」

眾人悚然動容，顏真卿以書法聞名於世，幾乎無人不曉，世人無不以擁有他親手所書之字畫為榮，乃是當代有數的名士。而且他出生官宦之家，世代貴冑，如今更是任陳州太守，無論為官還是為文，在大唐帝國皆有舉足輕重的地位。

史朝義心中微凜，沒想到這儒生竟然來歷非凡，不禁躊躇起來。一旁的鄭淵笑道：「顏世叔有所不知，這位史公子來自幽州，偽裝成盜匪意圖攔路搶劫。這裏是陳州地界，世叔即為陳州太守，當為我們主持公道。」

顏真卿沉吟道：「史公子來自幽州，那是范陽節度使駐地所在。范陽節度使安祿山有位從小一起長大的好兄弟也是姓史，與我曾有一面之緣，這位史將軍思明，不知史公子可曾認得？」

史朝義只得拱手一拜：「那是家父，原來顏大人與家父有舊，小人有禮了。」

顏真卿笑道：「既然都不是外人，又都來到我陳州地界，便由我做東，略盡地主之誼。」

史朝義臉上一陣陰晴不定，假冒匪徒殺害幾個百姓，與殺害一方太守，尤其是像顏真卿這樣的名士，後果完全不同。他在心中權衡良久，終不敢冒險造次，只得拱手道：「顏大人既為陳州太守，小人也有冤情，希望大人為我做主！」

顏真卿笑問：「你有何冤情？」

史朝義向幾個手下一擺手：「抬上來！」

幾個手下立刻抬了一具屍體過來，卻是先前那個自殺的漢子。史朝義沉聲道：「我們是從北方來中原做生意的胡商，途中偶遇這位任公子，大家原本結伴而行，沒想到任公子與我一名夥計因小事發生爭執，任公子不僅將我刺傷，還失手將我一名手下殺害，所以我才率眾追趕。還望大人給咱們主持公道。」

話音剛落，褚剛與祁山五虎就忍不住破口大罵，直斥史朝義的無恥。對方也跟著出言相向，一時紛亂不堪。

顏真卿見狀，急忙擺手阻止雙方爭吵：「既然如此，你們雙方就請隨我去陳州，本官一定會秉公斷案！」

褚剛見任天翔真要跟著史朝義去陳州，不由小聲提醒任天翔：「咱們的行程越來越緊，這姓史的是故意找事拖住咱們，使我們無法按時將錢送到景德鎮。公子要跟他去官府理論，豈不正好上了他的當？」

任天翔胸有成竹地笑道：「無妨，咱們的錢已經長了翅膀飛到景德鎮，陪姓史的去官府玩玩，正好拖住他。」見褚剛有些茫然，任天翔神秘一笑，「你沒發現咱們中間少了一人？」

褚剛仔細一看，這才發覺與自己一起從洛陽出發的小澤，不知何時已經不見了蹤影。這一路上，先遭遇了祁山五虎這幫假盜匪，之後又遭遇了史朝義和辛乙這幫真強盜，一時混亂，竟沒留意到小澤已經失蹤，聽任天翔這口氣，小澤似乎才是將錢送到目的地的關鍵。但是他想不通，僅靠小澤一人，怎麼能將幾百斤錢送到景德鎮？

雙方隨顏真卿來到陳州，任天翔狀告史朝義攔路搶劫，史朝義則反告任天翔殺了他的人。雙方各執一詞，令人難辨真偽。顏真卿只得將二人暫且收監，然後派人仔細調查。

這官司一拖就是十多天，眼看任天翔的行期已經延誤，他卻並不著急，每日裏只在牢中飲酒狂歌。有鄭淵這層關係，他在牢中比住客棧還自在。

眼看一個月就要過去，史朝義突然收到了來自洛陽的密函，密函上只有寥寥幾個字：「景德鎮第二批陶玉已經運抵洛陽，行動失敗！」

史朝義百思不得其解，任天翔的鏢車還在陳州，為何景德鎮的陶窯就已經恢復了生產，而且已將第二批陶玉運抵洛陽？他無心再與任天翔在陳州拖延，要求顏真卿儘快結案，不再要任天翔抵命，只要他那輛鏢車的錢作為賠償。

面對如此無理的要求，任天翔倒是很爽快就答應下來，當著顏真卿的面簽下賠償協議，然後令祁山五虎將鏢車送到史朝義面前。史朝義急不可耐地撕開封條，但見鏢車中竟然是滿滿一車石頭，哪有半個銅錢？

「這……這是怎麼回事？」史朝義又驚又惱，「你怎麼會護送一車石頭上路？」

任天翔悠然笑道：「若不是這車石頭，鄭大公子怎可能找出是誰在跟商門作對？誰才是殺害岑老夫子的凶手？」

史朝義茫然問：「你那筆錢呢？是如何將它送到千里之外的景德鎮？」

任天翔抬手比了個飛翔的手勢：「我的錢已經長上翅膀飛過千山萬水，不然本公子哪有閒工夫陪你在這裏玩？」

不顧史朝義的驚詫和茫然，任天翔負手大笑，帶著褚剛、祁山五虎等揚長而去。

出得陳州府衙，百思不得其解的褚剛忍不住問：「公子那筆錢，如何長上翅膀飛過千山萬水？那可是幾百上千斤啊，小澤一個人肯定是扛不動。」

任天翔悠然笑道：「這事說穿了一錢不值，不過，沒有商門遍及天下的店鋪和良好的商業信譽，也肯定是辦不成。也多虧了鄭大公子幫忙，才使本公子的錢成為飛錢。」

「飛錢？」褚剛一愣，「公子別再賣關子了，你想急死我不是？」

任天翔這才笑道：「我知道這次要將錢從洛陽送到千里之外的景德鎮，必定是困難重重，所以便找鄭大公子做了筆交易。我幫他找出商門暗藏的對手，他幫我完成飛錢計畫。簡單說來，就是我將那三千多貫錢交給他，而他給我開一張同樣數額的欠條，小澤拿著這張欠條趕到景德鎮所在的饒州，那裏有商門的錢鋪，憑鄭大公子親筆簽署的欠條，小澤便可以從商門的錢鋪支取銀子，然後雇人送到景德鎮。憑著商門良好的信譽，這錢就這樣飛了起來。」

褚剛愣了半晌才喃喃問：「就這麼簡單？」

「可不就這麼簡單？」任天翔哈哈笑道，「本公子創造的飛錢之術，必將在全國商賈中風行開來。這得感謝商門遍及天下的錢鋪和良好的信譽，少一樣，這錢都飛不起來。也許以後做生意都不必帶著幾百斤錢出門，只需帶上一張寫著銀錢數額的紙，就可以通行天下了。」

任天翔預料得沒錯，從他開始，「飛錢」出現在各地鉅賈富賈的異地交易中，成為盛唐經濟活動中最大的一項發明，也成為後世銀票和紙幣的前身。

當任天翔帶著褚剛等人回到洛陽，就見小澤和陶玉已將第二批命名為「公侯瓷」的陶玉全部售罄，收入了上萬貫錢。

望著幾乎堆積成山的銅錢，褚剛、祁山五虎等皆是目瞪口呆，這輩子他們還從未見過這麼多錢。幾個人愣了好久，焦猛突然一個虎撲跳進錢堆，在錢山上拼命打滾：「錢啊！俺焦猛一輩子都沒見過這麼多錢啊！做生意比做強盜賺錢多了！任兄弟，以後俺祁山五虎就跟著你混了！有什麼需要，兄弟儘快開口，俺們五虎水裏火裏，定不皺半個眉頭！」

朱寶更是激動地流淚滿面：「發財了！發財了！我得在這座錢山上睡一覺，就算明天就送命，那也是值了！」

任天翔呵呵笑道：「這次多虧了幾個哥哥幫忙，小弟絕不會虧待你們。」說著轉向褚剛和小澤，「你們拿幾百貫錢給大家分分，剩下的咱們買宅子買商鋪，要最好的宅子和商鋪。天下第一名瓷，可不能馬馬虎虎就賣了。」

除去擴大生產所需的本錢和陶玉本人應得的獲利，任天翔這一次淨賺三千多貫。在富豪雲集的洛陽雖算不上什麼，卻也暫時擺脫了貧困的陰影。

三天後，褚剛為任天翔在城中買下了一座名為「陶園」的宅子，作為眾人的棲身之所，然後又在城中繁華地段買下一座三層高的小樓，作為陶玉的銷售總店，「景德陶玉」的招牌，也在洛陽城掛了出來。

一夜暴富，任天翔自然不會忘記所有幫助過他的朋友，尤其是給他帶來莫大幫助的雲依人。在回到洛陽的第三天，他便讓褚剛準備了五百貫錢，親自給雲依人送去。這錢足夠為雲依人贖身，既然不能給雲依人一個未來，那就只有用金錢來補償，希望能稍稍安慰對自己一片癡心的雲姐姐。

夢香樓還是老樣子，只是比以前似乎冷清了許多。

看到近日在洛陽風頭正勁的任天翔親自上門，老鴇喜得笑顏如花，屁顛顛地迎出來，老遠就在高叫：「任公子好久不來，老身還當把咱們夢香樓忘了呢？」

任天翔沒有理會老鴇帶來的那些姑娘，只道：「我要見雲姑娘。」

「雲姑娘？」老鴇神情頓時有些異樣，忙將幾個沒見過的女孩領到任天翔面前，「這是小紅、小翠、小蘭，她們都是剛下海的新人，比依人年輕漂亮……」

任天翔推開那幾個陌生的女子，抓著老鴇的手腕喝道：「我要見雲姑娘，她在哪？」

老鴇頓時有些尷尬：「雲姑娘已經……已經被一個年輕公子贖身，早已離開了夢香樓。」

任天翔一怔，急問：「是誰帶走了雲姑娘？什麼時候的事？」

老鴇嘆了口氣，神情頗為惋惜：

「自從公子成為依人第一個恩客，依人就對公子癡心一片，一直沒有下海接過其他客人。無論是誰花多大價錢，都不能令依人動心，老身軟磨硬泡也無濟於事。夢香樓總不能養個只能看不能碰的姑娘吧？所以老身放出話去，誰只要拿出三百貫錢，老身願將這棵搖錢樹賣了。可惜想買依人的公子王孫雖眾，但依人卻死活也不答應。半個月前，來了個年輕公子，拿出三百貫錢要為依人贖身，本來依人也沒答應，不過那傢伙不知使了什麼手段，與依人一席長談之後，依人竟答應了他，隨他去了長安。」

任天翔突然感覺心中一空，急忙追問：「他是誰？為何依人會答應他？」

老鴇回憶道：「好像是姓馬，生得倒是一表人才，而且知書達理，出手豪闊，是個女人都會喜歡，依人被他打動也不奇怪。」

「不會！一定不會！」任天翔連連搖頭，「雲姐姐既然不惜為我守節，怎會為別的男人動心？」

老鴇惋惜道：「依人雖然沒說，但大家都知道她一直在等候公子。可惜公子一直沒有再來，依人絕望之下，無奈離開洛陽這傷心之地，也是在情理之中。」

失魂落魄地離開夢香樓，任天翔只感到心中空空落落，雖然他從未想過要娶雲依人，但在得知她失望而去後，任天翔心中還是異常難受，繼而又生出一絲怨憤：原來女人變心比翻書還快，枉我心中還有無盡的內疚，哪想別人已經另有新歡。看來我不娶她是對的，不然今天還不被天下人笑話死？

這樣一想，心中稍稍好受了一點，但是想起雲依人當初那款款深情和萬般憐愛，任天翔心中還是難以釋懷。

褚剛見他鬱鬱寡歡，忙勸慰道：「公子別為一個水性楊花的青樓女子難過，這種女人哪裡沒有？如今公子年少多金又名揚洛陽，要找什麼樣的女人還不是手到擒來？」

「誰難過了？」任天翔強笑道，「我才不會為一個青樓女子耿耿於懷。三條腿的青蛙不好找，兩條腿的女人還不是滿大街都是。走！咱們去最奢華的青樓，叫上幾十個女人陪咱們喝酒。」

褚剛與任天翔相處日久，任天翔的心情自然瞞不過他。也是想讓任天翔早一點從抑鬱和失落中擺脫出來，褚剛笑著提議：「去青樓還不如去紅樓，聽說紅樓才是男人的天堂，公子想不想去見識一下？」

「當然要去！」任天翔大笑，「我不信還有什麼地方能超過長安的宜春院。這洛陽城最高級的紅樓叫什麼？」

「那自然是醉紅樓了。」褚剛笑道，「不過，醉紅樓的後臺是洪勝幫，上次咱們在那裏跟洪勝幫發生了點小衝突，恐怕多少有些不便。」

任天翔兩眼一瞪：「上次咱們是去求人，這次咱們是去花錢。花錢就是大爺就是天，我不信洪勝幫會將咱們往外趕。走！就去醉紅樓！」

心知任天翔心中憋著一口氣想要找個地方發洩，褚剛只得順著他的意，將馬車趕往醉紅樓。

少時馬車在醉紅樓外停了下來，立刻有小廝上前伺候，將二人領入樓中。

進得大門，任天翔才感覺紅樓與青樓確實有所差別，青樓通常是老鴇帶著姑娘們在門外迎客，而紅樓卻是打扮得體的少年為客人領路，直到將客人領進包房，才由老鴇帶著一群群的姑娘們進來，供客人挑選。

任天翔與褚剛在包房中坐定，就有老鴇進來問候：「兩位大爺要什麼身價的姑娘？」

任天翔故作老練地問道：「你們這兒的姑娘都什麼身價？」

老鴇陪笑道：「從兩百個錢到十貫不等，過夜加倍。」

任天翔有些好奇：「相差這麼多？不知兩百個錢的姑娘和身價十貫的姑娘有什麼差別？」

老鴇雖然不認識任天翔，但已看出對方是個不差錢的主兒，忙陪著笑解釋：「兩百個錢的姑娘不是年老色衰，就是長相平庸，而且不會任何技藝。十貫身價的姑娘不僅年輕漂亮，而且吹拉彈唱樣樣精通。」

任天翔不屑道：「青樓的姑娘大多精通吹拉彈唱，也很少有這麼高的身價。」

老鴇啞然失笑：「青樓的吹拉彈唱跟咱們紅樓的截然不同，至於如何不同，公子體會一次就知道了。」

見老鴇笑得淫賤曖昧，任天翔心中不禁升起一絲好奇，點頭道：「好！就把你們十貫身價的姑娘叫上來吧。」

老鴇大喜，忙對門外一聲高喊：「牡丹閣的姑娘，見客啦——」

隨著一陣香風，就見十多個姑娘嫋嫋娜娜地來到房中，齊齊向任天翔和褚剛屈膝行禮：「奴婢見過二位大爺。」

任天翔見這些姑娘皆有幾分姿色，至少都在中人之上，不過他心中還在想著雲依人，對其她女人根本視若無睹。

褚剛見他無動於衷，忙對老鴇呵斥道：「你當我們是鄉巴佬嗎？這等貨色也敢拿來敷衍咱們公子？」

老鴇趕緊揮手讓她們退下，跟著又叫來十多個姑娘，誰知任天翔依舊不為所動。一連換了三批後，老鴇無奈對任天翔和褚剛陪笑道：「這是咱們醉紅樓最漂亮的姑娘了，如果二位還不滿意，老身只好給二位大爺磕頭賠罪了。」

褚剛以挑剔的目光審視片刻，回頭對任天翔小聲道：「這大概是醉紅樓最漂亮的姑娘了，公子勉強挑幾個吧。」

任天翔見這十多個姑娘個個模樣標緻，身材或珠圓玉潤，或亭亭玉立，皆是不可多見的大美女，這要在青樓中，多半是風流客們追捧的紅姑娘，沒想到在這紅樓中，卻如任人挑選的貨物一般，任由老鴇和客人呼來喝去。真不知洪勝幫使了什麼手段，竟將這些本該矜持自傲的美女，調教得這般乖巧聽話。

心知褚剛是想讓自己儘快忘了雲依人，所以想盡辦法讓自己散心，任天翔不好拂他一番好意，只得勉強笑道：「還挑什麼，都留下來吧。多幾個美女陪我喝酒，豈不更加熱鬧？」

老鴇聞言大喜，急忙招呼廚下準備酒宴。少時酒宴送入房中，山珍海味滿滿當當擺滿一大桌，十二個漂亮的姑娘蜂擁在任天翔左右，爭相向他敬酒獻媚。一次就叫上醉紅樓身價最高的十二個紅姑娘，這樣的豪客，眾姑娘還是第一次見到，自然是十分上心。

任天翔左擁右抱，依紅偎綠，嘴裏品嘗著甘洌美酒和海味山珍，手裏握著溫香軟玉，耳邊聽到的是燕語鶯聲，鼻端聞到的是陣陣馨香，卻始終食不知味，心神麻木，似乎往日那些令他開心的醇酒美人、飲宴歡歌，也失去了它們應有的刺激。

「依人……依人……」任天翔將頭埋在一個身材豐滿的姑娘胸前，心中想的卻還是雲依人那溫暖熟悉的懷抱。

假腿

第十一章

公輸白將腳穿入木鞋，然後將木腿打開固定在自己殘疾的小腿上，
並將另一端的機關固定到自己大腿根部。
就在眾人驚訝的目光中，他扶著軟椅扶手，
就憑這對木製的假腿，顫巍巍地從軟椅上站了起來。

樓下突然響起的吵鬧聲，將任天翔從半醉中驚醒。

就聽一個魯莽粗獷的聲音在樓下嚷嚷：「這醉紅樓的漂亮姑娘都死絕了嗎？竟然讓這些二三流的貨色來糊弄我家公子！把身價最高的姑娘都給我叫上來，讓我家公子慢慢挑選！」

老鴇在小聲賠罪，不過那人卻還是不依不饒，高聲斥罵。老鴇無奈，只得小聲答應，暫時將那人安撫下來。

少時老鴇來到任天翔所在的雅廳，滿臉歉然地對他賠笑：「這位公子，你們只有兩人，卻包下了咱們醉紅樓最紅的十幾個姑娘，其他客人難免會有意見，你看是不是……」

若在往日，任天翔也知道獨樂樂不若與眾樂樂的道理，但此刻他肚裏正憋著一股邪火，聽老鴇這話不由兩眼一瞪：「我少你錢了？」

「這倒沒有。」老鴇連忙賠笑。

「那不就結了！」任天翔一聲冷哼，「誰規定一個人只能要一個姑娘？」

老鴇不好意思地搓著手：「公子有所不知，若是旁人，老身早把他打發走了，也不敢來打攪公子雅興。但是這位公輸公子，老身卻是得罪不起。」

「公輸公子？」任天翔故意調侃道，「一聽這名就是個逢賭必輸的傢伙，你讓他來跟本公子賭上兩把，他要贏了本公子，這裏的姑娘他隨便挑！」說完，摟著兩個姑娘繼續喝酒調笑，再不理會老鴇。

老鴇還想囉唆，褚剛已雙眼一瞪：「還不快滾！」

老鴇無奈，只得告辭下樓。

少時就聽腳步聲響，一個身高幾乎與門框平齊的大漢已推門而入。這身高遠超常人，走到哪裡都會吸引所有人的目光，正與任天翔喝酒調笑的姑娘們也都安靜下來，皆以驚訝的目光望向那人。

褚剛見這漢子不光身材魁梧彪悍，而且渾身肌肉皆似腱子般一塊塊凸起，猶如充滿野性的雄獅猛虎。他心中微凜，渾身肌肉也不由自主暗自收緊。

任天翔也感受到了這巨人般的大漢身上散發出來的無形壓力，他抬頭掃了對方一眼，若無其事地微微一笑：「公輸公子？」

大漢一聲冷哼：「我家公子豈會親自來跟你要人？我家公子說了，你們今日的開銷算咱們的，只要你將姑娘們給咱們公子讓出來。」

任天翔啞然失笑：「你家公子好大方，不知是哪路神仙？」

大漢臉上泛起一種異樣的崇敬：「我家公子名叫公輸白，不知你聽說過沒有？」

「哦，原來是公輸白，」任天翔裝出恍然大悟的模樣，「在下可真是久仰得很呢！」

「你聽說過我家公子？」大漢頓時滿臉殷切，「原來你也知道我家公子的大名？」

任天翔笑著點點頭：「公輸白嘛，就是不光逢賭必輸，而且還輸得徹底洗白的那個傢伙。你轉告他，本少爺不差錢，要想從我這裏帶走姑娘，先過來陪我賭上幾把。贏得了本少爺，這裏的姑娘你家公子隨便挑，錢算我的。」

大漢一愣，突然一聲暴喝：「你他媽是在消遣鐵爺？」說著一把便向任天翔抓去。

褚剛早已暗自戒備，見狀閃身而出，抬手一拳便擊向大漢巨靈般的爪子。二人拳掌相碰，就聽一聲悶響，大漢身子微微一晃便站穩，褚剛卻不得不連退兩步，心中吃驚不小。

大漢驚訝地打量著比自己矮了幾乎一頭的褚剛，沉聲問：「你是何人？竟然能硬擋我鐵摩一擊？」

褚剛滿臉凝重，徐徐拱手一禮：「青州褚剛。閣下好大的力氣，佩服佩服！」

「好說好說！」鐵摩洋洋自得地擺擺手，「看你能擋我一擊的份上，鐵爺不為難你。叫那小子識相點，將姑娘們交出來，鐵爺就不跟你們計較了！」

褚剛笑著搖搖頭：「我家公子說了，讓你們公輸公子過來陪他賭上一把，不然就別想帶走一個姑娘。」

鐵摩一聲冷哼：「既然如此，就別怪鐵爺不客氣了！」說著抬手便向褚剛頭頂拍去。

褚剛已知對手力大無窮，不敢硬接，側身一滾閃過一旁，就見鐵摩巨靈般的大掌拍在酒桌上，頓時將偌大的楠木八仙桌拍成了幾大塊。酒水菜肴四下飛濺，將眾姑娘嚇得尖叫連連，四下閃避。

就在鐵摩一掌拍實的同時，褚剛已從其腋下閃過，同時一拳擊中了鐵摩的腰肋。就見鐵摩只是咧了咧嘴，回手便抓向褚剛頭頂，似乎根本未將褚剛隱含龍象之力的一拳放在眼裏。

褚剛暗自吃驚，沒想到這巨漢不僅蠻力驚人，更精通金鐘罩、鐵布衫一類的橫練功夫，抗擊打能力超強。

二人在廳中乒乒乓乓鬥在一處，鐵摩勢大力沉，隨便一掌就將廳中桌椅板凳擊成碎片；褚剛身形靈活，但廳中狹小騰挪不便，幾次差點被鐵摩擊中，一時間竟占不到上風。只急得聞訊趕來的老鴇呼天搶地，既心痛家什的損失，又不敢上前阻攔。

正惡鬥間，突聽門外一聲呵斥：「住手！」話音未落，就見一個黑影如鬼魅般衝入了房中，跟著一道刀光如閃電劃過天際，將激鬥中的二人一刀隔開。

褚剛見這道刀光來得不僅突然，而且速度、氣勢、角度，無不拿捏得恰到好處，他心中微凜，急忙退開兩步。

就見一年輕男子目光如劍，雙手執刀立在二人中間，雖然其身材跟褚剛和鐵摩比起來，不僅顯得瘦弱單薄，而且比褚剛還矮上半頭，但他渾身上下煥發出的那種凌厲氣勢，卻不容任何人忽視。

褚剛認出這服飾怪異的年輕人，竟是不久前重創過鄭淵的小川流雲，一個來自東方遙遠島國的年輕武士。這小子刀法雖然算不上多麼精湛，卻有一種悍不畏死的凌厲氣勢，無形中將他的殺傷力提高了不少。

褚剛知道他的厲害，犯不著為點小事跟他拼命，所以便退開兩步，靜觀其變。

小川流雲雙手執刀攔在二人中間，以尚不流利的唐語結結巴巴地道：「這裏……是洪勝幫的堂口，任何人……得在此動武……」

鐵摩正打得興起，卻被人無端隔開，猶如酒鬼剛嘗到第一口美酒，卻被人打破了酒碗，心中憤懣可想而知。他怪眼一瞪，立刻將怒火撒向衝進來勸架的小川流雲，厲喝：「哪來的倭人？竟敢掃鐵爺的興！」說著一拳便擊向小川頭頂。

小川一聲輕喝，對鐵摩缽盂大的拳頭視而不見，猛然擰腰原地轉了半圈，手中長刀猶如風車般旋轉，平平掃向鐵摩的腰肋。

這一下大出鐵摩預料，他這一拳固然可以將這倭人腦袋打碎，但對方這旋風般的一刀，恐怕也會將他攔腰斬成兩截。雖然大唐各派武功中都有萬不得已之下兩敗俱傷的招數，但一上來就使出這種同歸於盡的狠招，卻是極其罕見。

鐵摩喜歡打架，卻不喜歡跟人同歸於盡，不得已收拳後撤，暫時避其鋒芒。誰想他剛一變招，對手便趁其氣勢稍竭這白駒過隙的剎那，倭刀如無孔不入的颶風跟蹤而至，逼得鐵摩連連後退，一個照面便先機盡失、狼狽不堪。

眼看鐵摩一步步退到門口，突聽門外傳來一聲弱弱的嘆息：「阿摩，叫你辦點小事，你又來跟人打架？」

這聲嘆息聲音不高，甚至有些中氣不足，但語音中卻透著一種百年世家才有的雍容和懶散，甚至透著一絲慵懶厭世的倦意。聽到這聲嘆息，鐵摩不再後退，突然奮不顧身一拳直擊小川面門，對斬向自己下腹的一刀也視而不見。

眼看二人就要兩敗俱傷之際，就聽小川流雲一聲輕喝，終於在最後關頭擰身閃避，同時收刀後撤。畢竟他只是要迫鐵摩停手，並非真正的生死相搏。見鐵摩已退到門口，他也就趁勢收刀，不過依然攔在鐵摩與褚剛之間。

鐵摩一拳逼退小川，急忙後退兩步，對門外喘息道：「公子別怪鐵摩又跟人打架，是那小子不是個東西，兩個人竟霸佔了那麼多漂亮姑娘。跟著又有個來歷不明的倭人過來拉偏架，所以鐵摩只好奮起還擊。」

「別說了，沒的讓人笑話。」隨著一聲懶懶的呵斥，聲音已在門外。鐵摩趕緊讓開一步，在門側垂手而立。方才還氣勢如虹的一個彪彪漢子，此刻神情竟如奴僕一般恭謹。

眾人好奇地望向門外，都想知道這公輸公子究竟是何等人物，竟能將鐵摩這樣的勇士收為奴僕。隨著腳步聲響，就見一張軟椅被兩個壯漢一前一後抬了進來，軟椅上鋪著純白的虎皮，一個滿臉蒼白的男子蜷縮在虎皮軟椅之中，虎皮並沒有為他增添一分威儀，反而使他更顯瘦弱和單薄。

那男子雖然滿臉病容，但模樣卻還算得上英俊，眉宇間有著一種世家子弟才有的自負和孤傲。看年紀應該不到三十歲，卻已經像六十歲的老人那般虛弱。不僅說話有氣無力，就連呼吸都像是要使出渾身的力氣。

眾人既意外又驚訝，已經病成這副模樣，不在家裏好好休生養息，卻還要到醉紅樓來買笑尋歡，這等好色不要命的主兒，還真是極其罕見。

任天翔最先忍不住笑了起來，故意調侃道：「這位想必就是公輸公子了？公輸公子好大的架子啊，上紅樓尋歡作樂也要下人抬著，不知道其他事是不是也要人幫忙啊？」

「閣下誤會了。」公輸白指向自己的小腿，「我從小患有腿疾，至今兩隻小腿依舊如孩童般粗細，所以不得不靠下人代步，讓公子見笑了。」

見眾人都有些將信將疑，公輸白示意一個家人撩起自己的長衫下襬，露出兩隻赤裸的小腿。但見那兩隻小腿竟只有小孩手臂粗細，果然是先天的腿疾。

任天翔故作驚訝地拜道：「我原以為自己從小混跡青樓，也算是個資深玩家。誰知今日遇到公輸公子，才知道天外果然還有天。公輸公子兩條腿已經不靈便，卻還要讓人抬著來這裏尋歡作樂，而且還要跟人搶紅姑娘，小弟真是佩服得五體投地！」

「公子誤會了！」公輸白沒有理會任天翔的揶揄，淡淡道，「我今日只是要在這裏宴請貴賓，需要幾個漂亮姑娘充下門面，所以還請公子幫個忙吧。」

任天翔看不慣公輸白骨子裏透出的那份世家子弟特有的雍容和自負，啞然笑道：「原來是這樣，不過這關我鳥事！」

「混賬，竟敢對我家公子無禮！」公輸白尚未開口，一旁的鐵摩已雙眼圓瞪，手握拳頭就要直奔任天翔。

卻見小川流雲閃身攔在他面前，以唐語結結巴巴地道：「誰也不能……在這裏動武……」

「阿摩，退下！」公輸白一聲懶懶的輕斥，鐵摩只得悻悻而退。

就見公輸白略一沉吟，懶懶問任天翔，「公子說，只要我賭贏你一把，就可以將姑娘們帶走？」

任天翔笑著點點頭：「不錯！」

公輸白沉吟道：「公子既然劃下道來，怎麼賭是不是由我來選？」

任天翔想了想，笑道：「沒問題，只要我會的，無論牌九、骰子還是押寶，都可以奉陪。」

公輸白遺憾的搖搖頭：「在下從小體弱多病，不能像正常人那樣自由活動，也沒機會去什麼賭坊，所以你說的賭法我都不會。不過我剛想到個賭法，公子一定會。」說著，公輸白撩起自己的褲腿，指著自己那雙兒臂粗的小腿，「我不靠任何人幫助，自己從軟椅上站起來，並且走到你面前。你認為我能還是不能？」

任天翔從懂事起就會賭錢，卻從未聽到過這種賭法，頓時來了興趣。他暗忖：如果說能，公輸白只要躺著不動，自己肯定是輸；但要說不能，這雖然符合常理，不過公輸白既然開口打這個賭，就肯定有辦法站起來，並且走到自己面前。至於用什麼辦法，倒是讓人頗難猜測，而且公輸白身邊也沒有任何拐杖之類的輔助物，就算有，以他兩腿皆殘的現狀，只怕也沒法使用。

任天翔在心中盤算再三，始終想不通公輸白有什麼能耐能自己站起來，雖然知道無論賭能還是賭不能，自己多半都輸定了，正常情況就該拒絕這樣的打賭。但他心中的好奇終究還是占了上風，很想看看公輸白如何靠自己的力量從軟椅上站起來。所以他在沉吟良久之後，終於下定決心：

「我賭你不能！」

公輸白眼中閃過一絲詭計得逞的笑意，慢慢從軟椅後方拿出一對木製的東西。

任天翔仔細一看，竟是一對做工精緻的木腿。就見木腿與人腿的結構幾無二致，一端連著木鞋，另一端卻以一種複雜的結構折疊起來，像是某種機關結構。木腿內部中空，且可從側面打開。

就見公輸白將腳穿入木鞋，然後將木腿打開固定在自己殘疾的小腿上，並將另一端的機關固定到自己大腿根部。就在眾人驚訝的目光中，他扶著軟椅扶手，就憑這對木製的假腿，顫巍巍地從軟椅上站了起來。

眾人不禁發出一陣驚嘆。一個雙腿發育不全的天生殘廢，竟靠著一雙木製的假腿站了起來，這在常人眼裏不啻是難以想像的奇蹟。

在眾人的驚嘆聲中，就見公輸白若無其事地對任天翔淡淡道：

「我從小就不能像正常人那樣站起，這是我人生的不幸，不過幸運的是，我生在一個精於機械和製造的家庭，加上我不能像正常孩子那樣跑跳玩耍，所以我只有將所有的精力和時間，都花在那些祖傳的技藝上。在我九歲那年，我終於做出了一雙能讓我站起來的木腳，並在十二歲那年，將它改進成能讓我自由行走的假腿。沒想到這雙假腿，今日竟讓我贏得了人生第一個賭局。」

說完，公輸白邁出了笨拙的一步，他的步伐雖然有些蹣跚僵硬，腳步聲更是異於常人，但卻走得十分平穩，一點不像是個雙腿俱殘的廢人。

就見他一步步走到目瞪口呆的任天翔面前，眼中閃過一絲居高臨下的微笑：

「你輸了！」

「你……你是齊州公輸世家的傳人！」一旁的褚剛突然想起了什麼，不由失聲驚呼。

公輸白傲然一笑，蒼白的臉上泛起一絲紅暈：「不錯，我是公輸世家第九十八代傳人！」

「公輸世家是幹什麼吃的？好像沒聽說過！」任天翔莫名其妙就賭輸了，心中頗有些不甘，故意不屑地問。

「公子連公輸世家都不知道？」褚剛頗有些尷尬，急忙壓著嗓子小聲解釋，「那你總該知道公輸班吧？」見任天翔還是搖頭，褚剛急道，「就是所有匠人的祖師爺，因生在春秋時的魯國，所以後人也稱其為魯班。」

任天翔這才醒悟：「原來就是歷史上那個最有名的木匠啊？難怪他的後人也精通木器，給自己做雙可以走路的假腿，害本少爺莫名其妙賭輸了這一局。」

「公輸班可不是普通的木匠！」褚剛小聲道，「據史書記載，他可是當時不可多得的人才。他製造的攻城器械天下馳名，堪稱是攻城掠地的必備利器。」

任天翔突然想起了什麼，恍然點頭道：「我記得史書中好像寫過，他與墨家創始人墨子之間的一次模擬攻防戰，結果他輸在了墨子手裏，如此看來他也不怎麼樣嘛。」

褚剛嘆道：「恐怕當時也唯有墨子可以抵禦他的攻城利器了。據說他傳下的記載有一生心得的《公輸三經》——《木經》、《石經》和《鐵經》，堪稱無價瑰寶，只怕唯有傳說中墨子的《九禦》可與之相提並論。」

「九禦？那又是什麼東東？」任天翔茫然問。

就聽褚剛嘆道：「墨子與公輸班，皆是春秋戰國時代的風雲人物。一個崇尚和平、博愛和不攻，一個卻精於製造攻城器械。公輸班曾幫助楚國製造攻城器械欲進攻宋國，墨子聞訊趕到楚國，與公輸班在楚王面前模擬一戰，終以獨到的防守令公輸班折服。墨子將他一生研究的防守心得和守城器械的製造和使用方法記錄下來，這就是後人傳說中的墨家《九禦》。」

聽褚剛講起古聖先賢的傳奇事蹟，任天翔不禁悠然神往，在心中暗嘆：可惜現在是天寶盛世，四海靖平，即便邊關偶有戰事，也只是微不足道的小衝突。若我能生在春秋戰國這樣的亂世之中，與公輸子、墨子這等古聖先賢在戰場上一較高低，才算不虛此生啊！

公輸白先聽褚剛誇讚其先祖，自然滿臉放光，沒想到褚剛後來卻對墨子推崇備至，令他頗為不快。雖然後人對先祖與墨子之間的恩怨一無所知，但從史書上的記載來看，先祖與墨子顯然是一對冤家對頭，尤其墨子在戰爭器械的製造上，隱然勝了先祖一籌，這豈能為公輸世家的後人接受？

聽褚剛對墨子如此推崇，公輸白不禁冷笑道：「墨家早在秦漢時就已湮滅，我公輸世家卻是千年傳承。誰強誰弱還用爭論嗎？史書上寥寥幾筆語焉不詳的模糊記載，豈能詆毀我先祖的榮光？」

褚剛無言以對，只得攤開手以示和解。

任天翔看不慣公輸白的自負和自傲，故意笑問：「就不知道史書上關於尊祖的記載，是否也是語焉不詳、模糊不清呢？」

公輸白臉上微紅，冷冷道：「方才的打賭你已經輸了，我可以帶走這裏的姑娘了吧？」

任天翔不以為意地攤開手：「當然沒問題，請便！」

公輸白對鐵摩和幾個隨從一招手：「我們走！」

小川流雲只是要防止雙方在醉紅樓中動手，以免造成財產損失和醉紅樓的姑娘傷亡。既然雙方已和平解決爭端，他也就不再阻攔。

就見公輸白帶著眾人正要出門，突聽門外有人高呼：「公輸兄早已到了？小弟來遲一步，萬望恕罪！」

公輸白急忙換了一副笑臉，回頭招呼：「東照兄千萬莫這麼說，兄能親自赴宴，就是給足了小弟面子。」

說話間，就見一個錦衣公子帶著幾名隨從來到門外，那錦衣公子看年紀比公輸白略小，眉宇間有著豪門子弟特有的輕狂和張揚。

任天翔一見之下，面色大變，正欲往一名美女身後躲避，誰知那錦衣公子已經看到了他，顧不得拱手相迎的公輸白，盯著任天翔愣了片刻，有些遲疑地問：

「你是老七？我沒看錯吧？」

任天翔見躲避不過，只得硬著頭皮拱手一拜：

「沒錯，正是小弟，二哥別來無恙？」

那錦衣公子又驚又喜，過來就給了任天翔一拳：

「果然是你這混賬小子，這幾年你死哪兒去了？自從那年老六出了意外，咱們就再沒聽到過你的消息。都說是你失手將老六推下了樓……」

見任天翔連使眼色，錦衣公子突然醒悟，連忙剎住話頭，向一旁的公輸白介紹，「這是我兄弟，不是外人！」

任天翔忙對公輸白拱手道：「小弟任天，見過公輸公子。」

公輸白勉強一笑：「東照兄的兄弟就是我的兄弟，咱們也算不打不相識。」

錦衣公子挽起任天翔笑道：「今天公輸兄請我喝酒，卻正好遇上兄弟，這豈不是公輸兄與我兄弟的緣分？大家一起喝一杯，天大的仇怨也一筆勾銷了！」

「好啊！請客不如撞客，就在我這包房中重開酒宴！」任天翔也不客氣，呵呵笑道，「我與二哥多年未見，正好借輸白兄的酒宴敘敘舊。」

話音剛落，錦衣公子就忍不住哈哈大笑：「老七，人家是姓公輸，不是姓公。這麼些年不見，你他媽還是沒一點長進。好歹你也多讀點書，免得讓人笑話。」

任天翔意味深長地笑道：「我知道他姓公輸，不過他這名字實在像是要逢賭必輸、輸到洗白，所以簡稱輸白！」

錦衣公子見任天翔話裏有話，再看房中碎裂的桌子和滿地的酒水菜肴，早已猜到究竟，忙拉著任天翔道：「公輸公子是為兄的朋友，若有得罪，大家坐下來喝杯酒，一笑了之如何？」

「好說好說，二哥的朋友自然就是小弟的朋友，一起喝杯酒也是應該。」任天翔打了個哈哈，轉向一旁的小川流雲，「方才多虧了你幫忙，不然本公子差點讓條瘋狗給咬了。一起喝杯酒吧，我得好好謝你！」

小川對唐語不是太精通，只聽懂了個大概，不過見任天翔頗為誠懇，他略一遲疑，終點頭答應：「哈依！」

公輸白似乎並不願與任天翔同席，不過見錦衣公子挽著任天翔不放，他也不好再說什麼。在老鴇的安排下，幾個人換了個房間重新開席。

錦衣公子被公輸白讓到上首，任天翔與小川流雲在左右相陪，公輸白則坐了最末的主位。每個人身邊都被老鴇安排了兩個姑娘伺候，一時燕語鶯聲，好不熱鬧。至於鐵摩和褚剛等人，則被老鴇安排在了另外一桌相陪。

這錦衣公子名叫施東照，乃是當年任天翔在長安時臭味相投的狐朋狗友，在長安七公子中排行第二。當年任天翔糊裡糊塗背上殺害六公子江玉亭的命案，不得已逃離長安，沒想到今日在這裏遇上當年的舊友，他既想知道那件命案的最後消息，又擔心楊家知道自己的下落後追蹤而至，心中難免有些忐忑不安。

施東照見任天翔神情怔忡，知道他的擔心，便拍拍他的肩頭小聲勸慰道：「老六的不幸我們都很難過，不過當時你們都喝醉了，老六究竟是自己失足墜樓，還是被你失手推下去，誰也不得而知。退一萬步說，就算老六的不幸真與你有關，那也是無心之錯，你也別太自責。」

任天翔勉強一笑：「就怕楊家不這樣想。對了，不知長安近況如何？幾位兄弟可都還好？」

施東照頓時眉飛色舞：「咱們幾個也都還混得不錯。前不久把持朝政十八年的李相國終於走了，幾個兄弟的老爹總算熬出了頭。現在朝中是國舅爺楊相國當政，托祖上的福蔭，哥哥也混了個御前侍衛的功名，出入宮門跟回自己家一樣。呵呵……」

二人只顧敘舊，倒把公輸白冷落在了一旁。不過他也是聰穎之人，故意失手將杯子落在地上，總算喚起了施東照的注意。

「哎喲，你看我差點忘了！」施東照恍然醒悟，拍拍自己腦門對公輸白笑道，「好些年沒我這兄弟的消息，今天突然遇上，就只顧著敘舊，差點把最重要的事給忘了。」說著，他從懷中拿出一個巴掌大的扁平錦盒，小心地打開錦盒，就見裏面是一件紅綢包裹的物件。

他邊打開紅綢邊笑道，「這東西雖然不起眼，卻是當年日本天皇托御史中丞晁衡大人，從日本國萬里迢迢帶來。據說這本是咱們老祖宗的東西，輾轉流落到了日本。天皇為了表達對咱們大唐帝國的敬仰，所以多年前特意托到大唐求學的晁衡大人送到長安。不過我橫看豎看，也沒看出這東西到底有什麼特別，不知公輸兄為何要花大價錢來買？」

紅綢打開，露出了包裹著的一片不起眼的墨玉殘片。

公輸白眼中猛然閃過一絲晶亮的銳光，跟著卻又若無其事地笑道：「這東西其實也沒什麼特別，只是它跟咱們公輸家的先祖有些淵源，咱們做後人自然要將之視為珍寶。」說著他擺了擺手，身後一名家人立刻將一個小錦囊遞到施東照面前。

施東照從錦囊中倒出幾顆龍眼大小的珍珠，對著天光看了看，滿意地點點頭：「公輸公子就是公輸公子，出手果然豪闊。」仔細將錦囊收入懷裏，這才將那塊不規則的墨玉殘片遞到公輸白手中。

任天翔見那幾顆珍珠晶瑩剔透，隨便一顆也值上百貫錢，如果那一小袋珍珠都是這般大小，其價值絕對在數千甚至上萬貫。不過他對此並不感到驚訝，因為他已經看清了施東照賣給公輸白的那件東西，正是跟他自己暗藏的那兩片墨玉殘片同宗同源，甚至就是同一塊玉璧上不同的殘片！

就這樣一件不起眼的殘碎玉片，公輸白竟願花上萬貫錢來買，不僅如此，就連司馬瑜也對它十分上心，這二人都是見多識廣、驚才絕豔的世家子弟，尋常東西怎會放在眼裏？想到這，任天翔已在心中暗下決心，一定要揭開它隱藏的秘密！

任天翔正在心中暗自盤算，怎樣才能將公輸白手中這塊玉片弄到手，卻聽一直不曾開口的小川流雲突然問：

「你們……方才提到的御史中丞晁衡大人，是否就是在大唐開元五年，被天皇陛下派到長安求學的太學生，阿倍仲麻呂大人？」

「好像是吧！」施東照有些遲疑，「長安人都知道晁衡是日本國派出的學子，至於原來叫什麼名字就不太清楚了。聽說他跟李太白是好朋友，當年他曾經從台州出海回國，卻遭遇了颱風，整個船隊皆下落不明。李白以為他已罹難，還寫過一首哭晁衡的詩，沒想到後來他沒有死，被颱風吹到安南，遭遇了種種磨難，不得已又從安南輾轉回到長安。怎麼，你認識他？」

小川流雲欣喜地點點頭：「這次在下受孝謙天皇指派，保護遣唐使藤原清河大人出使大唐帝國，正是為迎接阿倍大人歸國。沒想到咱們在海上遇到風浪，船隊被風浪打散，藤原大人下落不明，在下僥倖被漁民救起，雖然撿回了一條命，卻失去了所有證明身分的東西，不得已才流落江湖。」

「原來你是日本天皇派出的武士啊！」任天翔笑問，「可你為何跟洪勝幫的人走在了一起？還做了這醉紅樓的護院武士？」

小川流雲臉上頓時有些尷尬，吶吶道：「在下身為保護藤原大人的武士首領，卻沒能盡到保護之責，既無顏回國去見天皇陛下，也無法見到大唐皇帝，所以只能淪落江湖。是洪邪洪公子答應動用洪勝幫的力量，幫我打探藤原大人的下落，我才暫時在洪勝幫棲身。不過現在既然有了阿倍大人的消息，在下將儘快動身去長安，求阿倍大人替在下引見大唐皇帝，幫忙尋找藤原大人的下落。」

在大唐流浪日久，小川已開始在努力學習唐語，這番話結結巴巴連比帶畫說來，眾人也聽懂了個大概。任天翔釋然笑道：

「難怪！我說你的刀法如此高明，怎麼會去做洪勝幫的走狗。以你的武功，要在咱們大唐，隨便也能謀個堂堂正正的功名，就算流落江湖也當成為威震一方的豪傑，怎可能屈身這煙花之地，做個默默無聞的護院和打手？」

千穿萬穿，馬屁不穿，無論對唐人還是日本人都是一樣。就見小川臉上泛起一絲紅暈，尷尬道：「公子指點的是，在下也是潦倒落拓之時，受了洪公子一飯之恩，所以盡心報答。不過如今我已為他解決了不少麻煩，甚至為他重傷了鄭大公子，也算是有所報答了。如今既得知阿倍大人的消息，在下會儘快離開這裏去長安。」

任天翔突然想起一事，忙道：「小川兄既然要去長安，可否麻煩你幫兄弟一個小忙？」

「任公子請講！」

「可否幫忙打聽一下我妹妹任天琪的情況？她是義安堂現任堂主蕭傲的侄女，義安堂在長安無人不知，小川兄一問就知道。」

任天翔話音剛落，施東照便不悅道：「老七，你放著自家兄弟不問，卻麻煩一個外人，是不是信不過你二哥啊？」

任天翔特意托小川流雲幫忙打聽妹妹任天琪的情況，除了關心這世上唯一的親人，也是想找機會與小川結交。小川能重創鄭淵，逼退鐵摩，這武功就是放眼中原也極其罕見。能與這樣的高手拉上交情，將來遇到危險也可多個幫手。

沒想到這引起了施東照的不滿，不過他眼珠一轉就找到了理由，笑罵道：「別的事我還可放心託付二哥，不過這事我卻不敢麻煩你老。我怕你小子找著藉口接近我妹妹，天琪現在正是情竇初開的年紀，我怕她將你這花花大少當成天下無雙的多情郎。」

「去你媽的！」施東照忍不住給了任天翔一拳，「你把你二哥當成了什麼人？就衝這話，你他媽得罰喝三大碗！我施東照身邊女人雖然如走馬燈在換，卻從來沒動過朋友的姐妹。」

眾人哈哈一笑，紛紛催促任天翔喝酒。任天翔苦著臉還想拖延，就見施東照詭秘地笑道：「說到你妹妹任天琪，我還真有消息要告訴你。不過你得先喝了這三碗酒，不然你就自個兒打聽去吧。」

任天翔見他說得認真，只得苦著臉將三碗酒勉強灌下。

見他喝完酒，施東照這才惋惜道：「你妹妹年紀雖然還小，卻已經是長安城有名的美女，上門提親的公子王孫那是絡繹不絕。不過，你就算想破腦袋也猜不到，她最後許給了誰？」

「天琪已經許了人？是誰？」任天翔頓時緊張起來，雖然妹妹在他的記憶中，依舊還是當年那個十三歲的小女孩，但算算時間，自己離開長安已經三年有餘，妹妹也該有十六七歲，許了婆家也很正常。

就見施東照意味深長地笑道：「你猜猜看，我讓你猜三次，猜中了，我請你在洛陽最豪華的青樓連喝三天花酒！」

任天翔心思急轉，將記得的公子王孫以及義安堂的青年俊彥在心中走了一遍，然後照著最有可能的人選往下猜，誰知一連猜了七八個，施東照都只是搖頭。他最後急道：「快告訴我是誰，我請你喝三天花酒。」

施東照悠然抿了口酒，這才輕輕吐出兩個字：「洪邪！」

「誰？」任天翔以為自己聽錯了，趕緊追問，「哪個洪邪？」

「這世上難道還有第二個洪邪？」施東照嘆息道，「當然是洪勝幫幫主洪景的兒子，以冷酷淫邪聞名於世的洪勝幫少幫主洪邪！」

話音未落，就聽「啪」一聲脆響。任天翔手中的酒杯已失手落地，應聲摔成粉碎。

「不可能！」不顧眾人詫異的目光，任天翔拍案而起，「義安堂與洪勝幫是死對頭，

露面，恐怕就自身難保，還想阻止洪邪？」

「我不管！我要立刻動身去長安！」任天翔心神激蕩，恨不能立刻就趕回長安。他在世上只剩下天琪這一個親人，他不能看著她往火坑裏跳。

見他態度堅決，施東照不再相勸，默默舉杯與他一碰：「那為兄祝你順利，遇到麻煩你可以去找老三和老五，他們現在在衙門裏做事，也許能幫上點忙。」

任天翔點點頭，正要起身告辭，突聽小川流雲遲疑道：「不知……任公子可否帶在下一路？在下對長安一無所知，更不知如何見到阿倍大人。」

任天翔慨然答應：「沒問題！咱們一同上路。」

回到住處，任天翔對自己的過去不再隱瞞，將自己身背命案、卻又不得不冒險回長安的原因對褚剛實言相告。褚剛雖然有些驚訝，卻毫不猶豫道：「我陪你去長安！」

任天翔搖頭嘆道：「我也很想有兄長同行，但咱們在洛陽的事業才剛剛起步，必須有人主持大局。祁山五虎盜匪出身，幹點打打殺殺的粗活還行，要他們負責經營我不放心；小澤年紀還小，管不住五虎和眾多夥計；崑崙奴兄弟就更不用說了。我思來想去，就只有仰仗褚兄，替我打理洛陽的生意。」

「可是，此去長安十分凶險。」褚剛沉吟道，「你既要防備楊家，又要對付洪邪，而且義安堂對公子的態度也善惡難測，你身邊要沒個信得過的人，為兄怎麼放心得下？」

任天翔笑道：「褚兄不必擔心，我這次悄悄潛回長安，只是去見見我妹妹，不會有什麼危險，有崑崙奴兄弟同路就行了。我從小在長安城長大，也還認識幾個信得過的朋友，若遇危險還可找他們幫忙。」

褚剛沉吟道：「既然公子打算悄悄潛回長安，又何必要與那個日本武士同路？他可受過洪邪恩惠，萬一要出賣了你怎辦？」

任天翔搖頭道：「褚兄多慮了。想一個人僅為一飯之恩，就可以性命相報，這樣的人絕不會輕易就出賣朋友。我相信只要咱們傾心結交，他就絕不會為了洪邪對咱們不利。」

見褚剛還想再勸，任天翔擺手道，「兄長不必再多言，我心意已決，今晚就要動身。」

褚剛無奈，只得小心叮囑：「那公子快去快回，悄悄去見見令妹，將洪邪的為人告訴令妹就好，千萬不要跟洪勝幫正面衝突，最好也不要跟原來的朋友見面。」

任天翔拱手一拜：「我心裏有數，這裏就拜託兄長了。」說到這，突然想起一事，「哦，對了，你看到施東照賣給公輸白的那塊玉片嗎？」

褚剛點點頭，有些莫名其妙：「公子怎麼想起問這個？」

任天翔沉吟道：「那個東西對我來說非常重要，你無論買也好、偷也好、騙也好，總之一定要為我搞到它。那東西來自宮裏，丟了公輸白也不敢聲張。」
褚剛詫異道：「公子怎知它來自宮裏？」
任天翔微微一笑：「你沒聽施東照說，這是日本天皇進貢給皇上的東西。施東照身為御前侍衛，監守自盜將它偷了出來，悄悄賣給了公輸白。」
褚剛更是詫異：「宮裏的東西，一個侍衛竟敢偷竊？而且還公然買賣？」
任天翔沉吟道：「宮裏珍寶無數，它又如此不起眼，丟了只怕也沒人知道，所以施東照才敢如此大膽。不過公輸白不知道這點，所以他要丟了那玉片，一定不敢聲張，更不敢報官！」
褚剛皺起眉頭：「那玉片似乎值不了幾個錢，公子為何如此上心？」
任天翔搖頭嘆道：「不是我對兄長有所隱瞞，實在是我也不知道它為何如此珍貴。不光公輸白願花重金來買，就連司馬瑜也是垂涎三尺。也許它本身並不值錢，不過它所隱藏的秘密，一定非常值錢！」
褚剛恍然點頭：「懂了！公子放心，我讓人暗中跟著公輸白，想法為公子弄到它！」
任天翔並不奢望褚剛能弄到那塊玉片，不過只要盯著公輸白，就知道那塊玉片的下落，有了下落以後可以慢慢再想辦法。交代完這事，二人拱手作別。

當天夜裏，任天翔偽裝成一個來自西域的胡商，僅帶著崑崙奴兄弟就上路，與他同行的還有來自日本的年輕武士，替天皇陛下尋找皇室後裔阿倍仲麻呂的小川流雲。

就在任天翔離開洛陽的第二天，一隻信鴿已在他之前飛到了長安。在長安城雅靜幽深的一座古老宅院中，幾縷陽光穿過窗櫺的縫隙投射到棋枰上，使僻靜的棋室更顯幽靜。

「啪！」一枚棋子輕輕敲在棋枰上，打破了室內古井般的靜謐。將落子的老者自己也小驚了一下。他抬頭望望對面空空的蒲團，不由輕輕嘆了口氣，在心中暗嘆：瑜兒，你現在究竟在哪裡？

我應該想到，只要瑜兒存心出走，憑琴、棋、書、畫四人，又怎能找到他的行蹤？老者在心中暗暗自責。也許只有聰穎過人的薇兒，才可能找到瑜兒的下落吧？只可惜薇兒是個女孩，不然……

老者正在胡思亂想，突聽門外腳步聲響，跟著傳來燕書的聲音：

「老爺，洛陽有信到！」

「呈上來！」老者話音剛落，燕書已開門將兩個小竹筒呈了上來。老者從竹筒中取出兩張紙片，併到一起仔細一看，眼中漸漸泛起一絲晶亮的微光。

燕書察言觀色，小心翼翼地問：「是好消息？」

老者收起字條，笑著指向棋枰上一枚棋子：「老夫這枚埋伏已久的閒棋，終於要發揮它應有的作用了。」

燕書抬頭看了看棋枰，憨憨一笑：「小人不懂下棋，老爺又不是不知道。要是少爺在這裏，定可看出老爺這一步的妙用。」

見老者神情一黯，燕書趕緊閉上嘴。就見老者默然良久，若有所思地敲了敲棋枰：「去將修先生和陸琴、蘇棋叫來，我有事吩咐。」略頓了頓，又猶豫道，「把小姐也叫來。」

燕書應聲而退。老者再次拿出那封密函，反覆又看了數遍，在心中暗道：看來，咱們也該有所行動了。

清晨，當第一縷陽光投射到長安城巍峨的城郭，給高闊的城樓抹上了一縷亮麗的金黃。任天翔矗立在安化門郊外，抬首眺望著既熟悉又有些陌生的城郭，在心中暗自感慨：三年了，我任天翔總算是又回來了。娘，你要泉下有知，也該為孩兒感到高興吧？

身後，那座孤墳已長滿荒草，顯得頗為破敗荒涼。任天翔回頭默默抹去墓碑上的塵土，心中暗自愧疚：娘，待兒子救下天琪，再來祭拜掃墓。

看看太陽開始在東方升起，任天翔不再耽擱，快步來到等在官道邊的馬車，對趕車的崑崙奴一揮手：「走！」

馬車疾馳，揚起一路塵土。車中，小川流雲滿臉敬仰地眺望著越來越近的城郭，喃喃感慨：「這就是長安？巍峨宏大超過了我最大膽的想像，也只有大唐帝國才可能建造出如此恢弘的都城。」

任天翔不屑道：「這算什麼？等你進了長安城，才真正知道什麼叫做世界之都！」

說話間馬車已來到城門外，就見城門已經打開，進出的商販旅人絡繹不絕，看服飾既有金髮碧眼的色目人，又有戴著面巾的大食人，甚至還有來自更遙遠地域的黑人……但見各色商販紛紛帶著各種貨物，或滿心歡喜地進城去往東西兩市，或匆匆出城直奔遙遠的故土，雖然方向不同，但目的都是一樣，就是實現各自對財富的夢想。

小川流雲見城門外雖有兵卒守衛，卻並不盤查往來客商，他有些驚訝：「大唐帝國的都城，竟然讓各國商販自由來去？不加任何盤查？」

任天翔不以為然道：「長安城每日往來客商數以萬計，若是心懷叵測的奸細，總有辦法混入城中，再盤查也沒用，反而阻礙了更多人的進出。所以多少年以前，長安城就像現在這樣自由進出，只在晚上才關閉城門。」

小川流雲聞言，不禁大為感慨：「這才不愧是世界之都，也許只有這等胸懷與氣魄，才能彙聚天下財富，令萬邦來朝啊！」

說話間，馬車已進入城中，但見道路寬闊筆直，如棋盤的經緯四通八達，道路兩旁坊、市林立，來自世界各地的各色人等熙熙攘攘，處處昭示著號稱世界之都的長安城那罕見的繁榮和富庶。

「太繁華了，遠比京都還要熱鬧！」小川流雲一路喃喃感慨，只覺得一雙眼睛完全不夠。任天翔則心神複雜地打量著街道兩旁那熟悉的街景，沉浸在回憶與現實的交錯之中。

「不知道哪裡是阿倍大人的府邸？還請任兄送我過去。」小川無疑是個終於職守的武士，在最開始的新奇勁過去後，立刻就向任天翔打聽晁衡的住處。

任天翔恍然從回憶中回到現實，忙笑道：「既然到了長安，我好歹算個地主，小川兄定要讓我略盡地主之誼。我的家就在前面不遠，小川兄先到那裏暫時安頓下來，待我打聽到晁衡大人的住處，就立刻送小川兄過去。」

小川在長安人地生疏，對唐語也還不太精熟，有任天翔這個地頭蛇幫忙打聽，自然滿心歡喜，連忙點頭答應：「那就拜託任兄了！」

在任天翔的指點下，崑崙奴將馬車駛到了一座古樸恢弘的府邸前。看著生活了十多年的熟悉府邸，任天翔心中突然湧過一絲暖流，回頭對小川道：「就是這裏！」

二人下得馬車，任天翔懷著複雜的心情踏上大門前的臺階，突然發現記憶中古舊破落的門庭已經煥然一新，就連大門也換了新的油彩。他滿是狐疑地慢慢向上望去，這才發現門楣上的牌匾已經不是熟悉的「任府」，而是變成了「蕭宅」。

他正準備敲門的手僵在半空，小川發現他神情有異，忙問：「怎麼了？」

任天翔勉強一笑：「沒事！」說著敲響了門上的銅環，少時門扉響動，就見開門的不是熟悉的任伯，卻是兩個從未見過的年輕人。

「什麼人？找誰？」二人狐疑地打量著任天翔，眼裏滿是警惕和傲慢。

任天翔連忙模仿西域口音的唐語結結巴巴地問：「原來在這裏看門的任伯哪裡去了？幾年前他曾經跟我喝過酒，這次我從遙遠的西域來到長安，正想找他敘敘舊呢。」

西域艱苦的生活經歷，加上那一身胡人裝扮，已經讓任天翔完全沒有了當年長安七公子的風采。而且為了防止被人認出來，他還特意在臉上沾了一副濃密的髯鬚，遮住了大半個臉頰，所以才敢大膽前來敲門。

兩個看門的漢子將任天翔略一打量，果然沒看出破綻，便將他往外一推：「什麼任伯？這裏沒這個人。快滾！」

任天翔還想再問，卻被兩個年輕人粗暴地推下臺階，一個踉蹌差點摔倒在地。崑崙奴兄弟一看主人受辱，立刻如兩條惡狼一衝上前，將兩個年輕人嚇了一跳。兄弟二人正要動手，卻被任天翔一聲呵斥生生剎住，二人神情猙獰，將兩個漢子嚇得關門不迭。

小川上前扶住任天翔，狐疑地問：「怎麼回事？他們怎麼不讓你回家？」

任天翔擺擺手，神情黯然地回到馬車上，對小川勉強一笑：「現在我也沒有家了，想留小川兄也不能夠，咱們就在這裏分手吧。晁衡大人在長安並非籍籍無名之輩，應該很好打聽。」

小川見任天翔望著緊閉的大門，神情很是不甘，忙關切地問：「那你呢？」

任天翔恨聲道：「即便這裏已經變成了蕭宅，我也還有個妹妹在裏面。我要想法子進去，我要帶她離開這裏！」

小川略一沉吟：「如果任兄信得過，就容在下替你去見妹妹。你可修書一封，在下替你悄悄送到你妹妹手中。」

見任天翔有些不解，小川忙解釋道，「我練過潛行隱蹤的技藝，這一道高牆還攔不住我。」

任天翔大喜：「太好了！多謝小川兄幫忙。」

在街邊找到一處賣文房四寶的店鋪，任天翔對著空空的白紙，心中似有千言萬語，卻感覺難以落筆。想了半天，這才匆匆寫下——「天琪，我回來了。三哥。」

怕小川找不到妹妹，任天翔又畫下了一張任府的草圖，並標出了妹妹的住處，連同信一併交給了小川。小川將信和草圖貼身藏好，然後緊了緊衣衫，然後學著唐人的禮儀對任天翔一拱手：「任兄在這裏等我消息，我很快就回來。」

目送著小川的背影如狸貓般接近任府高牆，跟著翩然而上，輕盈地消失在高牆之後，任天翔突然感覺自己的心，竟有些忐忑起來。

時間一點點過去，眼看小川已經進了任府一個多時辰，依然還沒有出來，任天翔的心漸漸有些不安。他已經畫下了府中的草圖，並且標出了所有明崗暗哨的位置，以小川的身手，應該不會驚動他們啊！難道……

任天翔正胡思亂想間，突見原來的任府、現在的蕭宅大門突然洞開，數十名黑衣漢子蜂擁而出，沿著街道兩旁搜索而至。他們訓練有素，配合默契，轉眼間就分頭守住了所有通路，將停在街邊的馬車堵在了包圍圈中。

任天翔心中暗叫不妙，幾乎出於本能，他立刻從馬車後方悄然滾落下來，然後用手勢示意崑崙奴兄弟，讓他們立刻駕車離開。

崑崙奴兄弟雖然是啞巴，不過並不愚魯，立刻鞭馬疾馳。馬蹄聲頓時吸引了所有人的注意，幾十個黑衣人立刻向馬車追去，原本嚴密的包圍圈也立刻瓦解。

任天翔混入街頭看熱鬧的人群中，直到所有黑衣人都已看不見蹤影，他才慢慢離開這是非之地。直到離開曾經的家足有兩條街，他才稍稍鬆了口氣。在心中暗忖：小川多半行藏敗露，落入了義安堂手中。他身上那封信將我出賣，看那些漢子的表情和舉動，顯然不是出來迎接他們的少堂主。

想起任重遠壯年早逝，而當年義安堂的人對他的死因卻忌諱莫深，沒有一個人告訴自己任重遠究竟因何而亡，任天翔就肯定這其中定有蹊蹺。當年因對任重遠的仇恨，任天翔無心追查任重遠的死因，但是現在他卻非常想知道，這其中究竟有何不可告人的秘密。

他在心中暗自發狠道：不管你是誰，你既已竊取了整個義安堂，卻還要對我趕盡殺絕，僅僅就因為我姓任。既然如此，我就要拿回原本屬於我的東西！就算不為任重遠，也要為我自己討個公道！

正胡思亂想間，任天翔突聽身後有馬蹄聲疾馳而來，風馳電掣轉眼即至。任天翔躲避不及，差點被疾馳的奔馬撞倒。奔馬嘶吼著剎住腳步，前蹄人立而起，將任天翔嚇得面如土色，不由自主坐倒在地。

「哪來的胡狗？竟敢衝撞任小姐！」

隨著一聲呵斥，一條馬鞭從斜刺裏抽來。任天翔躲避不及，臉上結結實實挨了一鞭。

不過他卻無心理會那抽自己一鞭的惡人，眼珠卻直直瞪著差點撞了自己的那個女騎手，那是一個荳蔻年華的江湖少女，沒有一絲大家閨秀的柔弱或豐滿，只有常年練武造就的健美身姿。一身粉紅獵裝與她的颯爽英姿配合得天衣無縫，兩個黑漆如玉的眼眸，則透著幾分驕橫和狡黠。

天琪！任天翔差點驚叫出聲。

幾年不見，他還是一眼就認出了當年那個刁鑽可愛的異母妹妹。誰知還沒來得及相認，斜刺裏又是一鞭抽來，有個熟悉的聲音在呵罵：

「混賬東西！還敢盯著任小姐不放，看我不將你眼珠給挖出來！」

「算了，別欺負外鄉人！」獵裝少女一聲呵斥，那馬鞭立刻聽話地收了回去。收發之間靈動無匹，顯然不是出自尋常人之手。

任天翔轉頭望去，就見那是一個眼眸中帶有幾分邪氣的英俊男子，對他，任天翔並不陌生，那是洪勝幫少幫主洪邪！

任天翔感覺心中一沉，沒想到妹妹竟然跟洪邪並駕而行，看二人的模樣，顯然不是泛泛之交。他正猶豫是不是立刻與妹妹相認，卻見任天琪已縱馬而去，在數丈外卻又回頭望了一眼，似乎已看出倒在地上那個大鬍子胡人，眉宇依稀有些熟悉。

洪邪狠狠啐了任天翔一口，然後縱馬追著少女的背影而去，邊嘴邊喊：「琪妹，等等我！」

琪妹？這名字是你這混賬叫的嗎？任天翔在心中大罵，顧不得暴露行蹤，立刻翻身追了上去。他不能讓天琪跟洪邪在一起，他知道那傢伙是個不折不扣的花花公子和歹毒惡少，比自己還要混賬！

任天翔追出半條街，轉過街角時差點跟人撞在了一起。他剛剎住腳步，就聽對面那人淡淡道：「少堂主，你總算是回來了！」

任天翔心中大愕，正要細看那人模樣，卻見頭頂一片烏雲當頭罩下，一個麻布口袋將他從頭到腳罩了個結實，兩個漢子手法熟練地將任天翔連同口袋捆在一起，不等他呼叫，後頸就吃了重重一擊。任天翔只感到眼前一黑，突然暈了過去。

在一個青衫文士的示意下，兩個漢子將昏迷的任天翔扔進街邊一輛門窗緊閉的馬車，然後駕車奔馳而去。

這過程僅用了短短片刻，快得街頭的行人幾乎都沒注意到。不過在街頭的另一個角落，一個手搖摺扇，身形枯槁的算命老者，卻隱在角落將這一切看得清清楚楚。望著疾馳而去的馬車，他的嘴邊泛起一絲意味深長地笑意，以微不可察的聲音喃喃自語：「看來，主上二十多年前布下的這枚棋子，終於要發揮它應有的作用了。」

幽幽黑暗不知過得多久，任天翔終於從昏迷中蘇醒。不過睜眼望去，四周依舊是一片幽暗朦朧，不知置身何處。任天翔動了動身子和手腳，除了有些疲憊酸軟，似乎並無大礙。

慢慢掙扎著站起身來，但見四周一片死寂。這種幽暗中的死寂令任天翔心中生出無端的恐怖，他真希望聽到一點人聲，哪怕是抓他來這裏的那些傢伙的聲音。

「有人嗎？」任天翔小心翼翼問了一句，但聽四周只有嗡嗡的回音，卻沒有任何人回應。

聽回音像是置身於一個空曠密閉的空間，似乎頗為寬闊。任天翔伸腳小心探了探地面，感覺十分平整，肯定是經人工修繕，絕非天然的地洞地穴，而且空氣中還帶著重重的霉味，好像很多年都沒有通過風或見過陽光了。

任天翔摸摸索索向前走出數步，突然撞在一個堅硬的方形石墩上，差點摔倒在地。想起身上帶著火鐮和火絨，他趕緊拿了出來，在黑暗中敲打火鐮和火石。他記得自己是被人套上個麻袋後打暈，想必就是被那綁架自己的人關在了這裏。不過奇怪的是，這裏似乎並無任何人守衛，而且周圍的環境也不像是想像中的地牢。

火絨終於點燃，在黑暗中發出昏黃的微光。任天翔舉起火絨四下一照，這才發現方才差點絆倒自己的，是一個碩大的長方形巨石，四面都篆刻著粗獷的線條和圖案，顯然不是普通的天然巨石。他好奇地將火絨湊過去一照，突然被嚇得連退數步，火絨也失手落地，剎那間熄滅，四周又歸為死寂般的黑暗。

任天翔感覺自己的心臟幾乎要從嗓子眼裏蹦出來，巨大的恐懼像黑暗一樣完全包裹了他，令他差點瘋狂大叫。

他死死捂住自己的嘴，才勉強壓住那發自靈魂深處的尖叫。雖然只是驚鴻一瞥，但他已經看清了那塊差點絆倒自己的巨石，哪裡是什麼普通的巨石，而是一尊石頭打造的棺槨，足有半人高矮。

任天翔雖然從未見過這種石製的棺槨，卻還是一眼就認出它來。在黑暗中突然看到這種東西，怎不令人不寒而慄？

在黑暗中屏息凝立了不知多久，任天翔心中的恐懼才稍稍有所減退，卻又被更大的恐懼籠罩。他漸漸意識到這四周為何是死寂般的黑暗，完全看不到一絲光亮，完全聽不到一絲聲響，因為這裏根本就是一處深埋在地下的巨大墓穴！

摸索著找到落地熄滅的火絨，任天翔抖著手重新將它點燃。強忍恐懼舉起火絨四下一照，很快就證實了他最恐懼的揣測。

這裏果然是一處墓穴，正中擺放著巨大的石棺，周圍的墓壁上裝飾著色彩豔麗的圖案，看不到任何出口，自然也沒有任何入口。自己竟然被封在了一座巨大的地下墓室之中，與一尊不知主人是誰的棺槨封在了一起，令人毛骨悚然。

「有人嗎？快來人！快放我出去！」任天翔發足撲到墓壁前，瘋狂地敲打冰涼厚重的石壁，卻聽不到任何回應。好像全世界就只剩下他和那尊不知主人是誰的巨大石棺。

是誰？為何要將我關在這裏？他究竟想幹什麼？任天翔心中在不斷自問，卻得不到任何答案。任他叫得聲音嘶啞，依舊沒有任何人應答。他最後筋疲力盡地倒在墓壁前，望著手中越來越短的火絨，心中漸感絕望。不過，這時心中的恐懼已不是那麼強烈，他漸漸冷靜下來，開始盤算如何逃離這陰森恐怖的地府。

注意到墓壁上似乎插著火把，他嘗試著用火絨去點燃。原以為這種古墓中的火把，早已失去了原來浸潤的油脂，會很難點燃，卻沒想到火絨一點就著，「嗶嗶剝剝」燃得頗為旺盛。那些火把上浸潤的油脂，竟然還沒有完全乾涸。

見四周的墓壁上還有火把，任天翔順著過去逐一點燃，墓室頓時亮堂起來，在搖曳的火光中完全露出了它的全貌。

那是一個六、七丈見方的巨大空間，四壁平整如畫，上方則是巨大的拱形穹頂，正前方有一道拱形的墓門，不過卻被一面青石板緊緊關閉，任由任天翔怎麼推拉衝撞，俱是紋絲不動。

這裏一定有打開門的機關，不然那些關我進來的人如何出去？任天翔心中暗忖，心中頓時燃起希望，連忙在墓門兩邊和地下仔細尋找，但任由他將整個墓室的四壁搜索個遍，也沒有找到任何打開墓門的機關。

或許跟這墓室的主人有關係！

任天翔立刻又想到這點。他從牆上取下一支火把，圍著墓室中央的石棺仔細一照，終於在石棺正面發現了幾個篆刻的小字——義安堂任！

任天翔心中一個激靈，突然意識到這是為任重遠定製的石棺，而這間墓室，應該就是任重遠的墓穴！

自己竟然跟這個痛恨了一輩子的人埋在了一起！他立刻意識到抓自己來這裏的人是誰，不禁放聲喝罵：

「義安堂的縮頭烏龜們聽著，你們將我抓來關在這裏，如果是想讓棺材中的死人來嚇我，那可就打錯了算盤。小爺從來不覺得自己有什麼對不起姓任的，相反是他對不起我娘，你們就算將我活埋在這裏，小爺也絕不承認他跟我有任何瓜葛，更別想我在他靈前磕頭認錯。」

四周除了嗡嗡的回音，聽不到任何回應，任由任天翔「縮頭烏龜、混賬王八」地叫罵，依舊沒有任何反應，似乎這個地下世界，就只剩下他與石棺中那個安靜的死人。

罵到後來，任天翔已經不是為罵而罵，只是為製造點聲響，不然這死寂般的墳墓，一定會讓人發瘋。

不知叫罵了多久，他終於感到又渴又餓，精神也是疲憊不堪。在遠離石棺的角落躺下來，他心神恍惚地暗嘆：看來義安堂有人不僅想要自己死，而且還要自己死得慘不忍睹。與仇人一起關在墳墓中慢慢等死，還有比這更殘酷的死法嗎？我跟義安堂的人無冤無仇，就算是怕我威脅到他的地位，一刀殺了就是，何必這麼麻煩？看來這人並不是要折磨我，而是要躺在棺材中的任重遠，看著他最後一個兒子，慢慢在恐懼和饑餓中發瘋，最後在他面前悲慘地死去。這個人對任重遠的仇恨，恐怕是天下無二。

百無聊賴之下，任天翔突然發現墓壁上那些圖案，並不是常見的繪畫，而是一些奇怪的圖案、符號和數字。比如右手牆上第一排，寫著一、三、七、十三等數字，不過在最後卻留著一個空白，任天翔看了半晌，突然從這一列數字排列中發現了規律。

無所事事之餘，他撿起一塊石頭，在空白處填下了一個數字——二十一！

嗒！石牆內突然傳出一聲細微的異響，讓任天翔吃了一驚。他敲敲牆壁，卻再難聽到任何聲息。他試著望向第二排，那是一排粗陋的圖案，畫著小雞、小狗、小樹和小蟲，他毫不猶豫地在小樹的圖案上劃了個叉，立刻又聽到石牆內再次傳出一聲細微的聲響，像是某種機關樞紐或齒輪扣合發出的聲音。

繼續往下看，就見那是一排粗陋的圖案，依次畫著老鼠、猛虎和駿馬，在這之後又是一個空白。任天翔剛開始並沒有看出牠們之間的內在聯繫，不過在冥思苦想片刻後，立刻意識到這三個圖案都是十二生肖中的動物，他先隨手畫上一隻牛，想想好像不對，便擦掉重新思索，最後依照牠們在天干地支中的排列規律，在最後的空白處畫上了一隻狗。

牆內再次傳出細微的扣合聲，任天翔漸漸意識到，墓壁上這些圖案和數字，竟然與墓穴中暗藏的機關有著神秘的聯繫，只要自己選擇正確，就能控制牆後方機關的開合。

雖然不知道那是什麼機關，但任天翔還是欣喜地繼續往下操作。他想，最壞的結果就是觸發墓室中對付盜墓者的機關，自己被亂箭穿心射殺，這也好過像這樣在恐懼和饑餓中等死。

墓室的三面牆上，都畫滿了這種奇怪的圖案、符號和數字，它們看似雜亂無章，卻暗藏著一些規律，只要找到其中的規律，就知道那些空缺處的答案。不過這並不容易，剛開始那些圖案任天翔還能一眼就明白，不過越到後來就越是深奧艱澀，以任天翔如此精明的頭腦，也要想上近半個時辰，才能找出其中暗藏的規律。

不過任天翔對這種考驗頭腦的問題，天生有著盎然的興趣，竟忘了自身的處境和危險，專心致志地研究起墓壁上那些古怪的圖案和符號。每聽到因填寫正確，石牆後發出的輕響，他的心中不由泛起一種異樣的滿足和成就感，比任何事都讓他開心和興奮。

不知過得多久，當最後一個圖案也被任天翔完成後，就聽墓室的石門傳出「軋軋」聲響，那緊閉的石門竟然緩緩向上升起。一股清新的微風捲了進來，令人精神為之一振。

墓門雖然打開，但門外卻是漆黑一片。任天翔小心翼翼地舉著火把往外照了照，但見門外是一條長長的拱形甬道，黑黝黝不知通往哪裡。

任天翔正要小心翼翼地進入墓道，突然發現墓道鋪設的青石板上，也畫著各種奇怪的圖案。這些圖案看起來雜亂無章，不過再仔細思量，就會發現其中竟也暗含著某些規律。任天翔試著往墓道中扔出一塊石頭，就聽墓道上方有銳嘯倏然而至，竟是一排箭鏃從天而降！

任天翔突然意識到，墓室中那些圖案只是初級的訓練，就算錯了也可以再改。而現在這墓道中才是生死考驗，只要自己一步踏錯，從天而降的箭鏃就會將自己釘成刺蝟。他不知道義安堂的人為何會如此對自己，不過他憑直覺也知道，這墓道是出去的唯一通路。

摸摸額上的冷汗，任天翔舉起火把照著地上的圖案，然後小心翼翼地踏出了第一步。他知道自己現在是一步也不能錯，任何一次錯算和疏忽，都將不再有第二次改正的機會。

昏黃的火光照著任天翔孤獨的身影，慢慢走進凶險莫測的長長墓道……

請續看《智梟》4 世界之都

大唐秘梟 卷3 洛陽商事（原名：智梟）

作者：方白羽
發行人：陳曉林
出版所：風雲時代出版股份有限公司
地址：105台北市民生東路五段178號7樓之3
風雲書網：http://www.eastbooks.com.tw
官方部落格：http://eastbooks.pixnet.net/blog
Facebook：http://www.facebook.com/h7560949
信箱：h7560949@ms15.hinet.net
郵撥帳號：12043291
服務專線：(02)27560949
傳真專線：(02)27653799
執行主編：朱墨菲
美術編輯：許惠芳

法律顧問：永然法律事務所 李永然律師
北辰著作權事務所 蕭雄淋律師

版權授權：方白羽
初版換封：2016年11月

ISBN：978-986-352-381-9

總 經 銷：成信文化事業股份有限公司
地　　址：新北市新店區中正路四維巷二弄2號4樓
電　　話：(02)2219-2080

行政院新聞局局版台業字第3595號 營利事業統一編號22759935

定價：280元　特價：199元

國家圖書館出版品預行編目資料

大唐秘梟／方白羽著. -- 初版-- 臺北市：風雲時代，
2016.08 -- 冊；公分

ISBN 978-986-352-381-9（第3冊；平裝）

857.7　　105015223